Klarant Verlag

Rolf Uliczka ist geboren und aufgewachsen am Rande der romantischen Holsteinischen Schweiz und lebt mit seiner Frau seit einigen Jahren im Saterland. Menschen in all ihren Facetten und ihre Geschichten haben ihn schon immer fasziniert. Auch das Schreiben war und ist eine seiner größten Leidenschaften. Ostfriesland, das Land der Leuchttürme, des Wattenmeeres, der grünen Landschaften mit seinen geheimnisvollen Mooren und Inseln, wo jährlich Millionen ihren Urlaub verbringen, bietet ihm viel Stoff für das Unerwartete. Genau das macht auch die Spannung seiner Ostfrieslandkrimis aus.

Rolf Uliczka

Campermord in Bensersiel

Die Kommissare Bert Linnig und Nina Jürgens ermitteln: 6. Fall

Ostfrieslandkrimi

Klarant Verlag

Copyright © 2019 Klarant GmbH, 28355 Bremen
Klarant Verlag, www.klarant.de – www.ostfrieslandkrimi.de
ISBN: 978-3-95573-922-5
1. Auflage 2019

Umschlagabbildung: Klarant Verlag. ©Esens-Bensersiel Tourismus
GmbH (Fotograf Martin Stöver). Wir bedanken uns für die Nutzung
des Fotos.

Anmerkung des Autors: Es handelt sich bei dem Ostfrieslandkrimi
„Campermord in Bensersiel" um eine frei erfundene Geschichte.
Eventuelle Ähnlichkeiten mit realen Personen, Firmen, Gesellschaften,
Behörden, Vereinen oder Örtlichkeiten wären rein zufälliger Natur.
Den Hafenmeister vom Yachthafen in Bensersiel, Frank Wagener, gibt
es allerdings tatsächlich und es sei ihm herzlich gedankt, dass er mit
seinem maritimen Sachverstand eine Rolle in dieser fiktiven
Geschichte übernommen hat. Ebenso sind einige Orte der Handlungen
wie zum Beispiel das Café am Yachthafen, der Benser Hof, das Huus
Waterkant und das Restaurant Wattkieker in Harlesiel real, aber im
Zusammenhang mit der frei erfundenen Geschichte ausschließlich
fiktiv eingebunden.

Printed in the EU.

1. Kapitel

Endlich war es wieder so weit. In Bensersiel öffnete der sogar mit fünf Sternen ausgezeichnete Campingplatz seine Schranken und die ersten Saisoncamper bezogen ihre angestammten Plätze. Schon am frühen Morgen hatten die ersten Gespanne und Wohnmobile in der Wartezone Position bezogen. Viele kannten sich schon seit Jahren und es war ein großes Hallo. Im letzten Herbst hatten sich die meisten zum letzten Mal gesehen. Denn der Campingplatz lag vor dem Deich, direkt am Strand und vor der berühmten Waterkant. Das heißt, die Herbst- und Frühjahrsstürme sorgten immer wieder mal für Land unter. Deshalb konnte der Platz auch nur in der Saison geöffnet werden.

Vor allem im kleinen Supermarkt des Campingplatzes, in dem es wieder so lecker nach frischen Brötchen roch, ging es hoch her: „Hallo, lange nicht gesehen. Wie geht's euch?", war immer wieder zu hören. Manche setzten sich dann gleich auf eine Tasse Kaffee oder Tee im gemütlichen Bistro nebenan zusammen und tauschten die Neuigkeiten des letzten halben Jahres aus. Eingefleischte Camper waren nun mal eine eingeschworene Gemeinschaft.

Auch die drei Pärchen im Rentenalter, die sich selbst schmunzelnd als bundesinterne Völkergemeinschaft bezeichneten, waren wieder eingetroffen. Sie hatten sich in Bensersiel auf dem Campingplatz kennengelernt und verbrachten seitdem die gesamte Saison gemeinsam hier. Sie gönnten sich den Luxus, vier statt drei nebeneinander liegende Plätze genau gegenüber vom Eingang zu einem der Sanitärhäuser zu buchen. Den Preis für den vierten Platz teilten sie sich und im Toiletten- und Waschhaus hatten sie gemeinsam ein Familienbad mit Badewanne gemietet.

Hannes Köper kam mit seiner Frau Gerlinde aus Leipzig. Genauer gesagt, aus Leipzig-Gohlis, wie er immer betonte und dazu dann schmunzelnd seinen Spruch abließ: „Wem zu wohl is, zieht nach Gohlis."

Er hatte zum zweiten Mal seinen vier mal sechs Meter großen Pavillon von zu Hause mitgebracht, und die Männer begannen auch gleich mit dem Aufbau auf dem vierten von ihnen gemieteten Platz. Der Pavillon diente ihnen als gemeinsame Lounge und Partyraum, der dann mit zwei großen aneinandergestellten Campingtischen, einem Sideboard für Gläser und diverse Utensilien, einem großen Gasgrill sowie einem Kühlschrank für Getränke bestückt wurde.

Linus Brettfeld und seine Frau Hedwig kamen aus Bonn. Mit Anfang sechzig hatte er seinen Malerbetrieb aufgegeben und sich zur Ruhe gesetzt. Man konnte sicher sagen, dass er und Hannes auf ihre Art – ohne das jetzt negativ werten zu wollen – Profiteure der deutschen Vereinigung waren. Jedem, der es hören wollte oder auch nicht hören wollte, erzählte Linus von seinen Befürchtungen zu Anfang der neunziger Jahre, als Berlin als Hauptstadt auch Anspruch auf den Regierungssitz erhob. Für ihn war Bonn immer die Hauptstadt gewesen.

So auch heute. Als Gernot, ein neuer Platznachbar aus Wilhelmshaven, sich mit vier Flaschen Bier in der Hand vorstellte, gab Linus gleich seine Geschichte zum Besten.

„Mensch Gernot, ihr in Wilhelmshaven macht euch keine Vorstellung, was bei uns in Bonn nach der deutschen Vereinigung los war. Erst haben wir gedacht, dass nach Wegzug der Ministerien und Botschaften Bonn und Bad Godesberg zu Geisterstädten verkommen könnten. Aber genau das Gegenteil ist eingetreten. Als die Telekom und die Post-AG sich da breitmachten, zog dies eine Menge von Unternehmen der entsprechenden Branchen nach Bonn. Der Umzug der UN war dann noch das Sahnehäubchen obendrauf."

„Davon hatte ich wirklich keine Ahnung. Ich ging damals noch in den Kindergarten. Aber es scheint ja nicht dein Schaden gewesen zu sein", stellte Gernot mit Blick auf den silberfarbenen Fünfer-BMW und den zweiachsigen Hänger mit Bonner Kennzeichen sachlich fest.

„Ich will ja nicht lügen", bestätigte Linus mit einem schalkhaften Augenzwinkern, „für einen selbstständigen Malermeister fielen da schon mal ein paar kleinere Aufträge ab."

Bei Linus und seiner Frau, beide gebürtige Rheinländer, schienen sich die Gene der Römerzeit bis heute durchgesetzt zu haben. Von der Optik konnten beide durchaus als Italiener durchgehen.

„Und du siehst ja aus, als wenn du Freizeitskipper wärst und eigentlich gar keinen Urlaub an der Küste mehr brauchst", sagte Gernot zu Hannes gewandt.

„Freizeitskipper ist gut." Hannes lachte. „Und das Baugerüst in Leipzig war dann die Reling."

„Ach so", sagte Gernot, „dann hast du auf dem Bau immer an der frischen Luft gearbeitet."

Linus, der den fragenden Blick von Gernot auf den weißen E-Klasse-Mercedes und den großen Anhänger mit dem Leipziger Kennzeichen gesehen hatte, warf daraufhin lachend mit rheinländischer Übertreibung ein: „Sag's ihm ruhig, Hannes, dass dir halb Gohlis gehört."

„Mein Gott, jetzt übertreib doch nicht so. Ein Gründerzeithaus hatte vor der DDR meinen Großeltern gehört. Das war damals vom Regime als Volks- und Staatseigentum vereinnahmt und nach der Wende unserer Familie zurückgegeben worden. Das hab ich dann saniert und noch ein paar andere Häuser dazu, damit Kapitalanleger aus den alten Bundesländern mit der Sonderabschreibung ihre Steuerlast senken konnten."

„Verstehe", sagte Gernot. „Meinem Vater hatte auch mal jemand vor einigen Jahren eine solche Eigentumswohnung als Kapitalanlage angeboten, aber der hat sich nicht getraut."

„Herr Hättichmann lässt grüßen", konnte sich Linus den Kommentar nicht verkneifen und wies mit großzügiger Geste auf das Auto und den Campingwagen von Hannes, der inzwischen eine zweite Lage Bier aus dem Kühlschrank geholt hatte.

„Gernot, was hältst du davon, wenn du deine Frau rüberholst? Unsere Frauen sind sicher auch gleich mit den Grillvorbereitungen fertig, dann seid ihr herzlich eingeladen", sagte Hannes und verteilte das Bier. Die Männer hatten es sich im Pavillon gemütlich gemacht. Vor dem Wind schützten die geschlossenen Seitenteile, und zwei Gasstrahler sorgten für eine angenehme Temperatur. Es war zu dieser Jahreszeit doch draußen noch recht frisch.

„Vielen Dank, aber ich bin noch solo", sagte Gernot fast entschuldigend. „Aber die Einladung zum Grillen nehme ich natürlich gerne an. Heute habe ich ja noch frei. Ab morgen bin ich als Saisonkellner im Huus Waterkant beschäftigt."

„Jetzt weiß ich, warum du mir so bekannt vorkamst", beteiligte sich jetzt auch Jan Grote am Gespräch. „Du warst auch schon im letzten Jahr hier, richtig?"

„Das stimmt", bestätigte Gernot.

Jan war der Jüngste im Rentnerteam. Sportlich immer noch aktiv, und das sah man seiner drahtigen Figur und seinem wind- und wettergegerbten Gesicht auch an. Da stand er Hannes, auch in Bezug auf die blonden Haare, nicht viel nach.

In diesem Augenblick brachten die Frauen das eingelegte Grillfleisch und zwei Schüsseln mit Kartoffel- und Nudelsalat. Als sie sich mit Gernot Kaldenbach bekannt gemacht hatten und alle bis auf Hannes, der sich inzwischen um den Gasgrill kümmerte, am Tisch saßen, sagte Gernot zu Jan gewandt: „Ich bin halt neugierig, was ist denn MGH für ein Kennzeichen?"

„Das gehört zum Main-Tauber-Kreis und steht für Bad Mergentheim. Lisa und ich kommen aus dem kleinen Städtchen Niederstetten, wobei ich als Ostfriese hier in Esens geboren und aufgewachsen bin."

„Wie kommt ein eingefleischter Ostfriese denn ausgerechnet zu den Spätzle-Essern?", fragte ihn Gernot lachend.

„Uff mei Spätzle las i nix komme", griff Lisa energisch ein, um dann die Frage zu stellen: „Wisset ihr eigentlich, wer in Deutschland die größte Kartoffelesser sind?"

Die Camper, außer Jan, rätselten, ob das nun die Niedersachsen, Stichwort Heidekartoffeln, oder die Hessen oder die Westfalen oder gar die Bayern mit ihren Kartoffelknödeln seien.

Bis Lisa die Anwesenden zur Erheiterung aller lachend aufklärte: „Des san mir Schwoba! Aber nur, wenn die Kartoffele durch de Saumage gange sind."

8

„Du musst wissen", klärte Gerlinde Gernot auf. „Lisa ist absolute Fachfrau, die hat als Köchin die Küche im Gasthaus ihrer Schwester geleitet. Aber sie kann genauso gut einen leckeren ostfriesischen Snirtjebraten herzaubern und sogar mit verschiedenen Grünkohlvarianten ihre Esser überzeugen."

„Nur beim Grillen mit Holzkohle oder Gas dürfen wir Männer uns austoben", warf Hannes ein. „Die ersten Würstchen sind übrigens schon fertig. Lasst es euch schmecken."

Nachdem der erste Hunger gestillt war, hakte Gernot noch einmal nach: „Es interessiert mich aber nun doch, wie kommt ein Ostfriese ins Schwabenland?"

„Na ja, Linus und Hedwig kommen doch aus Bonn", antwortete Jan. „Da kam auch der her, dem ich das zu verdanken habe."

„Wie das denn?" Gernot verstand den Zusammenhang nicht.

Jan erzählte dann von seinem beruflichen Werdegang, dass er sich nach seiner Ausbildung als Landmaschinenmechaniker als Hubschrauberpilot bei der Bundeswehr beworben hatte.

„Ah", sagte Gernot, „dann weiß ich schon Bescheid. Mein alter Herr ist Stabsbootsmann bei der Marine in Wilhelmshaven und der ist auch schon ein paarmal versetzt worden. Aber was hat das mit dem Herrn aus Bonn zu tun?"

„Erst war ich bei den Nordfriesen in Hohenlockstedt als Hubschrauberpilot. Dann hatte ich mich für einen Laufbahnwechsel als sogenannter Fachdienstoffizier beworben. Während des Offizierslehrganges in Hannover kam dann ein Vertreter der damaligen Personalabteilung aus Bonn und hat mir freudestrahlend verkündet, dass er für mich einen tollen Dienstposten als Transporthubschrauberführeroffizier im romantischen Taubertal von Niederstetten zwischen Rotenburg ob der Tauber und Bad Mergentheim hätte."

„Und dagegen konntest du nix machen?", fragte Hannes nach. „Das wollte ich dich eigentlich schon immer mal fragen."

„Doch, ich hätte ja auf die Offizierslaufbahn und den Berufssoldaten verzichten können, dann wäre ich wahrscheinlich bis zum Ende meiner zwölfjährigen Dienstzeit als Zeitsoldat und Hauptfeldwebel bei den Nordfriesen geblieben."

„Und wo war für dich der Witz als Berufssoldat?", gab sich Hannes nicht zufrieden. Für ihn als bodenständigen Handwerksmeister und Unternehmer, der als gebürtiger Sachse zeit seines Lebens in Leipzig verbracht hatte, unvorstellbar.

„Also i bin dem Herrn aus Bonn von Herze dankbar", mischte sich dann Lisa ein. „Anders hät i mei Jan gar net kennegelernt."

„Na, da habt ihr ja schon den wichtigsten Grund gehört", bestätigte Jan schmunzelnd. „Aber für mich war das in erster Linie meine Leidenschaft für die Fliegerei. Und dann, wo kann man schon mit dreiundfünfzig in Rente oder Pension gehen?"

„Ah, ich hatte mich schon immer gewundert, wie jemand, der aus dem Süden der Republik kommt, sich in deinem Alter schon für eine ganze Saison hier als Dauercamper auf dem Platz einmieten kann. Die meisten Menschen müssen in diesem Alter ja noch arbeiten", merkte Linus noch an.

Nach der dritten Flasche Bier bedankte und verabschiedete sich Gernot. „Leider vertrage ich nicht so viel. Eigentlich trinke ich ganz wenig Bier", entschuldigte er sich.

„Und das als Kellner?", konnte es Linus kaum glauben.

„Ja, gerade. Während der Arbeitszeit ist Alkohol normalerweise ohnehin nicht erlaubt. Stell dir mal vor, du sollst nach zehn Bier noch ein Tablett voller Gläser unfallfrei zwischen den Tischen durchjonglieren."

„Ah, Dinner for one", kommentierte Linus. Und alle lachten bei der Vorstellung des Dieners in dem Silvesterklassiker und seinem Stolperer über den Kopf des Eisbärfelles.

Dabei hatten sie keine Ahnung davon, dass sie heute Abend noch die Ouvertüre zu einigen dramatischen Ereignissen erleben sollten. Auch wenn dies auf den ersten Blick gar nicht als solches zu erkennen sein sollte.

***

Am Abend hatte es sich die Rentnerband, wie Linus ihr Trio oft nannte, in Jans komfortablem Wohnanhänger mit einem Kartenspiel und weiteren Fläschchen von dem friesisch herben Bier gemütlich gemacht. Jan hatte sich erst im letzten Jahr diesen großen Fendt angeschafft, mit allem Schickimicki, wie die anderen beiden neidlos anerkannten. Seine Frau hatte mit ihren beiden Geschwistern im letzten Jahr in einer Erbengemeinschaft ein paar Hektar Land als Bauland verkauft.

In dem Wagen ließ es sich wirklich gut aushalten. Für Lisa und Jan war das besonders wichtig, da sie die gesamte Saison auf dem Platz blieben. Die anderen beiden Paare fuhren etwa alle vier Wochen für ein paar Tage nach Hause, um nach dem Rechten zu schauen. Aber Lisa und Jan vertraten den Standpunkt: Was sollen wir uns die lange Fahrtstrecke mehrmals zumuten, zumal weder Kinder noch sonst jemand auf uns wartet? Das Haus versorgte Lisas Schwester, die gleich nebenan wohnte. Gelegentlich machten sie dann Besuche bei alten Freunden und Verwandten von Jan in Esens und Umgebung.

Die Frauen hatten nichts dagegen, wenn die Männer bei ihren Karten saßen. Sie nutzten die Zeit mit gemeinsamen Handarbeiten im Campingwagen von Linus und Hedwig und konnten dabei ihre Frauenprogramme gucken, wie die Männer das immer nannten.

„Letzte Runde", sagte Jan mit Blick auf die Uhr, die schon fast elf zeigte. „Ich glaube, es ist langsam Zeit, die Nachtruhe einzuläuten."

„Okay", stimmte Linus ihm mit breitem Grinsen zu. „Grand Hand. Ich komme raus."

„Wenn ich dein fettes Grinsen richtig deute, dann können wir uns ja wohl auf ein Schneider-Schwarz ohne Ansage gefasst machen, oder?"

Hannes kannte Linus nur zu gut und es kam, wie er es bereits befürchtet hatte. Sie machten keinen Stich gegen ihn. „Ja, ja, wer schreibt, der bleibt", kommentierte Jan, als Linus die Abrechnung ihrer Skatrunden von diesem Abend machte. Sie spielten um zehntel Cent. Wobei der erspielte Ertrag in eine gemeinsame Kasse eingezahlt wurde. Davon leisteten sie sich dann kleine Unternehmungen, sei es ein Tagesausflug auf eine der ostfriesischen Inseln oder ein ausgiebiges gemeinsames Abendessen in einem der umliegenden schicken Lokale. Ein gutes Argument den Frauen gegenüber, wenn sich die Herren mit ‚achtzehn, zwanzig, passe' und manchmal reichlich Bier den ganzen Abend vertrieben.

Lisa, Hedwig und Gerlinde zogen da lieber stille Handarbeit mit einem kleinen Schwätzle, wie Lisa das ausdrückte, bei einem romantischen Liebesfilm oder einer Musiksendung im Fernsehen und mit einer Weinschorle oder einem Likörchen vor. Sie trafen sich dann meistens bei Hedwig, weil die den größten Fernseher hatte. Und gemütlich war es bei ihr auch. Die Wände zierten Bilder, auf denen sie und Linus als Schützenkönig und - königin posierten und die Linus als Karnevalsprinz zeigten. In einem kleinen Schaukasten prangten unzählige Orden aus dem Schützen- und Karnevalsverein, auf die er unheimlich stolz war.

Nachdem Linus das Geld in die dafür vorgesehene kleine Kassette gelegt hatte, meinte er schalkhaft: „Wahrscheinlich leidet unsere holde Weiblichkeit gerade tränenüberströmt bei einer Rosamunde-Pilcher-Schnulze mit."

„Glaube ich eher nicht", erwiderte Jan lachend. „Heute Abend läuft doch Florian Silbereisen im Ersten. Ach du je, da fällt mir ein, das geht doch noch bis halb zwölf. Da hätten wir ja noch weiterspielen können."

„Wenn der nicht sogar noch in die Verlängerung geht", stimmte ihm Hannes feixend zu. „Ich war ja vorhin mal kurz draußen, Leute. Es ist zwar recht frisch, aber wir haben fast Vollmond und kaum Wolken. Was haltet ihr von einem kleinen Spaziergang am Strand?"

„Gute Idee, ich könnte jetzt wirklich eine steife Brise um die Nase gebrauchen. Ich müsste nur meine Jacke holen. Dann kann ich den Frauen auch gleich Bescheid sagen", zeigte sich Linus einverstanden.

Auch Hannes holte sich noch seine Windjacke mit Kapuze. Kurze Zeit darauf trafen sich die drei wieder vor ihren Wohnwagen, die sie wie ein L um den Pavillon, fast wie eine kleine Wagenburg, zusammengestellt hatten, mit der offenen Seite zum Deich, auf dem die Schafe grasten. Um das Ganze hatten sie noch einen Sichtschutz gespannt, wie es die meisten Dauercamper machten.

Jan hatte noch die leeren Gläser in die Spülmaschine entsorgt und die Vase mit dem gemischten Blumenstrauß wieder auf den Tisch gestellt. Draußen blies ihnen ein kräftiger Westwind ins Gesicht und Wolkenfetzen trieben über den Himmel. Der Mond verteilte sein fahles Licht über den Strand und das Wattenmeer. „Wir haben auflaufendes Wasser", sagte Jan, der sich als Einheimischer sehr gut mit den Gezeiten auskannte. Sie hatten auch schon so manche kleine Wattwanderung in Strandnähe mit ihm unternommen. „So gegen halb zwei heute Nacht werden wir Hochwasser haben."

Die Männer hatten sich zunächst Richtung Osten gewandt und waren bis zur Mole vor dem Yachthafen gelaufen. Dabei hatten sie den Wind im Rücken. Dann aber, als sie sich an der Waterkant entlang in Richtung Westen wandten, blies ihnen der Westwind voll ins Gesicht. Worte wurden ihnen buchstäblich aus dem Mund geweht, sodass sie schweigend nebeneinander hergingen. In der Ferne blinkten ein paar Lichter von den Inseln herüber. Man glaubte, das auflaufende Wasser und die sich überschlagenden Wellen schon als herannahendes rhythmisches Rauschen hören zu können. Als sie das Strandende vom Campingplatz erreicht hatten, gab Jan das Zeichen zur Umkehr. „Ich glaube, das war genug Wind um die Nase. Das Gute am Rückweg ist, dass wir den Wind jetzt wieder im Rücken haben."

Seine beiden Campingbrüder nickten stumm. Sie hatten ihre Kapuzen hochgezogen, die sie jetzt vor dem Wind schützten. Nach einiger Zeit hatten sie den Weg, der zu ihren Wohnwagen und dem Sanitärgebäude führte, fast erreicht. Zwischen dem Gebäude und dem Strand waren die Saison-Standplätze derzeit erst sporadisch belegt. In wenigen Tagen und Wochen wäre sicher nicht ein einziger Platz mehr unbesetzt. Jetzt aber konnte man vom Strand aus schemenhaft die Rückseite des Wasch- und Toilettenhauses im fahlen Mondlicht ausmachen. „Guck mal, da scheint einer bei dem Wind krampfhaft zu versuchen, sich eine Zigarette anzuzünden", sagte Hannes. Er hatte recht, man sah deutlich das mehrfache Aufflackern eines Feuerzeuges und schließlich das Aufglimmen einer Zigarette.

„Jetzt könnt ihr euch vorstellen, warum man in Soldatenkreisen immer sagte, dass Rauchen im Schützengraben manchmal tödlich enden kann", konnte sich Jan den bissigen Kommentar nicht verkneifen.

„Wohl wahr", bestätigte ihn Hannes, der zu Zeiten der DDR in den siebziger Jahren noch bei der NVA seinen Wehrdienst abgeleistet hatte. „Jetzt zieht der gerade an seiner Zigarette. Roten Punkt anvisieren und peng, Blattschuss. Ach Quatsch, das sagt man ja wohl bei der Hirschjagd. Hier müsste man wohl sagen, Kopfschuss. Linus, mit dem hättest du als Zivi und Rettungswagenfahrer keine Arbeit mehr gehabt. Der hat es hinter sich."

Linus, der seinerzeit seinen Zivildienst in Bonn bei den Maltesern abgeleistet hatte, schauderte es. „Mensch, Hannes, du weißt doch, dass ich so was nicht abkann!", beklagte er sich. „Mir wird ganz schlecht, wenn ich nur an so was denke."

„Sorry, mein Mimöschen, kommt nicht wieder vor", entschuldigte sich Hannes lachend.

„Aber ich frage mich trotzdem, was der sich da so merkwürdig an die Hauswand drückt", sagte Linus, ohne auf Hannes' Bemerkung einzugehen, „ausgerechnet an der Nordseite, wo der Wind von der Seite voll hinpackt."

„Direkt davor steht doch ein Wohnwagen, in dem das Licht an ist. Vielleicht ist das ein Spanner", versuchte Jan eine Erklärung.

Als sie dem Wagen näher kamen, konnten sie erkennen, dass abgesehen von einer halben Gardine keine Rollos oder anderer Sichtschutz vor Blicken von außen schützten.

„Also bei uns sind abends immer die Rollos zu. Das zieht doch nur Gaffer und Spanner an", wunderte sich Linus. „Das könnte ja wirklich die Erklärung für den Raucher auf der anderen Seite sein."

Inzwischen waren die drei auf der Höhe des Wagens angekommen, der sich jetzt zwischen ihnen und dem Raucher befand. Durch ihr Gespräch selbst neugierig geworden, warfen sie unwillkürlich einen Blick in den beleuchteten Innenraum, es war offensichtlich das Schlafabteil. Sie waren solide und gestandene Männer und keiner von ihnen hatte eigentlich

Ambitionen zum Spanner, aber das Schauspiel, was sich ihnen da bot, hätte aus einem Sexfilm stammen können und zog sie ungewollt in ihren Bann.

Eine sehr attraktive junge Frau mit ausgesprochen hübschen weiblichen Proportionen saß völlig unbekleidet rittlings auf ihrem Partner, von dem durch die Fensterhöhe nur die leicht angewinkelten Knie zu sehen waren. Ihr Kopf war durch die halbe Gardine etwas verdeckt und nur zu sehen, wenn sie sich nach vorne beugte. Die Frau bewegte sich in eindeutiger Weise sehr heftig, und stöhnende Laute von ihr drangen bis zu den unfreiwilligen Zuschauern. Den drei Männern verschlug es die Sprache. Zumal es so aussah, als wenn die Frau es geradezu darauf anlegte, gehört und gesehen zu werden.

„So was nenne ich Exhibitionismus", fand der mit seinen einundsiebzig Jahren älteste Hannes seine Fassung und seine Worte wieder.

„Jetzt wissen wir, was der Raucher auf der anderen Seite so fixiert hat. Ich wette, auch bei dem Fenster auf der anderen Seite versperrt kein Rollo die Sicht. Würde mich nicht wundern, wenn der sogar noch ein Fernglas oder eine Kamera dabeihat", bemerkte Linus.

„Nicht auszuschließen", bestätigte Jan, als sich die Skatbrüder auf den Weg zu ihren Campingwagen machten, die gar nicht weit entfernt standen. Der Spanner musste sie wohl auch bei dem Mondlicht gesehen und vielleicht auch ihre Gespräche gehört haben, jedenfalls stand niemand mehr an der Rückseite des Sanitärgebäudes, als die Männer daran vorbeikamen.

Selbst, als sie ihre Wagenburg erreichten, die sich auf der Südseite des Wasch- und Toilettenhauses befand, meinten sie, das Luststöhnen der Frau noch leise zu hören.

„Ausdauer haben die", bemerkte Linus grinsend, „aber den Standplatz daneben möchte ich nicht haben. Da kriegste ja vielleicht die ganze Nacht kein Auge zu. Wer weiß, wie oft der arme Kerl noch ranmuss."

„Oder du musst dir dann für deine Hedwig am Ende noch die blauen Pillen besorgen", feixte Jan.

„Also, wenn ich ehrlich bin, früher hätte ich die Hübsche aus Uelzen, wie auf dem Nummernschild steht, auch nicht von der Bettkante geschubst", konnte sich Hannes den Kommentar nicht verkneifen, um dann aber gleich nachzuschieben: „Natürlich bevor ich meine Gerlinde kennengelernt habe."

In Jan stritten gerade zwei Seelen in der Brust. Er hatte den Wagen schon auf ihrem Hinweg zum Strand am Kennzeichen erkannt und wusste, wer die Hübsche war, behielt es aber an dieser Stelle dann doch lieber für sich.

2. Kapitel

Gernot Kaldenbach machte die Knöpfe seiner Jacke bis oben hin zu und zog den in einer doppelten Schlinge um den Hals gewickelten Schal enger, als er vom Marktplatz vor der Deichbrücke, dem Wahrzeichen von Bensersiel, an der Hafenspitze vorbei in Richtung Campingplatz zu langen Schritten ausholte. Fast wie im Winter, dachte er. Der kräftige Westwind, der ihm ins Gesicht blies, hatte gefühlte Gefrierpunktnähe. Es war ein langer Arbeitstag gewesen. Ostersamstag war das Huus Waterkant beim Hafen von Bensersiel, in dem er als Saisonkellner nun schon das zweite Jahr jobbte, gut besucht. Das wurde nur noch in den Sommerferien getoppt. Die letzten Gäste hatten kurz vor Mitternacht das Gasthaus verlassen. Dann noch das Übliche: Aufräumen, Abrechnen, Feierabend.

Kein Mensch war auf der Straße. Die meisten Schaufensterbeleuchtungen waren bereits im Sparmodus oder ganz abgeschaltet. Ein Auto fuhr auf der Hauptstraße in Richtung Esens. Der Mond tauchte die Deichbrücken und den ganzen Hafen in ein fahles Licht. Vom Campingplatz blinzelten vereinzelt Lichter herüber. Der Wind trieb Wolkenfetzen wie eine gehetzte Schafherde über den Himmel.

Gernot fröstelte. Eigentlich hatte er gehofft, heute die Nacht mit Nelie verbringen zu können. Nelie Sundermann kam aus Iserlohn im Sauerland und war auch wie er die zweite Saison im Waterkant. Sie teilte sich eine kleine Ferienwohnung in Westbense mit einer Freundin aus Dortmund, die einen Saisonjob im Hotel Benser Hof gegenüber von den Deichbrücken hatte. Aber dann war heute überraschend der Freund von Nelie mit seinem alten klapperigen Wohnmobil aufgetaucht, um die Osterfeiertage in Bensersiel bei seiner Freundin zu verbringen.

Shit happens, dachte Gernot, dann war für ihn an diesem Wochenende die berühmte tote Hose. An Werktagen hatte er da so die eine oder andere Möglichkeit. Manche Camper-Herren, die hier aus der Gegend kamen, mussten unter der Woche zur

17

Arbeit. Bei dem Gedanken konnte er sich ein Grinsen nicht verkneifen. Doch heute Abend blieb ihm nichts anderes, als sich auf ein gemütliches Feierabendbier und vielleicht noch einen Krimi im Fernsehen in seinem Wohnwagen zu freuen, obwohl ein Glühwein jetzt wahrscheinlich besser gepasst hätte.

Es dauerte nicht lange, dann erreichte er seinen Standplatz auf dem Campingplatz, in der Nähe der Wasch- und Toilettenanlagen, neben den Nobelkarossen der Rentner, mit denen er schon ein Bier getrunken hatte. Nur vereinzelt war noch Licht in dem einen oder anderen Campinggefährt zu sehen. Gernot schloss seinen Wagen auf und machte das Licht an. Sofort fiel ihm der große weiße DIN-A4-Briefumschlag auf dem Tisch in seinem Wohn- und Esszimmer auf. Verdammt, wie war der hier reingekommen? Die Tür war doch abgeschlossen gewesen. Er hasste mittlerweile diese weißen Umschläge, obwohl sie sonst zwei Größen kleiner waren, wenn sie hinter dem Scheibenwischer seines PKWs klemmten.

Isi, du verfluchte Schlampe! Er spürte, wie die Wut in ihm hochkochte. Irgendwie musste sie es geschafft haben, an eine Kopie seines Schlüssels zu kommen. Eine andere Erklärung gab es nicht. Er riss den Umschlag auf. Gleich auf dem ersten Bild in Umschlaggröße prangte in voller Pracht sein bestes Stück. Nicht, dass er sich dafür schämte, im Gegenteil, am FKK-Strand und in der Sauna hatte er es ganz gerne, wenn die verstohlenen Blicke der holden Weiblichkeit und die neidvollen seiner Geschlechtsgenossen darauf ruhten. So jedenfalls waren das seine Wahrnehmung und Interpretation.

Dieses kleine Miststück, dachte er bei sich, und ich Idiot habe mich noch darüber amüsiert, als sie mit ihrem Smartphone unzählige Bilder davon gemacht hat. Er blätterte die etwa zehn Fotoabzüge durch. Auch Bilder in Aktion waren wieder dabei. Sogar als Selfie, allerdings war ihr Gesicht nirgendwo abgelichtet. Er hatte sich ja auch schon manche Nacht mit ihr in diesem Wohnwagen vergnügt. Und hier waren die Bilder gemacht worden, wie man am Hintergrund erkennen konnte. In den Wintermonaten stand der Campinganhänger in einer Scheune seines Kumpels Gerd, abseits von dessen Hof bei

18

Sande. Von der Disco am Rande von Wilhelmshaven aus waren es keine fünfzehn Minuten mit dem Auto dahin. Solche Dates machte er ungern in seiner Wohnung. Nach seinen bisherigen Erfahrungen hatten die Wände in Mietwohnungen meistens große Ohren.

Was ihm allerdings jetzt doch etwas Sorge bereitete, waren die Bilder, die ihn heute sogar im Lokal bei seiner Arbeit zeigten. Wer hatte ihn fotografiert, ohne dass es ihm aufgefallen war? Isi wäre seiner Aufmerksamkeit sicher nicht entgangen. Sie musste also einen Komplizen haben. Genauso wie bei den Bildern, die ihn nicht nur bei der Arbeit in Wilhelmshaven, sondern auch zu Hause in seiner Souterrain-Wohnung zeigten. Eigentlich müsste er das als Stalking bei der Polizei anzeigen. Aber mit den Bullen, wie er sie nannte, hatte er es nicht so. Die sah er lieber von hinten als von vorn und am liebsten gar nicht, wofür er gute Gründe hatte.

Aber jetzt hätte er Isi am liebsten erwürgt. Er fragte sich, wie lange es dauern würde, bis solche Bilder auch bei seinen Nachbarn in Wilhelmshaven in den Briefkästen auftauchten. Ja, er hatte ihr vor Kurzem endgültig einen Korb gegeben. Er und einer attraktiven Frau einen Korb geben. Das war in seinem dreißigjährigen Leben bisher auch noch nicht so oft vorgekommen. Dafür hatte er im Bett viel zu viel Spaß …

Noch in seiner Pubertät war er durch eine Abiturientin aus der Nachbarschaft, die ihm eigentlich Nachhilfe in Mathe geben sollte, nicht nur in die nüchterne Welt der Zahlen eingeführt worden. Und dann hatte eine Videokassette mit einem Kultfilm aus den Achtzigern in der Klasse die Runde gemacht. Dirty Dancing mit Patrick Swayze und Jennifer Grey in den Hauptrollen. Manchem Mädchen in seiner Klasse war seine große Ähnlichkeit mit dem Hauptdarsteller danach wohl erst richtig bewusst geworden.

Von da an war es für ihn jedenfalls ein leichtes Spiel gewesen. Hinzu kam, dass er mit sechzehn an einem Tanzkurs teilgenommen hatte und Patrick Swayze auch im Tanzen ganz gut kopieren konnte, was besonders in der Disco gut ankam. Es hatte nicht lange gedauert und der Chef der Disco, in der er am

Wochenende gerne seine Abende verbrachte, bot ihm –
eigentlich illegal wegen seines Alters – einen Job als
Hilfskellner an. Aber damals nahm man das noch nicht so
genau. Neben seiner Ausbildung zum Kraftfahrzeugmechaniker,
die er nach seiner Mittleren Reife begonnen hatte, ein
willkommener Nebenverdienst. Besonders lukrativ wirkte sich
aber der diskrete Verkauf von Glücksmomenten, wie sein Chef
das nannte, auf seine Einnahmen aus.

Mit achtzehn konnte er nicht nur seinen Führerschein sofort bar
bezahlen, es reichte sogar noch für ein gebrauchtes knallrotes
schickes New-Beetle-Cabriolet, welches nicht nur die neidvollen
Blicke seiner Kumpels auf sich zog, sondern gerade beim
anderen Geschlecht sehr hoch im Kurs zu stehen schien.
Zumindest bei den Mädchen, die sich selbst zu den
Stammgästen der Disco zählten. Für ihn war das wie der
Hauptgewinn in einer Wurfbude auf der Kirmes: freie Auswahl.
Warum also sollte er sich fest binden, wenn ihm die Welt –
zumindest die weibliche – zu Füßen lag? So jedenfalls war sein
Empfinden.

Mit seinem Vater lag er diesbezüglich immer wieder im
Clinch. Als Stabsbootsmann der Bundesmarine war sein
Erzeuger manchmal monatelang irgendwo im Einsatz. Wenn er
dann mal nicht unterwegs war, gab es regelmäßig Zoff, sodass
Gernot bald von zu Hause auszog. An Geld mangelte es ihm
nicht. Und auf die neugierigen Fragen seiner Mutter, ob das
denn jetzt endlich mal seine feste Freundin sei, wenn er wieder
ein Mädchen nach Hause schleppte, hatte er auch langsam
keinen Bock mehr gehabt.

Trotzdem hätte alles gut laufen können, zumal nachdem er
seine Ausbildung erfolgreich abgeschlossen hatte. Keiner seiner
Kumpels konnte ihn verstehen, dass er den angebotenen Job in
seinem Ausbildungsbetrieb nicht annahm und sich stattdessen
die Nächte als Türsteher, Kellner und Bodyguard in der Disco
um die Ohren schlug.

Der eine oder andere wusste zwar von seinem lukrativen
Nebenjob, aber nur von dem einen. Er war noch keine zwanzig
gewesen, da hatte ihn ein smarter Typ in der Disco angespro-

chen, ob er nicht Lust hätte, als Model in Werbefilmen bei einer kleinen Agentur mitzumachen. Sehr schnell war man in der sogenannten Agentur bei den Probeaufnahmen auf den Punkt gekommen, ob er auch als männliches Nacktmodel Lust hätte mitzumachen. Zumal er durch regelmäßiges Training im Fitnesscenter sogar über einen gut trainierten Body und ein ansehnliches Sixpack verfügte. Angesichts der versprochenen Gage war er nicht abgeneigt.

Daraus waren dann ganz schnell einschlägige Filmchen geworden und für ihn ein weiterer einträglicher Nebenjob, der ihm sogar noch Zeit für andere Betätigungen ließ. Bei einem solchen Film hatte er vor Jahren auch Isi kennengelernt. Offiziell war er bei der Disco als Kellner und Bodyguard angestellt und der Disco-Besitzer war fast zu einem väterlichen Freund für ihn geworden. Wobei er sich durchaus darüber im Klaren war, dass echte Väter ihre Söhne sicher nicht zum Verkauf von Glücksmomenten animieren würden. Wenn er da nur an seinen Vater dachte. Gernot war sich sicher: Wenn der das wüsste, würde er zum ersten Mal eine saftige Tracht Prügel zu erwarten haben.

Dann war vor zwei Jahren die Agentur – sicher nicht ganz freiwillig – an irgendwelche Typen aus Osteuropa ‚übergeben‘ worden. Seitdem hatte er sich dort nicht mehr blicken lassen. Und so war ihm im letzten Jahr das Jobangebot als Saisonkellner im Huus Waterkant in Bensersiel gerade recht gekommen, zumal er dadurch auch die Möglichkeit hatte, für eine Zeit in Wilhelmshaven von der Bildfläche zu verschwinden.

Als die Saison in Bensersiel im letzten Jahr zu Ende war, hatte er seinen alten Job in der Disco wieder aufgenommen. Seinem Chef von der Disco in Wilhelmshaven war sein Arrangement in Bensersiel gar nicht ungelegen gekommen. Der hatte in den Küstenorten an der ostfriesischen und friesischen Nordseeküste inzwischen ein Netz mit Kleindealern aufgebaut, die in der Saison unter nicht abgeneigten Feriengästen seine Glücksmomente an die Frau oder den Mann brachten. So konnte Gernot, gut getarnt, den dafür erforderlichen Kurierdienst und die Aufsicht vor Ort übernehmen.

Und dann war vor einigen Monaten plötzlich Isi in der Disco aufgetaucht. Wenn sie nicht geschminkt war, erschien sie mit ihrem ovalen Gesicht, der Stupsnase und den schmalen Lippen, ihren graublauen Augen, den halblangen, mittelblonden Haaren und der fast knabenhaften Figur eher unscheinbar. Dabei hatte sie ihre ganz speziellen Qualitäten, wie Gernot nur zu gut wusste.

Er hatte keine Ahnung, ob Isi als Kurzform von Isabell eigentlich ihr richtiger Name war. In der Branche war es durchaus üblich, dass sich die Akteure Pseudonyme zulegten. Er selbst war dort als Gerry aufgetreten. Im Gegensatz zu Isi, die offensichtlich genau wusste, wo er zu finden war, hatte er keine Ahnung, wer sie wirklich war und wo sie wohnte. Außer dass ihr Mazda MX 5 Cabrio im Kennzeichen FRI hatte, woraus er schließen konnte, dass das Fahrzeug im Landkreis Friesland zugelassen war.

Sie hatten sich schon einige Male in seinem Wohnwagen in der Scheune vergnügt, als Isi beim letzten Date nach ihrem Schäferstündchen mit dem Vorschlag gekommen war, ganz in der Nähe auf dem Land eine Nachtsauna zu besuchen. Dagegen hatte er nichts einzuwenden gehabt. Als sie dort ankamen, erkannte er, dass sie ihn in ein etwas zwielichtiges Etablissement führen wollte. Was ihn aber auch nicht wirklich überraschte. So etwas besuchte er nicht zum ersten Mal, aber sonst eher mit Kumpels und nicht mit einer Frau. Es entging seiner Aufmerksamkeit nicht, dass man Isi dort kannte, und er dachte sich seinen Teil.

Nach drei Saunagängen wurde er von ihr herumgeführt und ihm die Einrichtung gezeigt. Sie kannte sich offensichtlich gut aus. Dann lud sie ihn ein, dort noch einen Absacker an der Bar zu nehmen, bevor sie ihn wieder zu seinem Wohnwagen bringen würde. Eigentlich trank er ja wenig Alkohol und hätte es auch jetzt nicht gebraucht, und von Drogen hielt er selbst sich ganz und gar fern. Im Allgemeinen zog er es vor, einen klaren Kopf zu behalten, wie er das ausdrückte. Er wollte ihr aber nicht den Spaß verderben und nahm ihre Einladung an.

Nachdem sie mit dem Sekt angestoßen hatten, rückte sie mit der Sprache heraus: „Gerry, was hältst du davon, wenn wir beide hier den Laden übernehmen? Die suchen gerade einen neuen Pächter."

Deswegen hatte sie sich also wieder an ihn herangemacht. Damit wurde sein Verdacht, dass ihr plötzliches Auftauchen kein Zufall gewesen war, bestätigt. Für ihn kam dieser Vorschlag etwas überraschend und er sagte ihr, dass er darüber erst einmal nachdenken müsste. Nachdem sie ihren Sekt ausgetrunken hatten, brachte sie ihn zu seinem Wohnwagen. Obwohl sie durch ihre Körpersprache erkennen ließ, dass sie noch zu einem Quickie bereit war, verzog er sich nach einem flüchtigen Abschiedskuss alleine in seinen Wohnwagen.

Als Isi nach einigen Tagen erneut in der Disco auftauchte, schickte er sie mit einer kurzen, schroffen Absage wieder weg, ohne ihr den wahren Grund zu nennen. Mit den Osteuropäern wollte er nämlich nichts zu tun haben. Er hatte inzwischen mit seinem Chef in der Disco darüber gesprochen. „Da stecken die gleichen Typen dahinter, die eure Agentur übernommen haben", hatte der ihn gewarnt. Für Gernot Alarmzeichen rot. Seitdem war Isi nicht mehr aufgetaucht, dafür aber diese weißen Umschläge. Und jetzt schien ihn das sogar schon in Benserseil einzuholen. Dass das ganze Spiel auch dazu dienen könnte, ihn aus dem Weg und/oder unter Kontrolle zu haben, kam ihm nicht in den Sinn.

$$***$$

Heute brauchte Gernot doch ausnahmsweise mal etwas Stärkeres, um seine Wut herunterzuspülen. Er war sich sicher, wenn er Isi oder einen ihrer Helfer jetzt in die Finger bekäme, würde es Tote geben. Ihm fiel ein, dass er von irgendjemand mal eine Flasche achtzigprozentigen Stroh-Rum geschenkt bekommen hatte. Er kramte diese aus einem seiner Schränke hervor und setzte Wasser zum Kochen auf. Dann mischte er sich einen Grog nach echt hanseatischem Rezept: Wasser kann, Zucker darf und Rum muss.

Der achtzigprozentige Rum brachte nicht nur Wärme in seine durchgefrorenen Glieder – er hatte zwar vorhin eine Wetterjacke angehabt, aber die war eigentlich für den Sommer gedacht –, auch in seinem Gehirn machte sich irgendwie eine wohlige Wärme breit. Und weil's so guttat, gönnte er sich gleich noch einen zweiten Becher mit derselben Mischung.

Wann er eingeschlafen war, daran konnte er sich am nächsten Morgen bei bestem Willen nicht mehr erinnern. Für einen echten Seebären wäre das sicher eine Menge an Grog gewesen, die gerade zum Anwärmen gereicht hätte. Ihn, der kaum Alkohol gewöhnt war, hatte das voll umgehauen.

Erst nach einer langen Dusche mit heißem und kaltem Wasser im Sanitärgebäude fand er so langsam wieder in die Realität zurück. Bevor er zu seinem Wagen zurückkehrte, hatte er sich noch schnell im Supermarkt des Platzes mit Brötchen und einer ordentlichen Portion Matjes versorgt. Das brauchte er heute Morgen. Für ihn war das erneut eine Bestätigung dafür, dass er Alkohol besser nur mäßig konsumierte. Auf dem Weg zu seinem Wagen hatten ihm einige Camper ein schmetterndes Moin entgegengerufen, weil sie ihn vom Waterkant her kannten. Aber er hatte es kaum wahrgenommen und nur reflexartig mit einem müden Moin beantwortet.

Bei seinem Camper angekommen, machte er sich gleich daran, seine Kaffeemaschine anzuschmeißen. Dann wollte er den Tisch freiräumen, auf dem noch der Umschlag und die Bilder von gestern verstreut lagen. Erst in diesem Moment entdeckte er den zweiten weißen DIN-A4-Umschlag. Verdammt noch mal, dachte er. Wie ist der jetzt schon wieder hier reingekommen? Dann fiel ihm aber ein, dass er die Tür nicht abgeschlossen hatte, als er zum Duschen ging.

Hastig riss er den Umschlag auf. Ähnliche Bilder wie in dem Umschlag von gestern Abend. Aber dann wurde ihm auf einmal doch ganz anders und leichte Panik stieg in ihm auf, obwohl er eigentlich kein ängstlicher Typ war. Einige Bilder zeigten ihn, wie er noch den leeren Grogbecher aus derber Keramik in der Hand hielt und voll angekleidet auf der Sitzbank lag und schlief. Den Grogbecher hatte er inzwischen unter dem Tisch entdeckt, der musste ihm wohl irgendwann aus der Hand gefallen sein. Offensichtlich war er noch am Tisch eingeschlafen. Jedenfalls war er heute Morgen dort auch aufgewacht. Da musste also jemand in der Nacht in seinem Camper gewesen sein und ihn fotografiert haben.

Jetzt überlegte er doch, ob er nicht zur Polizei gehen sollte. Das wurde ihm langsam etwas zu mulmig. Zumal auch Otto, der Disco-Besitzer in Wilhelmshaven, ihn noch vor seiner Abfahrt nach Bensersiel vor den Typen aus Osteuropa gewarnt hatte. Die hatten sogar schon versucht, seinem dortigen Chef das Gebiet für den Drogenhandel streitig zu machen.

Den Gedanken mit der Polizei ließ Gernot dann doch lieber ganz schnell wieder fallen. Wer im Glashaus sitzt, soll nicht mit Steinen werfen, blitzte es in seinen Hirnwindungen auf. Am besten, er ließe das Schloss auswechseln. Aber jetzt während der Osterfeiertage? Den Gedanken verwarf er auch gleich wieder. Außerdem hatte er Zweifel, dass für solche skrupellosen Gangster ein solches Schloss überhaupt ein Hindernis sein würde.

Er räumte die Bilder zusammen und verstaute dann alles in seinem Geheimversteck hinter der doppelten Rückwand im Geschirrschrank über dem kleinen Spülbecken und den beiden Herdplatten, in dem er auch seine Drogenvorräte lagerte. Dann machte er sich über sein Katerfrühstück her.

Er hatte gerade seine Kaffeetasse abgesetzt, da joggten Anna Reiter und ihr Mann vor seinem Fenster vorbei. Die beiden Tüten vom Bäcker erzählten, wo sie herkamen. Ihre Laufrichtung zeigte an, dass sie offensichtlich auf dem Weg zu ihrem Frühstück waren. Nach einem Blick auf die Uhr stand für Gernot fest, dass die beiden eine lange Nacht hinter sich hatten. Er wusste, dass Anna in diesem Punkt unersättlich sein konnte und es verstand, aus einem Mann das Letzte herauszukitzeln.

Schade, dachte Gernot, wenn Anna letzte Nacht Zeit für ihn gehabt hätte, wäre er mit Sicherheit nicht so versackt. Es kam ihm wieder ihre erste Begegnung im letzten Jahr im Waterkant ins Gedächtnis. Schon als er die Bestellung von ihr und ihrem Mann aufnahm, signalisierte ihre Körpersprache für ihn eindeutig: „Nimm mich!" Als ihr Mann dann mal austreten gegangen war, hatte er ganz zufällig im Vorbeigehen einen alten Kassenbon auf ihren Tisch fallen lassen, auf dem seine Handynummer stand.

Bereits am nächsten Tag kam erst ihr Anruf und in der Nacht dann sie. Obwohl Gernot, schon allein durch die Filmdrehs in der Agentur, einiges gewohnt war, hatte Anna noch einige Überraschungen für ihn bereit gehabt. Und seitdem wurden manche Abende unter der Woche für ihn nicht langweilig. Anders war das an den Wochenenden. Die verbrachte ihr Mann Manuel in aller Regel bei seiner Frau im Wohnwagen. Es kam aber auch vor, dass er sich mal früher freinahm und schon an einem Donnerstag zu seiner Frau nach Bensersiel fuhr. Dann war er aber bisher immer spätestens am frühen Nachmittag da gewesen, wohl weil er noch was vom Tag am Strand haben wollte, sodass es bisher noch nicht zu Komplikationen beim Tête-à-Tête zwischen Anna und Gernot gekommen war.

An den Wochenenden war dann hin und wieder Nelie für ihn da, wenn nicht gerade ihr Freund aus Iserlohn wieder aufgetaucht war oder Nelie etwas mit ihrer Freundin geplant hatte. So hätte für Gernot eigentlich die Welt in bester Ordnung sein können. Sein Dienst im Waterkant begann regelmäßig erst gegen Mittag, sodass ihm sogar noch Zeit für eine Joggingrunde am Strand oder einen Besuch in der Muckibude blieb. Wenn nicht Isi mit ihren blöden Briefen diese für ihn heile Welt gestört hätte.

Am Ostersonntag hatten sie im Waterkant ganz gut zu tun. Fast schon wie in der Hauptsaison, zumal es bei dem schönen Wetter auch viele Kurzbesucher aus der Umgebung an die Küste gezogen hatte. Als Gernot zum Feierabend seinen Wohnwagen betrat, überraschte es ihn nicht mehr wirklich, wieder einen Umschlag vorzufinden, der wiederum neuste Bilder von seinem heutigen Arbeitseinsatz enthielt. Trotzdem war ihm auch heute weder Isi noch ein Gast mit verdächtigem Verhalten aufgefallen. Er packte den Umschlag zu den anderen. Offensichtlich wollte ihn jemand weichkochen.

Am Ostermontag wurde Nelie von ihrem Freund zur Arbeit gebracht. Dann aß der noch im Waterkant zu Mittag, bevor er sich auf den Heimweg ins Sauerland machte. Nelie erzählte Gernot mit einem Augenzwinkern, dass er am nächsten Morgen bereits sehr früh wieder auf Schicht sein müsse. Und so waren in dieser Nacht Nelie und Gernot gemeinsam unterwegs zum Campingplatz. Sie hatten beide die Kapuzen ihrer Windjacken tief ins Gesicht gezogen, denn es nieselte leicht.

Nachdem sie den Camper betreten hatten, nahm Gernot den weißen Umschlag wie selbstverständlich vom Tisch und steckte ihn erst mal in den Zeitungshalter, der an der Wand neben der Tür hing, so als hätte er diesen Morgen einfach nur vergessen, ihn wegzuräumen. Nelie schien das gar nicht bemerkt zu haben, jedenfalls stellte sie keine Fragen, sondern verschwand gleich in der Nasszelle, um sich etwas frisch zu machen. In einem kleinen Rucksack hatte sie alles Nötige für die Nacht dabei und auch zum Wechseln für den nächsten Morgen. Gernot bereitete inzwischen das Bett vor, als es an der Tür klopfte.

Er ging leise zur Tür und riss diese mit einem Ruck auf. Es war niemand zu sehen. Er sprang raus und schaute die Straße entlang, es rührte sich nichts. Dann ging er um seinen Wohnanhänger herum, aber auch da nichts. Als er wieder in den Wagen stieg, kam Nelie gerade aus dem Minibad. „War etwas?", fragte sie. Sie trug einen Hauch von nichts. Mit ihren schön geformten Brüsten, die auch im Bikini am Strand so manchen Männerblick anzogen, mit ihrer frechen schwarzen Kurzhaarfrisur, ihren braunen Augen und dem Schmollmund sah sie so verführerisch aus, dass Gernot sie einfach zärtlich in die Arme nahm und sie küsste, statt ihr zu antworten. Er hatte sich schon als Teenager seinerzeit bei Patrick Swayze abgeguckt, wie man in bestimmten Situationen mit Frauen umgeht.

3. Kapitel

Ostern und die dazugehörigen Ferien waren zu Ende. Der Teil des Campingplatzes in Bensersiel, der für die Kurzbucher vorgesehen war, hatte sich deutlich geleert. Es war gegen drei Uhr. Jan hatte gerade wieder eine seiner nächtlichen Attacken bekommen. Er war schweißgebadet aufgewacht. Wieder überkamen ihn die Bilder von der Rettungsaktion in Somalia. Immer wieder sah er die junge Frau mit ihrem schlimm zugerichteten toten Kind im Arm in seinem Hubschrauber, in allen schrecklichen Einzelheiten. Die Frau hatte sich bis zuletzt dagegen gewehrt, ihr Kind aus den Armen zu lassen.

Schließlich hatte sein Copilot sie einfach mit dem Kind in den Hubschrauber geschoben. Staubfahnen am Horizont ließen befürchten, dass die Leute, die das Massaker in dem kleinen Dorf angerichtet hatten, zurückkamen. Sie mussten unbedingt sofort starten, obwohl sie eigentlich noch weitere Hütten nach Opfern durchsuchen wollten. Außer der Frau hatten sie bisher nur schrecklich zugerichtete Tote gefunden. Sie konnten es selbst als Soldaten nicht fassen, zu was Menschen fähig waren. Aber sie hatten politisch kein Mandat für einen Kampfauftrag, nur für humanitäre Aktionen, und so blieb ihnen nichts weiter, als von hier zu verschwinden.

Seit Jahren verfolgten ihn nachts diese Bilder. Eigentlich hätte er das dem Fliegerarzt bei den regelmäßigen Routine-untersuchungen zur Flugtauglichkeit melden müssen. Aus Vorträgen wusste er, dass er wohl an einer posttraumatischen Belastungsstörung – im Soldatenjargon kurz PTBS genannt – litt. Aber einerseits wollte er nicht als Weichei dastehen, andererseits wäre das bereits vor seiner Pensionierung wahrscheinlich auch das vorzeitige Ende seiner fliegerischen Laufbahn gewesen.

Lisa hatte sich daran gewöhnt, dass er manchmal nachts aufstand, sich vor den Fernseher setzte und dort sitzen blieb, bis ihn der Schlaf übermannte. Schließlich war ihm irgendwann in einer lauen Sommernacht die Idee gekommen, es mal mit Jogging zu versuchen. Und das tat ihm gut. Danach konnte er dann wieder ruhig und tief schlafen. Wenn er nachts aufstand und Lisa wach wurde, drehte sie sich einfach um und versuchte weiterzuschlafen. Sie ging dann davon aus, dass er mal wieder irgendwelche Alpträume hatte, was in gewisser Weise ja sogar zutraf.

Mittlerweile war er für das Joggen bei Nacht gut ausgerüstet. Wenn er über Landstraßen und Feldwege joggte, zog er zur Sicherheit eine Warnweste aus seiner Kfz-Ausstattung an. Für Beleuchtung sorgte ein kleiner LED-Scheinwerfer, der mit einem Stretchband am Kopf befestigt wurde. Und seit er mal von einem Hund attackiert worden war, hatte er sich eine kleine Dose Pfefferspray angeschafft.

Im letzten Sommer machte er in einer lauen Sommernacht in Bensersiel am Strand seine Runden, als plötzlich eine sehr attraktive nackte junge Frau in seinem Scheinwerferkegel auftauchte. Er war erschrocken stehen geblieben. Völlig ungezwungen und ohne jede Scham stand sie vor ihm, als sei diese Begegnung die normalste Sache der Welt. „Ich weiß, wer du bist", sagte sie charmant lächelnd. „Euch gehören doch die drei dicken Wohnanhänger zwischen dem Deich und dem Sanitärgebäude. Im letzten Jahr wart ihr doch auch schon da, allerdings noch ohne euren Pavillon. Übrigens, ich bin Anna." Sie streckte ihm die Hand hin. „Wir haben unseren Wagen genau auf der anderen Seite vom Gebäude zum Strand hin."

Ganz verlegen nahm Jan ihre Hand. „Jan", stellte er sich vor. „Du bist aber sehr gut informiert."

„Na ja", erwiderte Anna. „Wenn man vom Duschen oder Wäschewaschen kommt und die Stufen des Gebäudes runtergeht, schaut man doch genau auf eurc Wagen. Und die sind, allein schon von der Größe her, nicht zu übersehen. Manchmal sieht oder hört man euch auch, wenn der Knobelbecher auf den Campingtisch geknallt wird. Außerdem treffe ich manchmal die eine oder andere eurer Frauen im Lädchen und da hält man schon mal ein Schwätzchen. Übrigens, wir haben Hochwasser und es ist gar nicht kalt. Ich war gerade drin. Hättest du Lust, mit reinzukommen?"

Jan zögerte, dann aber zog er sein Sporthemd und seine Sporthose aus.

„Du kannst dich ruhig ganz ausziehen", sagte sie lachend, „ich guck dir schon nichts weg." Als er ihr textilfrei gegenüberstand, fügte sie noch hinzu: „Du kannst deine Sachen da vorne auf die Decke legen." Was er auch folgsam tat. Dann packte sie ihn bei der Hand und zog ihn hinter sich her ins Wasser.

Vor lauter Aufregung hatte er ganz vergessen, den LED-Scheinwerfer vom Kopf zu nehmen, sodass ihre schlanke, schön geformte Rückenpartie und ihr aufreizender Gang ins Wasser, unmittelbar vor ihm im Scheinwerferlicht, für ihn unübersehbar waren und nicht ohne Wirkung blieben. Ihre zu einem Pferdeschwanz zusammengebundenen blonden Haare, wippten leicht hin und her. Immer wieder blickte sie sich nach ihm um und lächelte ihn an. Jan war davon überzeugt, selten so harmonisch geschnittene Gesichtszüge gesehen zu haben. Ihre grade, zierliche Nase, die hellblauen Augen mit dem dunkelblauen Rand, die ansprechend geschwungenen Lippen, die sie leicht geöffnet hatte, ließen bei ihm sämtliche moralischen Bedenken schwinden. Und als sie sich dann voll zu ihm umdrehte, hätte er am liebsten zart ihre wohlgeformten festen Brüste berührt.

Aber stattdessen sagte er verlegen, sich selbst zur Raison rufend: „Was soll dein Mann denken, wenn der uns jetzt hier so sieht?"

Sie lächelte ihn verführerisch an. „Erstens haben wir eine offene Beziehung und zweitens muss mein Mann unter der Woche in seiner Firma in Uelzen dafür sorgen, dass Geld reinkommt. Drittens wusste er schon vor seinem Ja-Wort, dass er eine Nymphomanin heiratet." Sie kicherte dabei. „Und viertens bin ich eine selbstständige Designerin und dank Internet kann ich auch hier am Strand arbeiten. So, nun kennst du schon fast meine ganze Lebensgeschichte. Jetzt lass uns einfach diese tolle Sommernacht genießen."

Was dann kam und schließlich auf ihrer Decke im warmen Sand endete, versuchte Jan immer wieder aus seinem Gedächtnis zu verdrängen. Wie konnte er seiner Lisa so was nur antun?

Wobei in seinen Augen das Schlimmste war, dass es im letzten Sommer nicht bei dem einen One-Night-Stand geblieben war. Einmal hatte sie auf seiner Laufstrecke am Wasser entlang, so wie sie von Gott geschaffen war, auf ihrer Decke im Sand gelegen. Hinterher hatte er fast das Gefühl gehabt, einer äußerst hübschen Spinne ins Netz gegangen zu sein.

Dabei war der Hammer gewesen, dass Lisa ihm am nächsten Tag, als sie vom Einkaufen im Shop zurückkam, erzählte, dass sie mit Anna, einer Camperin aus Uelzen, ins Gespräch gekommen sei. Sie hätte den Wagen von ihr ja schon mal auf dem Weg zum Strand gesehen und sich gewundert, wie jemand, der vielleicht keine zwei Stunden zur Ostsee hat, den längeren Weg zum Wattenmeer auf sich nimmt, wo dann auch noch nicht einmal ständig das Wasser da ist.

Lisa konnte dann berichten, dass die Lösung ganz einfach sei, der Mann von Anna käme aus Aurich. Er wäre bei einem Compagnon in dessen Firma in Uelzen mit eingestiegen und Anna habe von Berlin aus für diese Firma als Designerin gearbeitet. „Hast du übrigens gewusst, dass Uelzen eine Hansestadt ist und sogar einen Hundertwasser-Bahnhof hat?"

„Ja, habe ich gewusst, ich war doch mal auf dem Truppen-übungsplatz Munster, das liegt etwa zwanzig Kilometer entfernt", war seine Antwort gewesen. Er war sich irgendwie sicher, dass Anna es sich zum Spaß gemacht hatte, ausgerechnet seiner Frau einen Teil ihrer Lebensgeschichte zu erzählen. Wohl wissend, dass er davon erfahren würde. So ein raffiniertes Luder, war es ihm durch den Kopf geschossen.

Daher kam ihm auch das dritte Mal im Nachhinein nicht zufällig vor. Er war gerade nach einem seiner nächtlichen Läufe aus der Dusche gekommen, als sie wohl auf dem Weg dorthin war. Jedenfalls dachte er das. Schließlich hatte er sich zu einem Quickie in der Damendusche mit ihr hinreißen lassen. Was alles andere als beruhigend auf sein Gewissen gewirkt hatte. Aber schließlich waren die Erinnerungen an seine Seitensprünge in den letzten Wintermonaten dann doch etwas verblasst.

Bis zu dem Abend vor einigen Tagen nach dem Skatspiel, als er mit Linus und Hannes den nächtlichen Strandspaziergang

31

machte, was für ihn zu einem ungewollten, wenn auch einseitigen Wiedersehen mit Anna wurde. Einerseits hatte das sein Gewissen aus dem Dornröschenschlaf, in den er es geschickt zu haben glaubte, gerissen. Andererseits war er über sich selbst erschrocken, als er das Ansteigen seines Testosteronspiegels und Wachsen seiner Begierde bemerkte.

Und jetzt war er, nach den schrecklichen Nightmare-Bildern aus Somalia, heute Nacht wieder unterwegs. Er hatte wohlweislich nicht den Weg zum Strand eingeschlagen und war in Richtung Supermarkt gestartet, da traf es ihn plötzlich wie ein Blitz aus heiterem Himmel. Diese gleichen Laute, die er nur zu gut kannte und die er und seine Skatbrüder erst vor Kurzem gehört hatten. Anna! Aber diesmal im Wohnwagen von Gernot.

Jan war unwillkürlich stehen geblieben. Kein Zweifel. Er war sich absolut sicher, das konnte nur Anna sein. Aber was war das? Er sah wieder das Aufglimmen einer Zigarette, doch diesmal offensichtlich mit dem Versuch, diese durch die Hand abzuschirmen. Dann verschwand der Typ. Im ersten Moment wäre Jan am liebsten hinterhergelaufen, folgte dann aber doch seinem geplanten Weg. Er nahm sich vor, lieber nicht mit seinen Camper-Freunden darüber zu reden. Es wäre ihm zu peinlich gewesen, wenn auf irgendeine Weise sein kleines Geheimnis offenbar geworden wäre. Selbst wenn seine Kameraden gegenüber Lisa und ihren Frauen Stillschweigen bewahrt hätten. Und doch sollte ihn diese Geschichte noch von einer ganz anderen Seite wieder einholen.

4. Kapitel

Es waren ruhige Tage auf dem Campingplatz in Bensersiel eingezogen. Überwiegend waren nur noch Stammgäste mit Saisonbuchungen am Platz. Man kannte sich. Bei Begegnungen hie und da ein Schwätzchen und mit den Nachbarn ein Bierchen oder ein gemeinsamer Grillnachmittag. Die Abende waren doch noch etwas frisch. Da verzogen sich die meisten Camper gerne in Zweisamkeit in ihre kuscheligen Wohnwagen vor den Fernseher oder mit einem spannenden Ostfrieslandkrimi aus der Region ins Bett.

Es war zwar noch ein wenig zu früh, aber Anna wollte sich noch ein ausgiebiges Badevergnügen in der Wanne ihres gemieteten Familienbades gönnen. Sie hatte sich heute noch ein anregendes Duftöl besorgt und wollte das ausprobieren. Überall im Bad hatte sie Kerzen aufgestellt. So machte sie es zu Hause auch. Die Kerzen verbreiteten einen angenehmen Duft und mit dem flackernden Schein auch ein völlig anderes, anheimelndes Raumempfinden.

Wobei sie hier doch manchmal ein wenig ihren großen Eck-Whirlpool vermisste. Wenn sie dann gemeinsam mit ihrem Mann das Prickeln auf der Haut spürte und sie sich mit dem Vorspiel viel Zeit ließen … Heute musste sie sich selbst genügen.

Dafür war aber die Vorfreude da, denn sie hatte nachher noch ein spätes Date. Es war mitten in der Woche und Manuel war sicher bis spät am Abend noch im Büro gewesen. Wahrscheinlich war er dann anschließend noch ins Steakhaus gegangen. Er liebte Steaks in allen Variationen, Hauptsache, sie waren rare. Er war davon überzeugt, dass ihm das seine Ausdauer verlieh, von der sie so gerne Gebrauch machte.

Sie gönnte es ihm. Auch, wenn er einen solchen Abend mit seiner Sekretärin oder einer Geschäftspartnerin verbrachte. Schließlich war sie eine faire Playerin. In einer offenen Beziehung galt gleiches Recht für beide. Schließlich genoss sie selbst im Moment ja auch die sinnliche Vorfreude.

Schade, dass sie sich wohl noch bis nach Mitternacht würde gedulden müssen. Aber sie hatte es mit dem Bad nicht mehr abwarten können und war schon so gespannt auf das neue Badeöl gewesen, welches ihr die Verkäuferin mit einem Augenzwinkern so sehr empfohlen hatte. Aber irgendwie kamen Anspruch und Wirklichkeit nicht ganz überein. Jedenfalls war sie davon doch etwas enttäuscht. Na, was soll's, dachte sie, als sie sich abtrocknete. Gernot würde nachher schon noch für genügend Anregung sorgen. Dafür kannte sie ihn.

Anna hatte alle Kerzen gelöscht und die Wanne wieder gereinigt. Hygiene war ihr sehr wichtig. Auch Gernots erster Gang, wenn er von seinem Job zu einem Date zum Camper kam, führte ihn immer erst einmal in die Dusche. Sie wollte gerade die paar Stufen des Sanitärgebäudes hinuntergehen, da warf sie einen Blick auf Gernots Campingwagen, der auf einem Platz schräg links vor den Stufen vor dem Deich stand. Da schlug ihr Herz vor Freude bis zum Hals. Er war bereits da. Im Wagen war schon Licht. Wahrscheinlich war heute unter der Woche im Waterkant nicht mehr so viel Betrieb gewesen. Es war doch eine sehr gute Eingebung, schon etwas früher gebadet zu haben, ging es ihr durch den Kopf.

Sie hatte nur ihren flauschigen Hausanzug an. Gernot liebte es, wenn er nicht erst lange fummeln musste, um zum Beispiel den BH zu öffnen. Er sagte immer, dass er von ihrem reizvollen Körper gar nicht genug bekommen könnte.

Sie musste sich beherrschen, um nicht im Laufschritt zu Gernots Standplatz zu eilen. Aber sie wollte ja nicht atemlos bei ihm ankommen. Wie hätte das denn ausgesehen? Und so ließ sie sich Zeit und schritt langsam auf den Wagen zu. Das erhöhte ihre Spannung und Vorfreude. Zumal nun doch das angepriesene Duftöl seine Wirkung zu entfalten begann. Jedenfalls war das in diesem Moment ihr Empfinden.

Dann hatte sie die Tür erreicht, öffnete ganz leise und wollte sich unauffällig in den Wagen schleichen, um ihn zu überraschen. Die Überraschte war dann aber sie. Sie stand einer blonden, unscheinbar wirkenden jungen Frau gegenüber, die sich am Hängeschrank über der Spüle zu schaffen machte. „Was

machen Sie denn da? Und was haben Sie hier zu suchen?",
schrie Anna sie an.

Die Frau wandte sich ihr zu, schaute aber an Anna vorbei.
Diese drehte den Kopf, um dem Blick der Frau zu folgen, und
sah in diesem Moment hinter sich den großen vierschrötigen
Kerl, der mit der schweren Glasblumenvase, die bei Gernot
manchmal mit roten Rosen für sie auf dem Tisch stand, gerade
ausholte. Das Letzte, was noch in ihr Bewusstsein drang, waren
sein südländisches Aussehen und sein dominanter schwarzer
Oberlippenbart. Dann traf sie der Schlag und sie versank in das
Land der Träume.

Als Anna wieder zu sich kam, lag sie im Kofferraum eines
Wagens. Ihr Kopf dröhnte. Das Schaukeln zeigte, dass das Auto
in Bewegung war. In ihr kroch Panik hoch. Wie lange lag sie
hier schon? Man hatte ihr die Füße und die Hände
zusammengebunden, sodass sie sich in dem Kofferraum kaum
bewegen konnte. Sie wusste nicht, sollte sie sich bemerkbar
machen oder lieber nicht? Vielleicht würde das ja jemand hören.
Dann entschied sie aber, sich zunächst still zu verhalten. Das
Rauschen des Fahrtwindes und das Singen der Reifen erinnerten
sie daran, wenn Manuel mal wieder mit über zweihundert
Sachen auf der linken Spur einer Autobahn unterwegs war.

Dazu passte auch, dass Fahrgeräusche anderer Fahrzeuge nur
rechts zu hören waren. Sie lauschte und überlegte. Seitdem sie
wieder bei Bewusstsein war, hatte sie kein einziges Mal ein
Fahrgeräusch eines anderen Autos auf der linken Seite
wahrgenommen. Also musste der Wagen wirklich mit hohem
Tempo unterwegs sein. Aber wohin? Allzu dichter Verkehr
schien auch nicht zu herrschen, woraus Anna schloss, dass es
immer noch Nacht sein musste.

So langsam kamen ihre letzten Bilder und Wahrnehmungen
zurück. Was wollten diese Frau und der Typ bei Gernot im
Wohnwagen? Offensichtlich hatten sie nicht mit ihrem
Auftauchen gerechnet, sinnierte Anna. Wahrscheinlich waren sie
davon ausgegangen, dass Gernot noch im Waterkant bediente,
sonst hätten die sicher nicht mit so einer Festbeleuchtung
ungeniert in seinem Küchenschrank rumgesucht. Wahrschein-

lich waren das Kleinkriminelle, die nach Geld und Wertgegenständen gesucht hatten. Vielleicht Beschaffungskriminalität für Drogen, fiel ihr dann noch ein.

Da passte aber nicht ins Bild, dass sie sie jetzt gefesselt im Kofferraum eines Wagens mit hoher Geschwindigkeit über eine Autobahn kutschierten. Solche Drogenabhängige wären eher sofort abgehauen und hätten sie einfach im Wagen liegen lassen. Andererseits hätte da die Gefahr bestanden, dass sie möglicherweise auch bald wieder wach geworden wäre und den ganzen Campingplatz alarmiert hätte, bevor die beiden Ganoven weg gewesen wären.

Wie sie es auch drehte und wendete, es ergab alles keinen rechten Sinn. Eine Erkenntnis, die nicht gerade geeignet war, ihre Panik zu dämpfen. Im Gegenteil, sie würde beide bei einer Gegenüberstellung identifizieren können. Und als Designerin verfügte sie über ein gutes fotografisches Gedächtnis. Das heißt, sie würde sogar aus der Erinnerung ziemlich präzise Bilder zeichnen können, auch wenn sie den Angreifer nur für den Bruchteil einer Sekunde gesehen hatte, bevor sein Schlag sie traf und sie bewusstlos wurde.

Die Bewusstlosigkeit, die Kopfschmerzen und der Schwindel deuteten nach ihrer Selbstdiagnose darauf hin, dass sie eine Gehirnerschütterung erlitten hatte. Das löste bei ihr aber im Moment noch die geringste Besorgnis aus. Vielmehr beschäftigte sie die Frage, was hatten diese Vollpfosten mit ihr vor? Waren das vielleicht sizilianische Mafiosi auf dem Weg zur Baustelle der nächsten Autobahnbrücke, um sie dort in einem Betonpfeiler für die Ewigkeit zu konservieren, weil sie sie identifizieren könnte?

Schließlich kam sie zu dem Schluss: Auch wenig wahrscheinlich. Was sollten ausgerechnet solche Mafiosi in einer beschaulichen Urlaubsregion wie der ostfriesischen Nordseeküste? Die waren doch an viel größeren Geschäften in Ballungszentren interessiert, wie sie aus den Medien wusste. Zwar waren gerade in der Hauptsaison unzählige Touristen in der Küstenregion unterwegs, aber jetzt war keine Hauptsaison. Ihr fiel die kurze Liaison mit einem Psychologen ein, der diese aber bald beendet hatte, mit der Diagnose, sie sei eine unverbesserliche Nymphomanin. Aber von ihm wusste sie auch, dass nagende Ungewissheit genauso bedrückend wirken konnte wie eine schreckliche Gewissheit.

Daher versuchte sie ihrer aufkommenden Hysterie mit autogenem Training zu begegnen, so gut dies in der angespannten Körperhaltung in dem Kofferraum überhaupt möglich war. Aber es gelang ihr schließlich, Herzschlag und Kreislauf zu stabilisieren und wieder zu klaren Gedanken zurückzufinden.

Dann verlangsamte der Wagen die Fahrt und sie hörte das Klicken des Blinkers. Schließlich hielt er an. Es klappten zwei Autotüren und der Kofferraumdeckel wurde geöffnet. Es war immer noch dunkel draußen. In dem funzeligen Licht der Kofferraumbeleuchtung, die bei geöffnetem Deckel anging, sah Anna einen Hünen von Kerl. Ihr blieb fast das Herz stehen. Würde sie jetzt hier entsorgt wie Abfall? Bevor sie sich weitere Gedanken machen konnte, wurden ihr die Fußfesseln durchgeschnitten. Dann hoben sie starke Arme wie eine Feder aus dem Kofferraum und stellten sie auf den Boden. Sie brauchte ein paar Sekunden, bis sie ihr Gleichgewicht gefunden hatte.

„Pinkeln!", sagte dann ein zweiter Mann, den sie schemenhaft an der Seite des Wagens stehen sah. Der Kraftprotz, der sie aus dem Wagen gehoben hatte, führte sie ein Stück über eine Wiese und zog ihr dann die Hose ihres Hausanzuges herunter. „Pinkeln!", gab nun auch er das Kommando.

Anna merkte erst jetzt, wie tatsächlich ihre Blase drückte. Nachdem er ihr die Hose wieder hochgezogen hatte, führte er sie wieder zum Auto zurück, wo sich der andere gerade eine Zigarette anzündete. Wie ein Blitz durchfuhr es Anna. Es war der Südländer mit dem Schnauzer, der sie im Wohnwagen von Gernot niedergeschlagen hatte. Die beiden sprachen miteinander in einer Sprache, die irgendwie slawisch klang. Anna verstand kein Wort.

Nachdem der Schnauzer zu Ende geraucht hatte, sagte er in gebrochenem Deutsch: „Machst du Zicken, hast du Probleme! Keine Zicken, keine Probleme, okay?"

Anna schöpfte Hoffnung. Wenn die sie umbringen wollten, dann hätten die das längst tun können. Also erst einmal Zeit gewinnen. Daher sagte sie: „Was habt ihr mit mir vor? Ich habe euch doch nichts getan."

„Keine Fragen! Keine Zicken!"

„Okay, ich stelle keine Fragen und mache auch keine Zicken", gab Anna sich geschlagen. Sie spürte, dass hier jede Diskussion nur ihre Situation verschlimmern konnte.

Dann half ihr der Muskelmann, da sie durch ihre immer noch gefesselten Hände gehandicapt war, beim Einsteigen in den Kofferraum. Ihre Füße wurden nicht wieder gefesselt. Was sie schon als eine gewisse Erleichterung empfand. Aber warum machten die die Klappe nicht wieder zu? Die Antwort erhielt sie in diesem Moment.

Der Schnauzer war zurückgekommen. Er schob den Ärmel von der Jacke ihres Hausanzuges hoch, dann schien er die Vene zu suchen, jedenfalls klopfte er wie ein Arzt oder Sanitäter in ihrer Armbeuge herum. Schließlich hatte er gefunden, was er suchte, und drückte eine Spritze in ihren Arm.

Das Letzte, was Anna noch klar denken konnte, war, dass man ihr wohl eine Droge verabreicht hatte. Von da an waren ihre bewussten Wahrnehmungen ausgeschaltet.

5. Kapitel

Es war noch nicht acht Uhr, als Frank Wagener, der Hafenmeister von Bensersiel, seinen obligatorischen Rundgang im Yachthafen gerade beenden wollte, da entdeckte er an dem Außenborder eines Katamarans eine Windjacke, die sich offensichtlich in der halb im Wasser hängenden Schraube des Außenbordmotors verfangen hatte. Jedenfalls sah es vom Rand des Hafenbeckens, auf dem er stand, so aus. Er lief zu dem Steg, an dem der Katamaran festgemacht war. Als er am Ende des Seitenstegs auf der Höhe des Hecks von dem Boot ankam, sah er sofort, es war nur die Kapuze, die sich in der Schraube verfangen hatte. In der Jacke steckte, wie die Größe vermuten ließ, wohl ein Mann.

Frank hatte die Nummer des Wittmunder Polizeikommissariats in seinem Handy gespeichert. Als sich die Polizeistation meldete, ließ er sich mit Kriminalhauptkommissar Bert Linnig verbinden. Als er Bert dran hatte, sagte Frank: „Moin Bert, hier ist Frank Wagener aus Bensersiel. Ich glaube, hier liegt eine männliche Leiche in meinem Yachthafen, die sich in der Schraube eines Katamarans verfangen hat. Jedenfalls sieht es nicht so aus, als wenn der gerade eben erst ins Wasser gefallen wäre. Der Kopf befindet sich mit dem Gesicht unter Wasser und wird wahrscheinlich nur durch die Kapuze an der Motorschraube an der Wasseroberfläche gehalten, denn wir haben noch bis etwa viertel vor neun abfließendes Wasser. Normalerweise wäre ich auch noch gar nicht hier, habe aber nachher noch was im Büro zu tun. Übrigens sieht es so aus, als wenn an einer Stelle am Hinterkopf Blut in den Haaren wäre."

„Moin Frank, hab dich schon an der Stimme erkannt. Das hört sich gar nicht gut an. Sind noch andere Leute im Hafen oder bei den Booten?"

„Im Moment scheint außer mir noch niemand hier zu sein. Ich wollte gerade meinen obligatorischen Rundgang beenden, als mir die Jacke im Wasser auffiel. Sonst ist alles ruhig."

„Okay. Bleib bitte vor Ort und sieh zu, dass nichts verändert wird. Wir sind gleich da. Bis dann."

Frank überlegte, der Katamaran war gestern erst mit auflaufendem Wasser gegen dreizehn Uhr eingelaufen. Beim Anlegen hatte er noch die Leine am Steg festgemacht. Der Liegeplatz lag an der Außenseite der Steganlage zur Hafeneinfahrt hin. Dann hatte er dem Skipper noch beim Befestigen der Abdeckplane geholfen. Also schien es unwahrscheinlich zu sein, dass der Tote vom Katamaran gefallen war. Andere Boote lagen im Moment nicht im Außenbereich. Wie also war die Leiche dahin gekommen? Er kannte Kommissar Linnig, der würde ihm gleich bestimmt auch diese Fragen stellen.

Hochwasser hatten wir gestern gegen dreizehn Uhr dreißig, überlegte er. Von da an war das Wasser abgeflossen und hatte gegen zwanzig Uhr den tiefsten Stand erreicht. Ab da war das Wasser wieder stetig in das Hafenbecken zurückgeflossen, um gegen halb drei heute Nacht den höchsten Stand zu erreichen. Das heißt, zwischen zwanzig Uhr und halb drei hätte es den Toten in den Hafen treiben können, wenn er von einem Boot oder Kutter in der Fahrrinne vor der Hafeneinfahrt ins Wasser gefallen wäre. Zu dieser Zeit waren aber keine Wasserfahrzeuge angemeldet gewesen. Erst nach dem Wechsel der Tide gegen halb drei heute Nacht hätte eine Leiche rausgetrieben werden können.

Daher wäre es eher wahrscheinlich, dass der Tote zwischen zwanzig Uhr und halb drei hier vom Hafenkai aus ins Wasser gestürzt und möglicherweise ertrunken war. Aufgrund der hohen Spundwände in diesem Bereich hätte jemand, der sich im Hafen nicht auskannte – sicher selbst als guter Schwimmer – bei den Wassertemperaturen kaum eine lange Überlebenschance gehabt.

Mitten in die Überlegungen des Hafenmeisters platzten die Blaulichter mehrerer Dienstfahrzeuge der Polizei. Kurz darauf begrüßten ihn die Kommissare Bert Linnig und Nina Jürgens. Um sie herum war im Nu hektische Betriebsamkeit entstanden. Uniformierte entluden ein Schlauchboot, um dieses dann vom Steg aus ins Wasser zu lassen. Die Beamten ruderten zu dem Katamaran. Dort machten sie zunächst mehrere Fotos vom Fundort und von der Leiche, so wie sie sie vorfanden.

Bert und Nina waren mit Frank über den Steg auch zum Fundort gegangen. „Ihr solltet den Toten bergen, bevor er noch von dem abfließenden Wasser mitgezogen wird", sagte Frank. „Ich fürchte, lange hält ihn die Kapuze seiner Windjacke nicht mehr. Ich glaube, wenn er die Jacke nicht geschlossen hätte, würde diese ohnehin nur noch alleine in der Schraube hängen."

Kaum dass Frank es ausgesprochen hatte, rutschte, wohl durch den sinkenden Wasserstand, die Kapuze von der Bootsschraube und die Leiche drohte dem Wasserfluss zu folgen.

Vorsichtig bargen sie den Toten. Die Vermutung von Frank Wagener bestätigte sich, es war tatsächlich ein Mann, wie einer der Polizisten Bert zurief. Der Beamte schätzte ihn auf ungefähr dreißig. Die Kommissare waren mit Frank inzwischen zur Kaimauer zurückgekehrt. Einige Zeit danach brachte das Bergungsteam den Toten auf einer Bahre dorthin.

Was für ein gut aussehender junger Mann, dachte Nina, als sie den Leichnam auf der Bahre liegen sah. Irgendwo meinte sie das Gesicht schon mal gesehen zu haben. Am liebsten hätte sie ihm die entsetzt weit aufgerissenen Augen geschlossen. Aber das war nicht ihr Job. Das musste sie Dr. Rabe, dem Rechtsmediziner, überlassen.

„Kennst du den?", fragte Bert Frank.

„Na klar. Das ist Gernot. Ein Saisonkellner vom Waterkant. Wie der mit Nachnamen heißt, weiß ich nicht."

„Danke, Frank, das wird sicher rauszukriegen sein."

„Ich fahr mal rüber zum Waterkant, vielleicht ist ja schon jemand im Lokal", sagte Nina und machte sich auf den Weg.

Die Spurensicherung hatte den Hafen bereits ab dem Deichtor abgesperrt. Im Moment konnte dadurch niemand mehr unkontrolliert zum Campingplatz, zum Touristenzentrum mit Schwimmbad oder zum Yachthafen.

„Was meinst du, Frank, wie der Tote unter Berücksichtigung der Tide zum Fundort gekommen ist?"

Genau wie Frank es erwartet hatte. Er berichtete Bert von seinen diesbezüglichen Überlegungen.

„Klingt logisch und nachvollziehbar. Könnte was dran sein. Warten wir mal ab, was die Rechtsmedizin und die

Spurensicherung herausfinden. So wie du es sagst, könnte es sich ja auch um einen Unfall handeln."

„Durchaus denkbar. Es wäre nicht das erste Mal, dass jemand, der einen über den Durst getrunken hat und sich im Hafenbecken erleichtern will, dabei ins Wasser stürzt. Da käme bei den gegenwärtigen Wassertemperaturen nur jemand raus, der weiß, wie er die Trittleisten in der Spundwand findet. Ob das ein Saisonkellner weiß, da hätte ich meine Zweifel."

In diesem Moment kam Nina zurück. „Der Chef vom Waterkant hatte gerade aufgeschlossen, als ich dort eintraf. Er war sehr bestürzt und kann sich das überhaupt nicht erklären. Aber er zeigte sich sehr kooperativ. Der Kellner heißt Gernot Kaldenbach und kommt aus Wilhelmshaven. Er ist ledig. Die Adresse der Eltern gibt uns später seine Buchhaltung durch. Er schildert den Toten als sehr zuverlässigen und beliebten Kellner, der bereits die zweite Saison bei ihm arbeitet. Bemerkenswert erschien dem Chef, dass er wohl auch privat kaum Alkohol trank, auf meine Frage, ob der vielleicht gestern ein Glas zu viel gehabt haben könnte. Allerdings wäre er ihm in den letzten Tagen etwas nervös vorgekommen, was Gernot aber auf Nachfrage hin dementiert hätte. Es sei alles in Ordnung, war seine Antwort gewesen."

„Wusste der Wirt auch, wann der Tote gestern Abend raus ist und wohin er wollte?", hakte Bert nach.

„Ja, da hätten noch ein paar Camper einen Geburtstag gefeiert und die sind kurz vor zwölf weg. Dann wäre noch aufgeräumt und abgerechnet worden. Es könnte so gegen halb eins gewesen sein. Genau wüsste er es aber nicht, weil er noch in der Küche zu tun gehabt hätte. Gernot Kaldenbach hat einen Saisonstellplatz auf dem hiesigen Campingplatz und der Wirt ging davon aus, dass er da hin ist. Manchmal an Wochenenden soll da auch schon mal was mit einer Kollegin, Nelie Sundermann, gelaufen sein, wie man sich im Kollegenkreis erzählt. Aber das sei wohl nichts Festes, denn unter der Woche hätten Nelie und der Tote zumeist getrennt das Lokal verlassen. Da werde ich später, wenn das Personal da ist, noch mal nachhaken. Jetzt wollte ich eigentlich mal gleich zum Campingplatz."

„Danke, Nina. Gute Idee."

Inzwischen war Dr. Klaus Rabe, der Gerichtsmediziner aus Oldenburg, eingetroffen und die Kommissare wollten daher erst einmal zu ihm. „Frank, vielen Dank. Du hast uns mal wieder sehr geholfen. Sicher hast du in deinem Büro zu tun", sagte Bert. „Falls wir noch Fragen haben, wissen wir, wo wir dich finden. Bevor wir hier verschwinden, sagen wir noch Tschüss. Wenn wir es schaffen, du kennst das ja", ergänzte er dann.

„Ihr könnt euch auch gerne noch einen Kaffee bei mir abholen", antwortete Frank, bevor er sich dann auf den Weg zum Gebäude des Cafés am Yachthafen machte, in dem sich auch sein Büro befand.

Nina und Bert gingen zu Dr. Rabe, der noch mit dem Toten beschäftigt war. Nachdem sie sich begrüßt hatten, meinte der Rechtsmediziner: „So wie es aussieht, hat die Leiche am Hinterkopf eine starke Verletzung. Ob das die Todesursache ist, muss die Obduktion ergeben. Der Tod könnte nach erster Einschätzung zwischen Mitternacht und drei Uhr eingetreten sein."

Bert berichtete von den Vermutungen des Hafenmeisters in Bezug auf die Auswirkungen der Tide.

„Klingt alles sehr plausibel", bestätigte der Rechtsmediziner. „Dazu würde auch meine Schätzung des Todeszeitpunktes passen. Aber wie gesagt, Weiteres erst, wenn ich meine Untersuchungen abgeschlossen habe."

Bert wollte zunächst mit Sönke Nansen, dem Leiter der Spurensicherung, sprechen, den er in seinem Leitstandfahrzeug vermutete, während Nina sich auf den Weg zur Camper-Anmeldung machte.

Sönke konnte zu diesem Zeitpunkt nur die Vermutungen des Hafenmeisters bestätigen. „Wir haben zumindest keine Anhaltspunkte gefunden, die diese Vermutungen ausschließen würden", sagte er zu Bert. „Allerdings scheint ein Unfall aufgrund der Verletzung am Hinterkopf doch wohl eher unwahrscheinlich."

„Es sei denn, er ist beim Sturz in das Hafenbecken mit dem Kopf auf irgendetwas Hartes geprallt."

„Stimmt, aber wir hatten gegen zwei Uhr dreißig den höchsten Wasserstand und werden erst etwa viertel vor neun den niedrigsten haben. Das heißt, da zurzeit keine Boote in diesem Hafenbereich liegen, könnte er nur auf etwas gefallen sein, was im Schlick des Hafenbodens liegt. Da haben wir aber bisher nichts dergleichen entdecken können, obwohl der Wasserstand jetzt bereits sehr niedrig ist. Diese Überlegung scheidet daher nach meiner jetzigen Einschätzung aus, sodass wir wohl von Mord oder Totschlag ausgehen müssen."

***

Die beiden Kommissare saßen noch in Sönkes Fahrzeug bei einer Tasse Kaffee, als Nina vom Campingplatz zurückkam. Ihre sorgenvolle Miene verhieß nichts Gutes.

„Was ist los?", wollte Bert wissen, der seine Nina kannte. Sie waren im Laufe der Jahre zu einem eingespielten Team im Kommissariat in Wittmund geworden. Beide hatten schon eine Ehe dem Dienstgott geopfert, wie sie es empfanden. Dann waren sie sich auch über das Dienstliche hinaus nahegekommen. Im Sinne des Dienstherrn wahrscheinlich zu nahe, denn sie hätten eigentlich inzwischen sogar ein gemeinsames Kind haben können, wenn Nina bei einem der letzten Fälle nicht in einen verbrecherischen Hinterhalt geraten wäre, der sie selbst auch fast das Leben gekostet hätte. Ihr Ungeborenes hatte es nicht überlebt, was für beide Kommissare eine nachhaltig schmerzliche Belastung darstellte.

Da aber für sie die Devise galt, Dienst ist Dienst und privat ist privat, ließen sie sich im dienstlichen Alltag nichts anmerken. Daher wusste Bert sofort: Wenn Nina so ein Gesicht machte, dann deutete das auf einen weiteren schlimmen Fall hin. Und genauso war es.

„Als ich gerade zu der Anmeldung kam, da platzte ein aufgeregter Camper mit der Nachricht in den Empfangsraum: ‚Meine Frau ist verschwunden! Ich hab schon bei der Polizei angerufen, aber die sagten mir, dass die Beamten gerade hier im Einsatz wären.' Die Dame an der Rezeption zeigte dann auf mich und erklärte ihm, dass ich die Polizei sei. Woraufhin er sich sofort fast auf mich stürzte. ‚Sie müssen sofort nach meiner Frau suchen, da ist bestimmt etwas passiert!' Ich habe dann erst einmal versucht ihn zu beruhigen. Das klang alles etwas verworren, was da aus ihm heraussprudelte. Dann habe ich ihn schließlich doch mitgenommen, obwohl wir eigentlich andere Prioritäten haben. Silke und Bernd nehmen gerade in unserem Einsatzfahrzeug die Vermisstenanzeige auf."

Die Polizeihauptmeister Silke Jansen und Bernd Guben gehörten ebenfalls schon lange in das engere Team von Kriminalhauptkommissar Bert Linnig. Heimlicher Spitzname der beiden bei den Kolleginnen und Kollegen war Pat und Patachon nach dem dänischen Komiker-Duo. Es lag einfach daran, dass Silke, eine geborene Ostfriesin, eine gemütliche Figur und Ausstrahlung hatte, während Bernd ein langer Schlaks von eins neunzig war. Er kam aus dem Ruhrgebiet, eingefleischter Schalke-Fan, was er auch gerne zum Besten gab. Er lebte mit einer Ostfriesin zusammen in deren Haus, das sie von ihrer Oma geerbt hatte. Auch Silke würde mal das Haus ihrer Großeltern erben, somit kam ein Standortwechsel für beide eher nicht in Betracht. Sie hatten Bert schon erklärt, dass ihnen der Standort wichtiger als eine Polizeikarriere sei.

„Dann lass uns mal nach dem Herrn mit der Vermisstenanzeige schauen. Wie heißt der eigentlich?", fragte Bert.

„Manuel Reiter, Geschäftsmann aus Uelzen", antwortete Nina, „und seine vermisste Frau heißt Anna. Eigentlich wäre er unter der Woche gar nicht hier, sondern in seinem Unternehmen in Uelzen. Aber er hatte gestern einen geschäftlichen Termin mit anschließendem Essen in Oldenburg gehabt und da habe er sich gedacht, dass er dann auch bei seiner Frau auf dem Campingplatz in Bensersiel übernachten könne. Und dann war die nicht da, als er gegen Mitternacht hier ankam."

„Wäre es nicht denkbar, dass seine Frau woanders übernachtet hat?", fragte Bert auf dem Weg zum Einsatzwagen seines Teams.

Bevor Nina antworten konnte, erreichten die beiden Kriminalisten bereits das Einsatzfahrzeug.

„Vermisstenanzeige haben wir aufgenommen", meldete Bernd.

„Okay, wir übernehmen dann und ihr könnt im Hafen weitermachen."

Nach der Begrüßung wiederholte Bert an Manuel Reiter gerichtet die Frage, die er auf dem Weg bereits Nina gestellt hatte.

„Herr Kommissar, natürlich könnte das sein, aber meine Frau ist sehr ordnungsliebend. Ich bin sicher, dass sie in das von uns gemietete Familienbad gegangen ist, um dort vor dem Schlafengehen ein Bad zu nehmen. Da ihr Hausanzug, den sie immer anzieht, wenn sie zum Baden geht, nicht im Schrank war und ihr BH und Slip noch oben auf der Wäschetruhe lagen, gehe ich davon aus, dass sie sonst nichts anhatte. So geht sie normalerweise nirgendwohin. Für mich steht fest, sie ist vom Baden nicht in unseren Wohnwagen zurückgekehrt. Das ist nicht normal bei ihr. Außerdem war ich ja mit dem Zweitschlüssel bereits in unserem Bad, da roch es immer noch intensiv nach Kerzenduft und Badeöl, und das Fenster war noch beschlagen, sie hatte vergessen es zu öffnen."

„Nina, kannst du mal prüfen, ob ein Hundeführer verfügbar ist?" Und zu Manuel gewandt fuhr Bert fort: „Sie müssen verstehen, Herr Reiter, eigentlich haben wir hier im Hafen einen Todesfall aufzuklären. Dieser Fall ist konkret und hat für uns daher eine entsprechende Priorität. Bei Vermisstenmeldungen tauchen in den überwiegenden Fällen die vermissten Personen bereits nach kurzer Zeit wieder auf und alles hat dann am Ende zumeist sogar eine plausible Erklärung. Allerdings ist aufgrund der zeitlichen und örtlichen Nähe nicht auszuschließen, dass es zwischen dem Todesfall und dem Verschwinden Ihrer Frau einen Zusammenhang gibt."

Nina kam zurück: „Ich habe hier einen Kollegen mit seinem Hund. Wir können also starten."

Beim Wohnwagen der Reiters angekommen, ließ sich der Hundeführer getragene Kleidungsstücke von Anna geben. Nachdem der Hund die Fährte aufgenommen hatte, zog er schnurstracks zum Eingang des Sanitärgebäudes. Am Fuß der Stufen wirkte er etwas irritiert, er schien sich nicht entscheiden zu können, ob er der Spur die Treppe rauf oder einer weiteren zur anderen Seite des Hauptweges folgen sollte. „Da gibt es offensichtlich zwei Fährten", stellte der Hundeführer fest. „Der Spur ins Gebäude brauchen wir sicher nicht weiter zu folgen, das Ziel dort kennen wir bereits."

Er dirigierte den Hund in die andere Richtung. Auf der dem Deich zugewandten Seite des Hauptweges folgte der Hund der Spur in Richtung Anmeldung. Aber bereits nach wenigen Metern bog er zu einem Wohnwagen ab und signalisierte, dass er da hineinwollte. Der Hundeführer klopfte, und als keine Antwort kam, versuchte er die Tür zu öffnen. Diese war verschlossen. „So wie es aussieht, führt die Fährte der Frau in diesen Wagen, aber offensichtlich nicht wieder hinaus. Sonst hätte der Hund auch vorne beim Verlassen des Hauptweges die gleiche Reaktion gezeigt wie an der Treppe."

„Könnte es nicht sein, dass die Frau wieder zu ihrem Wagen zurückgegangen ist?", wollte Bert wissen. „Das wäre ja fast der gleiche Weg und der Hund kann sicher nicht entscheiden, in welche Richtung die Gesuchte gegangen ist."

„In welche Richtung nicht, da haben Sie recht. Aber da die Spur hierher auf der Deichseite verlief, gehe ich mal davon aus, dass die Vermisste auf dem Rückweg zu ihrem Wagen auch bereits auf der Strandseite des Hauptweges gegangen wäre, zumindest irgendwo auf diesem Stück dahin gewechselt wäre, das hätte der Hund uns bereits auf dem Weg hierher angezeigt."

„Das ist plausibel", gab sich Bert zufrieden.

Nina hatte bereits das Einsatzfahrzeug mit Silke und Bernd angefordert. Sie mussten die Tür gewaltsam öffnen, denn es konnte ja sein, dass die Frau im Wagen lag und Hilfe brauchte.

Der Polizeieinsatz hatte inzwischen Zuschauer gefunden, auch wenn Bert diese auf Distanz beordert hatte. Da meldete sich vom Nachbarplatz ein großer schlanker, braun gebrannter älterer Herr mit sächsischem Akzent: „Der Wagen gehört Gernot Kaldenbach, einem Saisonkellner vom Huus Waterkant. Wir haben uns schon gewundert, dass der sich heute Morgen noch gar nicht gerührt hat. Sonst hört man morgens um diese Zeit immer Musik aus seinem Wagen. Aber wir haben gedacht, dass es bei dem gestern besonders spät geworden ist, zumal der wohl auch Besuch hatte, wie wir mitbekommen haben."

Bert stellte sich vor und fragte: „Und wer sind Sie?"

„Hannes Köper aus Leipzig. Wir Saisoncamper kennen uns als Nachbarn natürlich."

„Vielen Dank, Herr Köper, das ist sehr gut. Dann brauchen wir Sie nachher noch mal für einige Fragen. Können wir uns dann bei Ihnen zusammensetzen?"

„Natürlich, Herr Kommissar, Sie sind herzlich willkommen und eine Tasse Kaffee hat meine Frau sicher auch für Sie."

„Danke, das klingt gut. Da kommen meine Kollegin Nina Jürgens und ich nachher sehr gerne drauf zurück."

Inzwischen waren Silke und Bernd mit dem Einsatzfahrzeug da und Bernd hatte im Nu die Tür geöffnet. Bereits nach einem kurzen Blick von außen in das Wageninnere stand fest: Dort hielt sich niemand auf, weder tot noch lebendig. Da die Tür zum kleinen Bad offen stand, konnten sie ausschließen, dass sich die Gesuchte dort befand. Deshalb verzichtete Bert auf das Betreten des Wagens.

„Hier muss Sönke mit seinen Leuten ran", sagte Bert. „Silke und Bernd, bitte alles absperren." Auch Manuel Reiter musste trotz Protest hinter die Absperrung. Bert hatte ihn noch ermahnt, in seinem Wohnwagen keine Veränderungen vorzunehmen, um keine eventuellen Spuren zu verwischen. Jede Spur konnte wichtig sein, um seine Frau noch lebend zu finden.

Den Hundeführer entließ Bert mit einem Dank an ihn und seinen treuen Gefährten. Dann sagte er leise zu Nina: „Du hattest wohl wieder eine deiner Intuitionen, als du den Ehemann nicht abgewimmelt hast. Da ist in der Tat etwas faul. Der Wagenbesitzer ist tot. Anna Reiter hat offensichtlich direkt vom Sanitärgebäude aus diesen Wagen aufgesucht, aber selbst nicht wieder verlassen. Das könnte darauf hindeuten, dass sie getragen wurde. Gar nicht gut! Überhaupt nicht gut! Wo wurde sie dann hintransportiert?"

„Und das sieht zudem nach einem Verhältnis zwischen dem Toten und der Vermissten aus. Und ihr Besuch von gestern war sicher nicht ihr erster. Sollte der Ehemann von der Beziehung gewusst haben, könnte sein Verhalten heute Morgen auch nur Show gewesen sein. Dann wäre er sogar unser Hauptverdächtiger." Die Profilerin in Nina war wieder voll im Einsatz.

„Du hast recht. Es wäre nicht das erste Mal, dass ein Täter mit einer solchen Show versuchen würde, von sich abzulenken. Aber für eine Festnahme reicht das noch nicht aus. Wir sollten uns gleich, wenn Sönke mit seinen Leuten eintrifft, mit dem Herrn Köper aus Leipzig unterhalten. Der scheint ja irgendetwas beobachtet oder zumindest mitbekommen zu haben."

Kurz nach der Unterhaltung der beiden Kommissare kam Sönke mit seiner Truppe. Nach einer kurzen Einweisung gingen Nina und Bert, um den Nachbarn zu befragen.

6. Kapitel

Der Nachbarplatz von Gernot setzte sich aus vier Standplätzen zusammen, die von einer einzigen Umspannung umfasst wurden, welche nur an der Seite zum Nachbarn beziehungsweise dem Abstellplatz für die Pkws einen Durchgang ließ. Bevor die Beamten das Grundstück betraten, rief Bert: „Herr Köper, könnten wir von Ihrem Angebot Gebrauch machen?"

„Meinen Sie das mit dem Kaffee?" Hannes kam lachend um die Ecke des Pavillons. „Herzlich willkommen!" Nina und Bert verschlug es im ersten Moment die Sprache, als sie in den Innenhof der großen drei zu einem L zusammengestellten Gespanne traten.

„Das ist ja fast wie eine Wagenburg aus dem Wilden Westen", entfuhr es Bert.

Die offene Flanke des Innenraumes begrenzte der große weiße Pavillon, der nur zum Innenhof hin geöffnet war. Dort saß offenbar die ganze Burgbesatzung um zwei zusammengestellte große Campingtische.

Hannes sah die erstaunten Blicke der beiden Polizisten. „Ich darf vielleicht erst einmal vorstellen", übernahm er das Wort und die Begrüßung. „Das ist meine Frau Gerlinde, die für Sie bereits die Thermoskanne mit Kaffee gefüllt hat. Sie werden sehen, dass wir nicht umsonst den Beinamen ,Kaffeesachsen' tragen." Nicht nur Hannes musste dabei lachen. Und das mit dem Sachsen hatten Nina und Bert schon an seiner Aussprache erkannt. Dann fuhr er fort: „Das ist mein langjähriger Camperfreund aus Bonn, Linus Brettfeld, und seine Hedwig. Und vor zwei Jahren haben wir Verstärkung aus dem Schwabenland bekommen, Jan Grote, der eigentlich als Ostfriese hier aus Esens stammt, mit seiner Frau Lisa, um die innerdeutsche Völkerverständigung komplett zu machen. Aber, das ist Camping! So muss es sein! Und jetzt sind Sie herzlich eingeladen zu einer Tasse sächsischen Kaffees. Und die Schwäbin Lisa hat sogar dazu eine echte Ostfriesentorte gezaubert. Sie ist nämlich gelernte Köchin und kann sogar Snirtje und Grünkohl."

„Vielen Dank", sagte Nina charmant lächelnd, „wenn wir das gewusst hätten, wäre dafür mindestens ein dicker Strauß Blumen als Gastgeschenk fällig gewesen, so kommen wir leider nur mit einem Strauß voller Fragen. Aber nochmals herzlichen Dank!"

Bert musste in diesem Augenblick an die „Verstärkung" aus Hannover denken. In zwei Fällen hatte ihnen der Kollege aus dem „hohen Haus" schon mal beibringen wollen, wie man Zeugenanhörungen nach bürokratischen Regeln zu machen hatte. Am besten im Vernehmungszimmer des Kommissariats und auf keinen Fall in einer Küche des Zeugen, auf der Ostfriesencouch und dann auch noch bei einer gemütlichen Tasse Ostfriesentee. Geschweige denn wie hier auf dem Campingplatz bei einer Tasse Kaffee und einer Ostfriesentorte – auch noch mit in Weinbrand eingelegten Rosinen, und damit Alkohol im Dienst. Wenn der Kollege hier das Aufgebot der Camper mitbekäme, würden sich sogar seine bürokratisierten Fußnägel hochrollen. Das käme für den Kollegen schon fast einer Beamtenbestechung gleich. Bert musste unwillkürlich bei diesem Gedanken grinsen.

„Sie amüsieren sich wohl auch über den Strauß voller Fragen Ihrer Kollegin", riss Hannes ihn aus seinen Gedanken.

„Na, wo sie recht hat, hat sie recht. Bei so einer Begrüßung würde ich mich auch mit einem Blumenstrauß in der Hand wohler fühlen", parierte Bert elegant.

„Na ja, Ostfriesentorte haben wir auch nicht jeden Tag auf dem Tisch. Aber Lisa hat heute Geburtstag und Sie haben das Glück, hierzu herzlich eingeladen zu sein", erläuterte Hannes.

Als die Polizisten ihre Glückwünsche angebracht hatten und alle vor ihrem Kaffee und Kuchen am Tisch saßen, sagte Bert: „So toll der Kaffee und der Kuchen auch schmecken, leider sitzen uns ein ungeklärter Todesfall und eine vermisste Camperin im Nacken. Sie sprachen doch vorhin von einer Beobachtung in der letzten Nacht."

„Nicht nur heute Nacht", meldete sich Linus zu Wort.

„Das ist ja interessant", stellte Nina fest. „Aber fangen wir doch mal mit gestern Nacht an."

„Also, gesehen habe ich nichts, nur etwas gehört. Ich meine, es wäre noch vor Mitternacht gewesen, könnte aber auch danach gewesen sein. Jedenfalls fand ich es merkwürdig, dass ein Auto, wie es sich anhörte, zwischen unsere parkenden Autos gefahren sein muss. Und das, obwohl abends absolutes Fahrverbot am Platz gilt. Ich wollte schon rausgehen. Dann hörte ich, wie die Kofferraumklappe zugeschlagen wurde und das Auto wieder wegfuhr. Danach war nichts mehr zu hören. Deshalb bin ich dann auch nicht mehr rausgegangen."

„Ich habe vorne bei der Anmeldung eine Schranke gesehen. Ist die nachts offen?", wollte Bert wissen.

„Nein", sagte Linus. „Das könnte eigentlich nur jemand vom Campingplatz gewesen sein. Für Besucher ist weiter vorn ein großer Parkplatz. Ich habe aber nichts von einem Auto mitbekommen. Wir haben schon geschlafen."

„Wir auch", ergänzte Jan. „Davon höre ich jetzt zum ersten Mal."

„Für uns sind das wichtige Informationen", sagte Nina. „Aber Sie sprachen davon, dass Sie noch andere Beobachtungen gemacht haben."

„Ja", antwortete Linus. Das ist schon eine Weile her, das war kurz nach Öffnung des Platzes. Da haben wir drei Männer nach unserem Skatabend noch einen Spaziergang am Strand gemacht. Zu der Zeit waren die Saisonplätze auch noch nicht so voll besetzt wie jetzt. Auf dem Rückweg kamen wir an dem Wagen der Frau Reiter vorbei. Und das ist doch die Frau, die von ihrem Mann vermisst wird. Er hatte bei uns heute Morgen auch schon nachgefragt, ob wir seine Frau gesehen hätten."

„Linus, ich glaube, das ist eine Sache, die die Kommissare sicher nicht interessiert", unterbrach ihn Jan.

„Wenn es um die vermisste Frau geht, interessiert uns alles", ermunterte Bert Linus zum Weitersprechen.

„Ja, denke ich auch. Jedenfalls war das Licht im Schlafabteil des Wohnwagens an und keine Sichtblenden vor den Fenstern. Da konnte man Anna und ihren Mann beim Sex beobachten."

„Und hören, das Stöhnen von ihr war ja nicht zu überhören", warf Hannes ein. „Nicht, dass Sie jetzt denken, wir wären

Spanner. Aber um den Wagen herum waren die Plätze noch unbelegt und daher konnte man sich dem Blick auf das beleuchtete Fenster fast nicht entziehen, zumal drumherum ja alles im Dunkeln lag."

„Ja", übernahm wieder Linus, „deshalb konnten wir schon von Weitem sehen, dass sich jemand an der Rückseite des Sanitärgebäudes eine Zigarette anzündete. Vermutlich hat da jemand die beiden durch das andere Fenster beim Liebesspiel beobachtet. Als wir daran vorbeigingen, war aber niemand mehr da. Wahrscheinlich hatte derjenige uns gesehen oder gehört und sich verdrückt."

„Uns habt ihr davon aber nichts erzählt", beschwerte sich Hedwig.

„Na ja, auch wenn wir keinen engen Kontakt zu den Reiters haben, aber man kennt sich doch und wir wollten damit eben nicht hausieren gehen."

„Aber zumindest euren Frauen hättet ihr doch auf jeden Fall mal was sagen können", mischte sich nun auch Gerlinde ein. „Und wenn es ums Stöhnen geht, so was habe ich auch schon mal bei unserem Nachbarn Gernot gehört, als ich nachts auf die Toilette gegangen bin. Wobei ich mir aber eigentlich nicht vorstellen kann, dass das die Anna gewesen sein soll. Die war doch auch uns gegenüber immer etwas distanziert. Die hat man ja auch nirgends mal bei anderen Campern beim Bier oder Grillen gesehen. Man begegnete sich wohl schon mal in den Einrichtungen des Campingplatzes und hat dann auch mal ein Wort gewechselt. Aber sonst …"

„Sie haben hier Saisonplätze belegt. Heißt das, dass Sie die ganze Saison hier am Platz verbringen?", wollte Bert wissen.

„Lisa und Jan sind die ganze Saison durchgehend hier. Linus und ich fahren mit unseren Frauen alle paar Wochen mal nach Hause, um dort nach dem Rechten zu sehen", antwortete Hannes.

„Und wie steht das bei dem Ehepaar Reiter?", hakte Bert nach. Im Hinblick auf seinen vorherigen Gedankenaustausch mit Nina zum Thema Hauptverdächtiger wollte er sich von neutraler Seite Informationen einholen.

„Soweit ich weiß, ist sie in der Saison die meiste Zeit am Platz. Er kommt normalerweise nur am Wochenende. Von Uelzen hierher ist es ja auch eine ganze Strecke. Sie hat mal erzählt, dass sie Designerin wäre und von hier aus über das Internet arbeitet", wusste Gerlinde zu berichten.

„Frau Köper, wann haben Sie denn das Stöhnen einer Frau im Nachbarwagen gehört?", wollte Nina es genau wissen.

„Genau weiß ich das nicht mehr. Ich glaube, das war in der letzten Woche."

„Am Wochenende oder unter der Woche?", fragte Nina noch mal nach.

„Das war auf jeden Fall unter der Woche, aber fragen Sie mich nicht nach dem Tag."

Nina warf Bert einen wissenden Blick zu. Sie dachte an die Aussagen des Wirtes vom Waterkant, wonach der Tote nur an Wochenenden manchmal mit seiner Kollegin Nelie ein Date gehabt haben sollte. Da konnte ein Schuh draus werden: das Stöhnen einer Frau in seinem Wagen unter der Woche, die Wochenendehe der vermissten Frau und die Beziehung des Toten zu seiner Kollegin, die sich nur auf Wochenenden zu beschränken schien. Es war also denkbar, dass der Ermordete sich unter der Woche mit der Vermissten und am Wochenende mit seiner Kollegin vergnügt hatte.

Bert hatte in diesem Moment ähnliche Gedanken. Nina und er waren ein eingespieltes Team. Sie verstanden sich auch ohne Worte.

„Könnte einer von Ihnen uns mal die Stelle zeigen, wo der Raucher gestanden hat? Wir müssen dann auch schon wieder weiter. Herzlichen Dank für den wirklich ausgezeichneten Kaffee und die leckere Ostfriesentorte. Wir sollten Sie zu Hoflieferanten unseres Kommissariats ernennen", kündigte Bert lachend ihren Aufbruch an.

Linus war bereit, die Kommissare zu der Stelle zu führen. Draußen begegneten sie Sönke, der gerade auf dem Weg zu seinem Einsatzwagen war.

„Du kannst dich uns gleich anschließen, denn wir werden gleich die Spurensicherung brauchen", sprach Bert ihn an. Dann setzte er auf dem Weg zur Nordseite des Sanitärgebäudes Sönke kurz ins Bild, während Nina mit dem Einsatzwagen hinterherfuhr.

Als sie dort ankamen, zeigte Linus ihnen die Stelle, wo er und seine Skatbrüder den Raucher gesehen hatten. Danach verabschiedete er sich, um zu seinem Wagen zurückzugehen.

Die Polizisten hatten mit geübtem Blick sofort einige Kippen an der bezeichneten Stelle erkannt und Sönke sagte: „Da werde ich gleich einen meiner Leute dransetzen. Vielleicht haben wir sogar eine verwertbare DNA-Spur. Wir haben hier nachher sowieso noch Arbeit mit dem Wohnwagen der vermissten Frau." Dann machte er sich wieder auf den Weg zu seinem Einsatzfahrzeug.

In diesem Augenblick kam Manuel Reiter aus seinem Wohnwagen. „Haben Sie schon einen Hinweis auf den Verbleib meiner Frau gefunden?"

„Nein, das nicht. Aber Sie brauchen wir auch noch", erwiderte Bert.

„Kommen Sie rein", lud Manuel die Kommissare ein.

„Wir haben extra unseren Einsatzwagen mitgebracht, denn wir wollen ja nicht noch mehr Spuren verwischen. Nachher wird unsere Spurensicherung, sicher mit Ihrem Einverständnis, nach eventuellen Hinweisen auf den Verbleib Ihrer Frau suchen. Außerdem müssen wir noch auf einen Kollegen warten, aber Sie können schon mal in unserem Wagen Platz nehmen", sagte Nina.

Als Nina und Bert dann in ihrem Wagen Manuel gegenübersaßen, fragte Nina: „Ist Ihnen schon mal aufgefallen, dass jemand Sie und Ihren Campingwagen beobachtet hat?"

„Nein, mir ist bisher nichts aufgefallen. Hat das was damit zu tun, dass Ihr Kollege in der Nähe der Hauswand jetzt den Boden untersucht?"

„Wir überprüfen gerade etwas", gab Bert eine nichtssagende Antwort. „Ziehen Sie eigentlich abends Ihre Rollos zu?"

Manuel errötete leicht und zögerte mit der Antwort. „Sie vermuten wahrscheinlich, dass ein Spanner uns beobachtet hat, oder sehe ich das falsch?"

„Herr Reiter, beantworten Sie einfach meine Frage", ermahnte ihn Bert. Er hatte schon bemerkt, dass sein Gegenüber versuchte, sich um eine Antwort herumzudrücken.

„Also, wenn ich ehrlich bin, vergisst meine Frau das ab und an."

„Ist für das Schließen der Rollos nur Ihre Frau zuständig? Sie wohnen doch auch hier in dem Wohnwagen." Auch Nina war nicht entgangen, dass sie da offensichtlich den Finger in eine offene Wunde gelegt hatten.

„Ich vergesse das manchmal auch, genauso wie meine Frau."

Nina war sich sicher, dass das nicht die Wahrheit war. Sie hatte sein leichtes Erröten bemerkt. Und wieso sprach er in diesem Zusammenhang von seiner Frau, die das Schließen vergessen hätte? Warum hatte er nicht einfach „wir" gesagt? Daher provozierte sie ihn gezielt: „Kann es sein, dass Ihre Frau es reizvoll findet, wenn man sie in intimen Situationen sehen kann?"

Wieder errötete Manuel. „Ja, Sie haben recht. Mir ist das zwar eher peinlich, aber sie empfindet dabei einen besonderen Kick, wie sie das nennt."

„Wie ist denn das Verhältnis überhaupt zwischen Ihnen als Eheleute?", fragte Bert.

„Wir führen eine sehr moderne Ehe. Das heißt, wir pflegen eine offene Beziehung, bei der jeder seinen Freiraum hat."

„Wie muss ich mir das konkret vorstellen?", wollte Nina es genau wissen. „Heißt das, dass Sie beide auch sexuelle Kontakte außerhalb der Ehe haben?"

„Ja, jeder kann seine Vorlieben ausleben, ohne dem anderen Rechenschaft ablegen zu müssen. In den Wintermonaten besuchen wir bei uns zu Hause regelmäßig Swingerclubs."

„Sprechen Sie mit Ihrer Frau über die außerehelichen Beziehungen?" Bert konnte zwar so ein Verhältnis irgendwie nicht nachvollziehen, wusste aber aus seiner Erfahrung als Kriminalist, dass es Menschen mit solchen Vorlieben gab.

„Manchmal ja, manchmal nein. Alles kann, nichts muss."

„Sie kamen gestern gegen Mitternacht hier auf dem Platz an, wie Sie mir sagten. Was haben Sie dann gemacht?", wechselte Nina das Thema.

„Ich habe meinen Wagen wegen des nächtlichen Fahrverbots vorne auf dem Besucherparkplatz abgestellt und bin sofort zu unserem Wohnwagen. Übrigens hab ich mich noch darüber geärgert, dass mir um diese Zeit auf dem Platz ein Auto entgegenkam."

„Können Sie das Fahrzeug näher beschreiben?", wollte Nina sofort wissen.

„Wenn ich ehrlich bin, dann war ich in Gedanken bereits bei meiner Frau, sorry. Erst, als der schon an mir vorbei war, wurde mir plötzlich bewusst, dass dieser Idiot hier nachts rumfährt und ich Depp brav vorne mein Auto abstelle. Es war ein großer dunkler Wagen, so viel kann ich sagen. Als ich dann auf die Idee kam, mal nach dem Nummernschild zu schauen, um den zu melden, war der schon durch die Schranke und weg."

„Schade. Das hätte vielleicht wichtig sein können", zeigte sich Nina enttäuscht.

„Jedenfalls war meine Frau nicht da, als ich bei unserem Wohnwagen ankam. Da aber auch der Schlüssel zu unserer gemieteten Sanitäreinrichtung fehlte, hoffte ich auf ein gemeinsames Bad mit meiner Frau. Als ich sie dort nicht antraf, war ich natürlich sehr enttäuscht. Und wenn ich vorhin sagte, dass sie nicht ohne Höschen und BH und nur gut gekleidet außer Haus gehen würde, dann ist das normalerweise auch richtig. Aber gestern Abend bin ich zunächst davon ausgegangen, dass sie nach ihrem Bad im Hausanzug noch irgendwo einen Herrenbesuch gemacht hat."

„Hatten Sie eine Idee, bei wem?", hakte Bert gleich nach.

„Nicht so richtig."

Nina hatte sich schon ein Bild von Manuel Reiter gemacht. Wenn er nicht mit der Sprache rausrücken wollte, dann gab er solche ausweichenden Antworten. „Sie sagten doch gerade, dass Sie mit Ihrer Frau gemeinsam regelmäßig in Swingerclubs gehen. Auch, dass Sie sich über die eine oder andere Begegnung gegenseitig austauschen, aber über keine hier vom Campingplatz?"

Manuel machte ein Gesicht wie ein kleines Kind, das beim Naschen erwischt worden war. „Na ja … Doch. Sie hat schon mal das eine oder andere erzählt."

„Also, Herr Reiter, Sie machen sich Sorgen um Ihre Frau. Für uns sind alle Informationen wichtig, auch wenn Ihnen diese vielleicht unangenehm sind oder unwichtig erscheinen. Aber nur so kommen wir mit unseren Ermittlungen, die uns hoffentlich zu Ihrer Frau führen, voran."

„Viel hat sie darüber wirklich nicht gesprochen. Das macht sie grundsätzlich auch nur, wenn es irgendeine Besonderheit gibt. Sie hat mir mal von einem Jogger am nächtlichen Strand erzählt, der sie in einer warmen Sommernacht beim Nacktbaden überrascht hat. Obwohl er sich anfangs gesträubt habe, sei es ihr gelungen, ihn zu verführen. Sie habe dabei auch sein schlechtes Gewissen bemerkt, worüber sie sich amüsiert hat. Gerade seine Schüchternheit und Zurückhaltung haben sie ja gereizt, aber auch überrascht. Bei einem ehemaligen Hubschrauberpiloten der Bundeswehr hätte sie eigentlich einen Draufgänger erwartet."

„Kennen Sie den Mann?", fragte Nina.

„Nein, da ich ja nur an den Wochenenden hier bin, habe ich nicht so viel Kontakt zu den Campern auf dem Platz. Zumal ich als Antialkoholiker bei Grillpartys leicht als Spaßbremse empfunden werde. Zudem ist nach ein bis zwei alkoholfreien Bieren mein diesbezüglicher Durst auch schon gelöscht, bevor bei vielen erst die Gemütlichkeit richtig losgeht, wenn Sie verstehen, was ich meine. Bei meiner Frau sieht es ähnlich aus. Allerdings begegnet sie den Leuten hier in den Einrichtungen ja viel öfter und dann tauscht man sich auch schon mal etwas aus. Ich kenne noch nicht einmal die Namen aller meiner unmittelbaren Nachbarn hier auf dem Platz. Aber da fällt mir ein, bei dem Piloten sprach sie von einem Jan. Aber wer das ist? Keine Ahnung."

Wenn der so eine lange Rede auf eine simple Frage hält, dann will er etwas verbergen, dachte sich Nina und tauschte mit Bert einen Blick. Auch er dachte sicher gerade an den Jan aus der

Wagenburg. Da mussten sie noch mal nachfassen, ob der Pilot gewesen war. Aber jetzt galt es erst einmal herauszubekommen, welche Information der Unternehmer zurückhalten wollte. „Ist das wirklich die einzige Begegnung, von der Ihre Frau Ihnen erzählt hat? Herr Reiter, stellen Sie sich mal vor, Ihre Frau würde in irgendeinem der Campingwagen hier auf dem Platz liegen und Hilfe brauchen. Denn jeder der Männer, mit denen sie intim geworden ist, könnte auch mit ihrem Verschwinden im Zusammenhang stehen. Und sei es indirekt durch eine eifersüchtige Ehefrau oder Partnerin."

„Oh mein Gott, so habe ich das noch gar nicht gesehen. Aber sorry, da ist leider Fehlanzeige. Wenn es da noch andere Beziehungen gegeben hat, dann waren diese für sie sicher so belanglos, dass sie mich damit nicht langweilen wollte. Bis auf einen …" Manuel zögerte. Ihm war in diesem Moment schon klar: Wenn er den Namen nennen würde, könnten die Kommissare daraus falsche Schlüsse ziehen.

„Bis auf wen?", blieb Nina hartnäckig.

„Bis auf den Kellner, der wohl tot ist und zu dessen Wohnwagen uns vorhin der Hund geführt hat."

„Sie sagten gerade, dass Ihre Frau nur Besonderheiten für erzählenswert hielt. Was war denn an Gernot Kaldenbach das Besondere?"

„Sie reizte seine Ähnlichkeit mit dem Schauspieler Patrick Swayze aus dem Kultfilm Dirty Dancing und dass er ein sehr ausdauernder Liebhaber sei."

„Hat Sie das nicht eifersüchtig gemacht?", schoss Nina gleich einen ihrer Pfeile ab.

Verdammt, dachte Manuel, genau diese Frage hatte er befürchtet. „Ich will ehrlich sein, irgendwie schon. Das war anders als bei anderen Männern, auch im Swingerclub. Sie müssen wissen, meine Frau und ich haben uns bei einer meiner Geschäftsreisen in Berlin kennengelernt. Bevor sie nach Abschluss ihres Designerstudiums von Berlin aus für unsere Firma gearbeitet hat. Damals hat sie sich neben dem Studium bei einem Hostessendienst etwas nebenbei verdient. Ich wusste also schon vor unserer Eheschließung, auf was ich mich da einließ."

„Sie geben aber zu, dass Sie bei dem Kellner eifersüchtig waren. Was war bei dem anders?", wollte Bert wissen.

„Es war das Leuchten in ihren Augen, als sie mir davon erzählte. Ich hatte fast den Eindruck, dass sie in ihn verliebt sei." Kaum, dass er das ausgesprochen hatte, hätte er sich ohrfeigen können. Immer das Gleiche bei ihm. Verhandlungen waren nicht seine Stärke, geschäftlich war das der Part seines Kompagnons. Er war als Diplomingenieur nur für die technischen Fragen zuständig. Taktieren in Gesprächen war nicht sein Ding. Am besten, er würde hier gar nichts mehr sagen. Und es kam, wie er es befürchtet hatte.

„Herr Reiter, haben Sie Gernot Kaldenbach umgebracht und Ihre Frau irgendwohin verschleppt?", schoss nun auch Bert seine gezielte Frage ab.

„Nein! Natürlich nicht! Ich mache mir riesige Sorgen um meine geliebte Frau. Aber ich glaube, ich sage jetzt gar nichts mehr ohne meinen Anwalt, sonst stehe ich auf einmal noch wie ein Mörder da."

„Okay", sagte Bert. „Beenden wir an dieser Stelle erst einmal unser Gespräch. Und Sie haben recht, einen Anfangsverdacht haben wir. Schließlich hätten Sie zumindest ein Motiv. Also muss ich Sie bitten, vorerst alle Termine in Ihrem Geschäft abzusagen und sich hier vor Ort zu unserer Verfügung zu halten. Übrigens, wie ich Ihnen ja schon sagte, wird gleich noch unsere Spurensicherung in Ihrem Wagen und dem von Ihnen gemieteten Bad nach Spuren suchen."

„Termine habe ich schon alle storniert und auch meinen Geschäftspartner informiert. Solange meine Frau nicht gefunden ist, bleibe ich auf jeden Fall hier."

Die Kommissare verabschiedeten sich und wollten sich gerade auf den Weg zur Wagenburg der innerdeutschen Völkerverständigung machen, als bereits Sönke mit seiner Truppe eintraf.

Auf dem kurzen Weg dorthin sagte Bert: „Wenn Jan Grote der Pilot ist, dann haben wir mit ihm noch Klärungsbedarf."

„Das sehe ich genauso", bestätigte Nina. „Dann sollten wir aber mit ihm unter einem Vorwand das Gespräch in unserem

Einsatzwagen führen und nicht dort, wo seine Mitbewohner und seine Frau dabei sind." Ihr Fahrzeug ließen die beiden Polizisten neben dem Sanitärgebäude stehen, da würden sie ungestört sein.

Bei ihrem erneuten Besuch wurden sie mit großem Hallo von der Burgbesatzung begrüßt und auch gleich zu einem Grillnachmittag eingeladen, auf den man sich offensichtlich gerade vorbereitete. Bert lehnte dankend ab. Nachdem sich geklärt hatte, dass Jan Grote Hubschrauberpilot bei der Bundeswehr gewesen war, sagte Bert: „Dann hätten wir ein paar fachliche Fragen an Sie, aber am besten in unserem Einsatzwagen. Der steht hier gleich um die Ecke."

Mit gemischten Gefühlen folgte Jan den Polizeibeamten. Nachdem sie im Wagen Platz genommen hatten, stellte Bert gleich ohne lange Umschweife die von Jan bereits befürchtete Frage: „Hatten Sie ein Verhältnis mit Anna Reiter?"

„Nein, Herr Kommissar, ein Verhältnis würde ich das nicht nennen." Dann schilderte Jan die drei intimen Begegnungen mit der vermissten Frau.

„Das klingt ja fast so, als hätte Sie die Frau verführt und Sie sind das Opfer", konnte Nina es sich nicht verkneifen.

„Na, so nun auch wieder nicht. Da gehören schon immer noch zwei dazu, wie man das immer so schön sagt. Aber Anna Reiter ist nun mal eine verdammt attraktive Frau, die ihre weiblichen Reize sehr gezielt einzusetzen weiß. Und Sie dürfen mir wirklich glauben, dass mich da mein Gewissen gegenüber meiner Frau gehörig drückt."

„Bisher haben Sie aber nur vom letzten Jahr gesprochen. Sind Sie mit ihr in diesem Jahr noch nicht intim geworden?", wollte Bert noch wissen.

„Nein, in diesem Jahr nicht. Da war sie wohl anderweitig beschäftigt. Jedenfalls hat sie es in diesem Jahr noch nicht darauf angelegt, wieder mit mir zusammenzukommen. Und von unseren Beobachtungen hat Ihnen mein Camperkollege ja schon erzählt. Übrigens konnte ich vor Kurzem nachts auch nicht schlafen und bin zum Joggen gegangen. Als ich da an Gernots Wohnwagen vorbeikam, war wohl Anna gerade bei ihm. Jedenfalls glaubte ich, sie an der Geräuschkulisse aus dem

Inneren des Wagens erkannt zu haben. Dabei habe ich dann auch wieder den Raucher gesehen, der sich neben dem Wagen versuchte zu verstecken. Dann ist er abgehauen. Erst wollte ich ihm noch folgen, habe es dann aber gelassen."

„Gestern Abend sind Sie nicht rein zufällig auch wieder unterwegs gewesen?", hakte Nina noch einmal nach.

Jan zögerte und hätte nicht sagen können, warum. „Nein", sagte er dann schließlich, „nicht, dass ich wüsste."

„Okay, das nehmen wir so zur Kenntnis. Können Sie uns die Stelle zeigen, wo Sie den Raucher gesehen haben?" Bert sah da noch weitere Arbeit auf die Spusi zukommen.

„Ja, kann ich."

„Okay, einen Moment." Bert rief über Handy Sönke an. „Sönke, ich glaube, wir haben noch mal Arbeit für euch." Dann informierte Bert ihn kurz über die Situation.

„Mein Kollege kommt hier gleich vorbei. Da können Sie ihm dann die Stelle zeigen. Bitte halten Sie sich zu unserer Verfügung, falls wir noch mal Fragen haben. Wir sehen jedenfalls im Moment keine Veranlassung dazu, Ihre Aussagen an Ihre Frau weiterzugeben. Wie Sie selbst damit klarkommen, das ist Ihre persönliche Angelegenheit."

Kurz darauf kam Sönke, der mit seinem Team noch auf der anderen Seite des Sanitärgebäudes im Einsatz war, um sich von Jan die Stelle zeigen zu lassen, wo dieser nachts den Raucher gesehen hatte. Vielleicht noch mal eine Chance für einen weiteren DNA-Nachweis.

7. Kapitel

Anna schlug die Augen auf. Der Kopf dröhnte und die Kehle war wie ausgetrocknet. Sie musste sich erst einmal wieder zurechtfinden. Sie lag immer noch im Kofferraum. Und das Fahrgeräusch zeigte ihr, sie fuhren, allerdings nicht mehr so schnell. Jedenfalls kam ihr das so vor. Langsam kamen die Erinnerungen wieder. Der Schlag auf ihren Kopf. Dann der Muskelmann, der sie aus dem Auto gehoben hatte. Bevor sie sich weitere Gedanken machen konnte, holte sie die Realität in die Gegenwart zurück. Sie bemerkte, dass ihr Bläschen schon wieder heftig drückte. Wie lange hatte sie so mit angewinkelten Beinen gelegen? Alles fühlte sich taub an. Ihre Hände waren immer noch gefesselt und die Handgelenke schmerzten höllisch, wie sie auf einmal bemerkte.

„Ich muss mal", schrie sie laut.

Nach dem dritten Mal rief von vorne eine männliche Stimme. „Gleich."

Es dauerte dann aber immer noch für Anna eine gefühlte Ewigkeit, bis der Wagen endlich hielt, der Kofferraumdeckel aufsprang und Mister Muskelprotz sie aus dem Auto hob. Es folgte die gleiche Prozedur wie beim ersten Mal.

Als sie zum Auto zurückkamen, sagte Anna: „Durst! Ich brauch was zu trinken! Ich verdurste."

Der Schnauzer hielt ihr eine geöffnete Wasserflasche hin, nach der sie gierig mit ihren gefesselten Händen griff. Als sie die Flasche absetzte, war diese halb leer. „Danke", sagte sie artig. Sie wusste zwar nicht, was sie erwartete, aber wenn die beiden sie hätten umbringen wollen, dann würde sie schon lange nicht mehr unter den Lebenden weilen. Da war sie sich inzwischen sicher. Also dachte sie, es könnte hilfreich sein zu kooperieren, und hielt dem Mann ihre zusammengebundenen Hände hin.

„Okay", sagte er und zog ein Klappmesser aus der Hosentasche. „Keine Zicken!"

„Keine Zicken, versprochen", bestätigte Anna. „Kann ich nicht hinten sitzen?"

Die beiden Männer diskutierten miteinander. Anna verstand kein Wort. Schließlich wandte sich der Schnauzbart ihr zu: „Nix hinten. Du guckst. Hier nix gut. Später."

Anna wollte vermeiden, wieder gefesselt zu werden, und stieg daraufhin selbst freiwillig in den Kofferraum. Dabei zog sie etwas den Kofferraumdeckel herunter. An der Kante unten links erkannte sie das Wort Passat. Es handelte sich also um einen VW dieser Baureihe als Limousine. Auf dem Nummernschild, welches in der Stoßstange integriert war, meinte sie, beim Einsteigen die Buchstaben WHV für Wilhelmshaven erkannt zu haben.

Aber viel anfangen konnte sie mit diesen Informationen in diesem Moment nicht. Könnte aber wichtig sein, dachte sie, falls sie Gelegenheit haben sollte, mit der Polizei Kontakt aufzunehmen.

Im Augenblick waren für sie die elementaren Grundbedürfnisse aber wichtiger. Ihr Magen meldete sich. „Hunger", sagte sie.

Der Schnauzer ging daraufhin zur Beifahrertür und nahm etwas aus dem Handschuhfach. Dann drückte er ihr einen Beutel mit Schokoladenkugeln in die Hand und legte ihr auch noch die Wasserflasche in den Kofferraum.

Als der Wagen wieder fuhr, machte sich Anna über die Rumkugeln her. Der Hunger war zwar danach fürs Erste gestillt, aber dafür meldete sich der Durst mit Macht zurück. In diesem Moment hätte sie den Schnauzer fast knutschen können dafür, dass er ihr die Wasserflasche in den Kofferraum gelegt hatte. Sie trank den Rest der Flasche in einem Zug leer.

Das Fahrgeräusch schien sie schläfrig zu machen, jedenfalls überkam Anna ein fast wohliges Gefühl der Wärme, obwohl es in dem beengten Raum und ihrem relativ dünnen Hausanzug alles andere als warm war. Anna hatte sich nicht die Frage gestellt, warum der Schnauzer die geöffnete Wasserflasche schon in der Hand gehabt hatte, bevor ihr das Wort „Durst" über die Lippen gekommen war. Vielleicht, weil er etwas hineingetan hatte, was normalerweise in kein Mineralwasser gehörte? Aber das interessierte Anna in diesem Moment nicht mehr.

Sie bekam auch nicht mit, als das Auto wieder anhielt. Ebenso wenig, dass es dann auf den Abstellplatz eines Motels rückwärts vor ein bis zum Boden reichendes Doppelfenster gefahren wurde. Sie merkte auch nicht, wie der Bodybuilder sie aus dem Kofferraum hob und durch diese Art Terrassentür direkt in das Motelzimmer trug, um sie dann auf ein Bett zu legen. Genauso wenig hatte sie mitbekommen, dass die beiden Männer unterwegs noch mal für einen Fahrerwechsel auf einen Parkplatz gefahren waren.

Schließlich ließ wohl die Wirkung der verabreichten Droge nach, jedenfalls kam Anna langsam wieder in die Gegenwart zurück. Es fiel ihr aber sehr schwer, sich zu sortieren. Irgendetwas schien ihr Gehirn immer noch zu blockieren. Sie registrierte zwar, dass sie nicht mehr im Kofferraum lag, sondern auf einem Bett, und dass ihre Hände und Füße wieder gefesselt waren, aber irgendwie löste das bei ihr keine Reaktionen aus. Sie nahm es einfach hin, so wie es war. Die Vorhänge waren zugezogen, es drang aber dennoch ein Lichtstrahl hindurch, als ein Auto vorbeifuhr. War es schon wieder Nacht? Schwerfällig tropften die Gedanken durch ihr Gehirn.

8. Kapitel

Meeting im Kommissariat Wittmund. Bert Linnig hatte sein erweitertes Team im Meetingraum um sich versammelt. Er selbst stand an seinem obligatorischen Flipchart, dessen Blätter später an die Wand geheftet wurden, damit jedes Teammitglied gleich auf dem aktuellen Stand war. Heute war ausnahmsweise Sören Nansen mit dazugekommen. Seine Leute hatten die Nacht durchgearbeitet. Schon im Hinblick darauf, dass man die Frau möglichst schnell lebend finden wollte. Daher hatte er bereits heute Morgen eine Menge an Informationen beizutragen.

Bert kam gleich zur Sache: „Wir haben bereits einen ersten vorläufigen Bericht der Rechtsmedizin vorliegen. Danach ist Gernot Kaldenbach ertrunken. Vorher hat er – möglicherweise mit einem Pflasterstein – von hinten einen Schlag gegen den Kopf erhalten. Vermutlich ist er dann ins Hafenbecken gestürzt oder geworfen worden."

„Ich kannte Gernot flüchtig aus dem Waterkant. Der war körperlich absolut fit und hatte auch ganz schön was in den Armen, wie nicht zu übersehen war, wenn er ein kurzärmeliges Hemd anhatte. Der verfügte zudem über ein Sixpack, auf dem man hätte Klavier spielen können. So einer lässt sich doch nicht einfach so niederschlagen, da müsste es doch Kampfspuren geben", meldete sich Polizeiobermeisterin Rita Schneider, die erst vor einiger Zeit aus Osnabrück nach Wittmund versetzt worden war, zu Wort.

„Wow, Rita, konnte man das Sixpack mit der Klaviertastatur auch durch das Hemd sehen?", fragte Polizeihauptmeister Bernd Guben lachend zur Erheiterung der Runde.

Rita errötete leicht, antwortete dann aber schlagfertig: „Durch das Hemd nicht, aber in der Badehose. Stell dir mal vor, auch ein Kellner und eine Polizistin können hier in Bensersiel die Nordseetherme nutzen, ohne dass sie deswegen gleich zusammen ins Bett gehen müssen." Diesmal hatte Rita die Lacher auf ihrer Seite.

Auch Bert konnte sich angesichts dieses kleinen Disputs in seinem Team ein Schmunzeln nicht verkneifen, um dann aber gleich wieder ernsthaft zur Sache zu kommen: „Gut erkannt, Rita. Im Gesicht des Toten und vor allem in seinen Augen waren Reste von Pfefferspray nachweisbar. Also geht unsere Rechtsmedizin davon aus, dass ihm jemand, den er vielleicht sogar gekannt hat, dieses Zeug aus ganz kurzer Entfernung ins Gesicht gesprüht hat. Eine normale Reaktion wäre, dass der Betroffene spontan mit den Händen versucht, das Gesicht zu schützen, und sich dabei nach vorne beugt. Ein Leichtes für einen Angreifer, dann zum Beispiel mit einem Pflasterstein auf den Kopf des Opfers einzuschlagen. Jedenfalls scheint die Stelle der Verletzung diese Vermutung zu bestätigen."

„Das deutet ja dann darauf hin, dass wir Unfall und Totschlag mit an Sicherheit grenzender Wahrscheinlichkeit ausschließen können. Denn die beschriebene Vorgehensweise spricht doch ziemlich eindeutig für eine Mordabsicht und sogar für eine gewisse Heimtücke", resümierte Nina.

„Richtig", bestätigte Bert. „Zu dem Schluss kommt auch die Staatsanwaltschaft. Das heißt, wir ermitteln ab sofort in einem Mordfall. Sicher wird dazu auch noch das eine oder andere von der Forensik vorgetragen." Sören nickte.

„Obwohl ich zu dem Toten noch einige wichtige Informationen habe, kommen wir jetzt zunächst zu der vermissten Frau, Anna Reiter. Bislang sollten wir davon ausgehen, dass sie noch am Leben ist. Jedenfalls haben wir noch keine Hinweise aus den Anhörungen, die einen anderen Schluss zulassen. Dadurch ergibt sich für uns eine absolute Priorität, alles daran zu setzen, sie so schnell wie möglich noch lebend aufzufinden. Daher hat jetzt erst einmal unser Leiter der Spurensicherung das Wort, der hierzu sicher noch einiges zu sagen hat", übergab Bert das Wort an Sören.

„Zunächst kann ich bestätigen, was Bert gerade festgestellt hat. Auch wir haben bisher keine Hinweise gefunden, die darauf hindeuten könnten, dass Anna Reiter nicht mehr unter den Lebenden weilt. Ich beginne mit den letzten festgestellten Lebenszeichen der Vermissten. Das Verhalten des Suchhundes ließ schon vermuten, dass Anna Reiter den Wohnwagen von Gernot Kaldenbach betreten, aber nicht auf eigenen Füßen wieder verlassen hat. Dafür scheint auch zu sprechen, dass wir im Wagen eine schwere Glasvase gefunden haben, an der wir Blut- und DNA-Spuren von ihr nachweisen konnten."

„Das heißt, sie wurde niedergeschlagen?", wollte Nina es genau wissen.

„Ja. Wobei wir nicht davon ausgehen, dass der Schlag tödlich gewesen ist. Wir meinen, dass sie wohl gedacht hat, dass ihr Liebhaber schon Feierabend hatte und in seinem Wohnwagen möglicherweise auf sie wartete. Offensichtlich war aber nicht ihr Lover in dem Wagen, sondern zwei andere Personen, wie Fingerabdrücke vermuten lassen. Die Fingerabdrücke vom Toten und der Vermissten hatten wir schnell identifiziert. Der Kellner schien nicht viel Besuch gehabt zu haben, denn wir konnten insgesamt nur von vier Personen verwertbare Fingerabdrücke sicherstellen. Hier auch ein ausdrückliches Dankeschön an Bert und sein Team, die den Wagen nicht vor uns betreten hatten. Das zeigt, wie wichtig so etwas ist."

„Danke, lässt sich nur leider nicht überall sicherstellen, wie du ja selbst weißt", merkte Bert an.

Sören fuhr fort: „Offensichtlich war das Ganze keine geplante Aktion, denn es war kein Versuch feststellbar, Fingerabdrücke zu beseitigen, wie wir es vielfach an Tatorten vorfinden. Die Täter hatten es wohl sehr eilig gehabt, mit der Entführten zu verschwinden. Leider konnten wir allerdings außer zu den Fingerabdrücken von dem Toten im Datenabgleich keine Übereinstimmung in unseren Dateien finden. Das könnte darauf hindeuten, dass es sich nicht um Profis handelt. Andererseits könnten es auch Ausländer sein, die noch nicht lange im Land sind und deshalb erkennungsdienstlich bei uns noch nicht in Erscheinung getreten sind. Wieso die Fingerabdrücke des Ermordeten in unserer Kartei auftauchen, dazu komme ich noch später und auch Bert wird sicher nachher noch etwas beizutragen haben." Bert nickte zustimmend.

„Nun sind die Fingerabdrücke der anderen beiden nicht identifizierten Personen für uns in doppelter Hinsicht interessant. Es könnte sich dabei durchaus auch um die Mörder des Kellners handeln. Seinen Todeszeitpunkt haben wir inzwischen relativ genau, nämlich zwischen Mitternacht und ein Uhr. Den Zeitpunkt der Entführung von Frau Reiter können wir hingegen nur aufgrund einer recht vagen Zeugenaussage schätzen. Der Zeitpunkt könnte sowohl vor als auch nach Mitternacht gelegen haben. Wie gesagt, wäre es daher durchaus denkbar, dass die beiden Entführer zugleich die Mörder des im Hafen Ertrunkenen sind. Sei es vor oder auch nach der Entführung."

„Vermute ich richtig, dass wir diesbezüglich mal wieder in einer Sackgasse stecken?", wollte Bernd wissen.

„Man könnte es so bezeichnen. In Bezug auf das Auto, mit dem die Vermisste wahrscheinlich transportiert worden ist, fehlt uns noch jeder Hinweis. Wir haben nur die Aussage eines Zeugen aus der dortigen Nachbarschaft, der Motorengeräusche und das Zuschlagen eines Kofferraumdeckels gehört hat. Und die Aussage des Ehemannes, dem gegen Mitternacht ein dunkler Wagen begegnet ist. Leider gibt es zwar jede Menge Fahrspuren zwischen den links und rechts geparkten Autos der Camper auf den beiden Parkstreifen der sechsköpfigen Camper-Gemeinschaft auf der einen Seite und dem Stellplatz des Toten auf der anderen Seite. Aber leider nichts Verwertbares mehr, was auf einen bestimmten Reifen- oder gar Autotyp schließen ließe."

„Habe ich schon befürchtet", merkte Bert an. „Uns blieb ja keine Wahl, wir mussten ja auch mit dem Hundeführer da durch. Und dann hatten sich da auf einmal auch noch Zuschauer angesammelt, die ich allerdings auf den Hauptweg zurückgeschickt habe. Zur Absperrung kamen wir leider erst danach."

„Das erklärt dann die vielen Trittspuren im Sandboden, die zudem dort keine verwertbaren Konturen hinterlassen haben. Man muss also sagen, dass sich nach den derzeitigen Erkenntnissen die Spur der offensichtlich Entführten ab dem Wohnwagen des toten Kellners verliert. Das heißt, hier wird uns nur akribische Polizeiarbeit noch weiterbringen, Auswertung der Platzbuchungen, Zeugenbefragungen, wer hat wann den Platz betreten und wann verlassen, also das ganze Programm. Wir haben auch schon einen Fahndungsaufruf in die Medien gegeben und erhoffen uns darauf natürlich Hinweise. Vielleicht haben die Entführer irgendwo mal getankt, wo man die vermisste Frau bemerkt hat."

„Das mit der Sackgasse kennen wir doch irgendwoher", konnte sich nun auch Nina nicht eines Kommentares enthalten. „Gibt es denn sonst keinen Lichtblick?"

„Doch, den gibt es", sagte eine junge Polizistin aus Sörens Team, die gerade den Raum betreten und die Frage von Nina mitbekommen hatte. „Wir haben vorhin die Auswertung der DNA-Spuren von beiden Fundorten der Zigarettenkippen des Spanners erhalten und im Datenabgleich einen Treffer erzielt. Es ist ein als Wiederholungstäter vorbestrafter Voyeur. Er hat einen Platz für die ganze Saison gemietet, wie wir inzwischen durch Anruf bei der Platzanmeldung erfahren haben. Nach eigenen Angaben sei er in Frührente."

„Bernd und Rita, Auftrag für euch: Lasst euch die Daten von der Kollegin geben und bringt den sauberen Herrn hierher."

„Sollen wir ihn gleich vorläufig festnehmen?", wollte Bernd auf dem Weg zur Tür wissen.

„Zunächst nur zur Anhörung. Aber wenn er sich weigert, aus freien Stücken mitzukommen, dann auch das. So, das war ja schon mal ein kleiner Lichtblick. Aber ich glaube, Sören, du warst noch nicht fertig."

„Richtig, Bert. Der Vollständigkeit halber wollte ich in Bezug auf die Entführte noch ergänzen, dass die anderen Spuren im Grunde nur die bereits bekannten Tatsachen bestätigen, aber keine neuen Erkenntnisse gebracht haben. Allerdings haben wir im Campingwagen des Toten eine Häufung von Fingerabdrücken einer der beiden bisher nicht identifizierten Personen am Hängeschrank in der Küchenzeile über der Spüle gefunden. Meine Leute fanden das merkwürdig und haben den Schrank daraufhin genauer untersucht und Interessantes gefunden."

„Jetzt bin ich aber gespannt", wurde Nina ungeduldig.

„Wir fanden einige weiße Briefumschläge mit Fotos vom Toten. Dabei handelte es sich wahrscheinlich um Stalking. Es sind Bilder von einem erigierten Glied – möglicherweise seins – und von ihm beim Sex mit einer Frau, wobei das Gesicht der Frau nirgends mit erfasst war. Diese Bilder machen den Eindruck, als seien die Aufnahmen mit Einverständnis aufgenommen worden. Andere Bilder zeigen den Kellner auch bei seiner Arbeit hier im Huus Waterkant und wohl bei ihm zu Hause in seiner Wohnung und in einer Disco. Diese Bilder wurden offensichtlich heimlich und ohne Wissen des Toten aufgenommen. Die Umschläge waren nicht frankiert und nicht adressiert. Das heißt, der ums Leben Gekommene musste sie auf anderem Weg erhalten haben. Möglicherweise hatten die Täter einen Schlüssel zu diesem Camper, zumal wir auch keine Einbruchsspuren sicherstellen konnten. Vielleicht verfügten die über einen Schlüssel von der Sexpartnerin aus den Bildern, denn wir konnten über die Bildhintergründe herausfiltern, dass diese im Campingwagen des Opfers entstanden sind. Wir können aber auch nicht ausschließen, dass es sich bei der Frau auf den Bildern um Anna Reiter handelt."

„Das ließe sich doch durch den Mann der Vermissten sicher schnell klären", warf Bert ein. „Wir werden ihn dazu befragen."

„Okay, gute Idee, Bert, aber ich glaube, wenn ich jetzt weitermache, stehle ich dir die Show."

„Mach ruhig weiter, Sören. Wie du weißt, brauche ich keine Show."

„Stimmt, so kenne ich dich. Also, diese Umschläge lagen nicht so einfach in dem Hängeschrank. Es gab da eine zweite Rückwand, die sich mit einem Trick relativ leicht herausnehmen ließ, und da fanden wir ein Drogenlager, das unseren Camper sicher für einige Jahre hinter Gitter gebracht hätte. Ach ja, in diesem Zusammenhang noch etwas. Auf dieser Rückwand haben wir keine Fingerabdrücke außer die vom Toten gefunden. Das heißt, die Entführer hatten dieses Versteck möglicherweise gesucht, aber noch nicht gefunden. Sonst hätten sie es auch bestimmt leer geräumt. So, Bert, nun dein Part. Ich bin dann wieder bei meinem Team erreichbar."

„Danke, Sören. Unser sauberer Kellner stand bereits unter Beobachtung der Kollegen von der Drogenfahndung der

Polizeiinspektion Aurich. Aufgefallen war er, weil die einen Kleindealer beschattet haben und dabei zufällig Zeugen seiner Drogenauslieferung wurden. Sie haben ihn aber nicht festgenommen, weil sie über ihn an die Hintermänner herankommen wollten. Dazu hatten sie sich bereits Informationen über die Dienstpläne und die freien Tage des Toten besorgt. Man ging davon aus, dass der Ermordete an einem seiner freien Tage zu seinem Lieferanten fahren würde. Dann wollte man ihm folgen. Dazu ist es jetzt ja nicht mehr gekommen."

„Dann wäre doch aber auch ein Milieumord nicht ausgeschlossen. Wer weiß, vielleicht haben die Bosse im Hintergrund irgendwie erfahren, dass Kaldenbach und sein Kleindealer bereits aufgeflogen waren und unter der Beobachtung unserer Kollegen standen. Damit wären die auch zu einer Gefahr für ihre Hintermänner geworden. So etwas hätten wir nicht zum ersten Mal, wenn ich mich an meine Zeit bei der Drogenfahndung in Hannover erinnere", schaltete sich Nina ein.

„Das würde aber doch voraussetzen, dass wir in Aurich eine undichte Stelle hätten." Man sah Bert deutlich an, dass ihm dieser Gedanke äußerst unangenehm war.

„Bert, ich habe ja nicht gesagt, dass ich davon ausgehe. Aber du weißt doch, im Profiling muss man auch das eigentlich Unmögliche denken. Und daher dürfen wir meines Erachtens auch diesen Gedanken nicht völlig außer Acht lassen."

„So gesehen hast du natürlich recht, Nina."

Bert schloss daraufhin das Meeting. Nina und er gingen in sein Dienstzimmer, um bei einer Tasse Kaffee die weitere Vorgehensweise abzustimmen.

***

Die beiden Kriminalisten waren noch bei ihrem Strategiegespräch, als Rita und Bernd sich zurückmeldeten.

„Was hast du denn für ein dickes Pflaster über dem Auge?",
fragte Nina erstaunt. „Das war doch vorhin beim Meeting noch
nicht da."

„Frag bloß nicht", erwiderte Bernd, „sonst müsste ich mir
ernsthaft die Frage stellen, ob ich zur Polizei oder zur
Heilsarmee gehöre."

Rita grinste nur.

„Also, was ist los?" Bert begann angesichts der angespannten
Lage in Bezug auf die vermisste Frau etwas die Geduld zu
verlieren. „Lasst euch nicht die Würmer aus der Nase ziehen,
uns drängt die Zeit."

„Sorry, Chef, ich könnte mich in den Hintern beißen. Also, wir
wollten den Spanner, Otto Grünberg, zur Anhörung holen. Dabei
hatten wir aber nicht berücksichtigt, dass mittags bis vierzehn
Uhr die Anmeldung des Campingplatzes nicht besetzt ist. Wir
mussten also unseren Dienstwagen auf dem Besucherparkplatz
stehen lassen und uns zu Fuß auf den Weg machen. Gott sei
Dank hatte sich die Kollegin von der Spusi telefonisch schon die
Beschreibung vom Stellplatz des Campers geben lassen."

„Ja, und was hat das mit deinem Pflaster zu tun?", wollte Nina
wissen.

„Kommt gleich. Otto Grünberg war zu Hause. Er öffnete auf
unser Klopfen die Tür seines Wohnmobils und bevor wir
unseren Spruch loswerden konnten, sagte er: ‚Tut mir leid, ich
habe einen wichtigen Termin. Können Sie später noch mal
wiederkommen?' Nachdem er unsere Ausweise sah und wohl
begriff, dass er uns als Polizisten nicht so einfach abwimmeln
kann, fragte er auf einmal äußerst freundlich: ‚Was kann ich
denn für die Polizei, deinen Freund und Helfer, tun?' Ich sagte
ihm, dass wir ihn im Zusammenhang mit den Vorfällen auf dem
Campingplatz zu einer Anhörung mit ins Kommissariat nehmen
müssten. Er blieb sehr freundlich und zeigte sogar Verständnis.
Er hätte sowieso schon überlegt, ob er sich nicht bei uns melden
soll, weil er ein paar Beobachtungen gemacht hätte, von denen
er nicht wüsste, ob die für uns von Wichtigkeit wären."

„Komm auf den Punkt! Was ist passiert?" In Bert begann es
langsam zu brodeln.

„Die Vorgeschichte ist wichtig, Chef. Sonst stehe ich ja wie ein polizeiliches Greenhorn da. Also, er sagte dann, dass er nur vorne an der Anmeldung was abgeben müsste. Als ich ihn aufklärte, dass da bis zwei Uhr keiner ist, meinte er, das wäre nicht schlimm, er legt es denen vor die Tür, die wüssten Bescheid. Er nahm also einen Beutel und wir machten uns auf den Rückweg zum Besucherparkplatz. Auf Höhe des Kinderspielplatzes knallte er mir diesen Beutel mit einem schweren Gegenstand plötzlich an den Kopf. Ich ging für Sekunden Parterre. Und er haute dann in Richtung Kinderspielplatz ab.“

„Ja und dann? Ist er jetzt weg oder was? Ich denke, der ist Frührentner.“ Bert konnte nur schwer seinen Ärger unterdrücken.

„Nein, nach Rentner sah der eher nicht aus. Der war ganz schön fit“, sagte Rita lachend. „Aber er konnte ja nicht wissen, dass ich mal im Hundertmetersprint Landesmeisterin gewesen bin. Den hatte ich schnell eingeholt. Ein Tritt in seine Hacken und er lag. Er konnte von Glück sagen, im Sand und nicht auf dem Asphalt. Dann hätte er sich nämlich auch noch eine blutige Nase geholt. Jedenfalls kann man im Liegen schwer mit einem Beutel um sich schlagen. Der Rest war Routine. Der Beutel hatte in seinem Wagen griffbereit neben der Tür gelegen, wie uns dann im Nachhinein klar war. So wie vielleicht mancher zu Hause neben der Tür einen Baseballschläger stehen hat. Für den Notfall. Als er sich uns damit – nach außen hin freundlich tuend – anschloss, hatte er den Angriff wohl schon geplant gehabt. Jedenfalls befand sich eine Boule-Kugel aus Stahl, wie sie in Frankreich üblich sind, in dem Beutel und Bernd hat jetzt eine Platzwunde am Kopf. Grünberg befindet sich bei uns unten in der Aufnahme. Und Sören, der gerade unten war, als wir mit ihm ankamen, hat bereits einen Durchsuchungsbeschluss für dessen Camper angefordert. Sein Team ist schon unterwegs nach Bensersiel.“

„Sehr gut gemacht, Rita! Tolle Leistung! Ich sehe schon, du passt super in unser Team“, lobte Bert, dessen Ärger auf einmal wie verraucht war.

„Mich ärgert am meisten", ergänzte Bernd, „dass ich nicht auf seinen Beutel geachtet habe. Aber mit seiner Freundlichkeit hat er mich und auch Rita einfach eingelullt. Außerdem hätte ich mir die Zeit nehmen müssen und mal einen Blick in die Unterlagen der Kollegin werfen sollen. Jetzt weiß ich, dass der nicht nur als Spanner vorbestraft war, sondern auch wegen schwerer Körperverletzung. Mit so einer Boule-Kugel hatte er nicht nur jemanden krankenhausreif geschlagen, der sich von ihm belästigt gefühlt hatte, sondern auch einen Kollegen bei der Festnahme schwer verletzt. Ich war also bei Weitem nicht sein erstes Opfer und hab sogar noch Glück gehabt. Das hat bei ihm offensichtlich System."

„Trotzdem, wie blöd muss man sein? Der hätte sich doch an zehn Fingern abzählen können, wie lange wir gebraucht hätten, ihn aufzuspüren, denn wir kennen doch sicher seine Adresse", sagte Nina.

„Leider nur seine Wohnwagenadresse, wie aus der Akte hier zu entnehmen ist", klärte Rita auf und gab Nina den Schnellhefter. „Der tourt wohl seit seiner Haftentlassung mit seinem Wohnmobil durch ganz Europa. Wo der das Geld dafür herhat, ist ungeklärt. Jedenfalls ist kein fester Wohnsitz mehr bekannt."

Nina überflog die Akte. Nach einer kurzen Weile sagte sie: „Hier steht, dass er dabei erwischt wurde, als er damals mit einer Videokamera Aufnahmen durch ein Fenster machte. Es bestand sogar der Verdacht, dass er diese Aufnahmen für Erpressungen nutzte. Das konnte man ihm aber seinerzeit nicht nachweisen. Deswegen ist er beim ersten Mal auch mit einer Bewährungsstrafe davongekommen. Beim zweiten Mal kam noch die schwere Körperverletzung dazu, sodass er danach auch eine Haftstrafe antreten musste."

„Jetzt verstehe ich auch seine Worte, als er zuschlug", sagte Rita. „Nämlich: ‚Ihr Bullenschweine locht mich nicht noch einmal ein.' So was Ähnliches hatte mir auch schon der Ganove bei unserem Sektenmordfall an den Kopf geschmissen. Und dann hatte es mich erwischt und nicht Bernd."

„Jedenfalls, reden will er nicht", beendete Bernd seinen Bericht. „Er sitzt im Verhörraum eins."

„Na, dann wollen wir uns den mal gleich vorknöpfen. Und du, Bernd, solltest auf jeden Fall einen Arzt aufsuchen. Und das ist keine Bitte, sondern eine dienstliche Anordnung!"

„Aye, aye, Sir", war Bernds Antwort.

Nina und Bert machten sich auf den Weg zum Verhörraum.

„Die Kollegin von der Spurensicherung hätte Rita und Bernd aber auch warnen können", murrte Bert.

„Ich habe die Akte vorhin überflogen. Aber vielleicht hatte die Kollegin sich mehr um die Adresse auf dem Campingplatz bemüht, als sich die Akte im Detail anzuschauen. Und dann vergiss nicht, das Team von Sören hat zum Teil die ganze Nacht durchgearbeitet."

„Da hast du auch wieder recht", zeigte sich Bert versöhnlich, als sie den Verhörraum erreichten.

Nach den üblichen Belehrungen kam Bert gleich zur Sache: „Herr Grünberg, Sie sind bereits zweimal wegen Voyeurismus verurteilt worden. Es gibt Zeugen, die Sie erneut bei diesem Vergehen hier auf dem Campingplatz in Bensersiel beobachtet haben. Sie sollten doch eigentlich aus Ihren Verurteilungen und Ihrer abgesessenen Strafe gelernt haben. Was sagen Sie dazu?"

„Von mir werden Sie nichts erfahren und Sie können mir auch nichts beweisen."

„Das heißt, Sie wollen von Ihrem Recht der Aussageverweigerung Gebrauch machen?", fragte Nina nach.

„Ich habe nichts zu sagen."

„Sie haben einen unserer Kollegen hinterlistig mit einer Boule-Kugel niedergeschlagen. Damit hätten Sie ihn auch töten können."

„Keine Aussage."

„Wie bereits gesagt, haben Sie das Recht auf einen Anwalt. Wollen Sie selbst einen beauftragen, oder sollen wir Ihnen einen stellen?"

„Ich habe keinen. Machen Sie doch, was Sie wollen!"

„Wir werden Ihnen einen Pflichtverteidiger zur Verfügung stellen. Ein Haftbefehl ist bereits beantragt, wegen schwerer Körperverletzung und Voyeurismus. Sie sind bis auf Weiteres festgenommen und werden jetzt in eine Zelle verbracht."

Bert veranlasste das Entsprechende, dann gingen er und Nina wieder zu seinem Dienstzimmer zurück, um den Pflichtanwalt zu bestellen.

„Ein ganz abgebrühter Typ. Sieht man ihm auf den ersten Blick gar nicht an. Da kann ich Rita und Bernd gut verstehen", sagte Bert.

„Also, mich erinnert der irgendwie im Aussehen an Charles Aznavour. Daher kann auch ich unsere Kollegen gut verstehen, dem traut man so etwas gar nicht zu. Wer weiß, was der noch alles in petto hat? Ich glaube daher, es war eine gute Entscheidung, mit der weiteren Vernehmung zu warten, bis er einen Anwalt hat", meinte Nina. „Nachher fliegt uns die ganze Geschichte noch juristisch um die Ohren, nur weil wir keinen Anwalt hinzugezogen haben."

„Das sehe ich genauso", bestätigte Bert. „Warten wir mal ab, was Sörens Leute in seinem Wohnwagen finden werden. Ich glaube, dass wir dann schon ein Stück weiter sind."

Es dauerte auch gar nicht lange, dann kam Sören zu Bert ins Dienstzimmer, wo dieser noch mit Nina zusammensaß. Als Pflichtanwalt hatten sie inzwischen Gunter Ostmann bestellt, der sich gleich auf den Weg machen wollte.

„Da ist uns ein ganz schönes Früchtchen ins Netz gegangen", musste Sören erst einmal Dampf ablassen. „So wie es aussieht, haben wir sogar Riesenglück gehabt. Grünberg hatte wohl nur noch darauf gewartet, dass die Rezeption an der Anmeldung wieder besetzt ist, um in aller Ruhe auszuchecken. Nach dem Motto, nur nicht auffallen. In seinem Wohnmobil war bereits alles für den Abmarsch gerüstet."

„Den werden die Ereignisse im Hafen und auf dem Campingplatz aufgescheucht haben. Und dann machte sein Fluchtversuch ja doch Sinn", stellte Nina fest. „Der ist sicher davon ausgegangen, dass Bernd – wie der Kollege, den er seinerzeit auch mit einer Boule-Kugel niedergeschlagen hatte – ebenfalls mit Schädelbruch im Krankenhaus gelandet wäre. Das heißt, er hat damit gerechnet, dass Rita genug damit zu tun haben würde, sich um Notarzt und Krankenwagen für ihren Kollegen zu kümmern. In der Zwischenzeit wäre er über alle

Berge gewesen. Das hätte ihm zumindest mal einen Vorsprung verschafft."

Dann berichtete Sören, dass das Wohnmobil zum Kommissariat gebracht worden war. „Bei der ersten Untersuchung des Wagens auf dem Campingplatz haben meine Leute nichts Verwertbares gefunden. Ein Smartphone hatte er in der Hosentasche. Das hat Rita bereits bei der Festnahme sichergestellt. Ebenso Pfefferspray. Das ist bereits zur Untersuchung ins Labor geschickt worden, um zu sehen, ob es eine Übereinstimmung mit dem Spray gibt, welches beim toten Kellner zur Anwendung kam. Mit dem Smartphone beschäftigen sich gerade unsere Spezialisten. Wir vermuten, dass es da aber auch noch einen PC oder ein Notebook geben müsste und dass er das in einem Geheimversteck des Wagens deponiert hat."

„Der schien sich ziemlich sicher zu sein, dass wir ihm nichts beweisen können", berichtete Nina. „Jedenfalls war das so ziemlich das Einzige, was er bei der Vernehmung gesagt hat."

Als Sören wieder auf dem Weg zu seinem Team war, kam ihm der Anwalt Gunter Ostmann entgegen. Man kannte sich und es wurden ein paar Höflichkeiten ausgetauscht. Nachdem Ostmann bei Bert Einsicht in die Akte seines Klienten genommen hatte – der Haftbefehl war auch inzwischen eingetroffen –, wollte er zunächst mit diesem alleine sprechen. Dazu hatte man Grünberg in eins der Vernehmungszimmer gebracht. Nina und Bert warteten draußen vor der Scheibe.

Nachdem der Anwalt die beiden Beamten reingewinkt hatte, sagte er: „Mein Mandant ist bereit zu kooperieren, wenn sich das positiv auf sein zu erwartendes Strafmaß auswirkt."

„Was hat er denn anzubieten?", wollte Bert wissen. „Will er uns vielleicht das Versteck von seinem Laptop verraten?"

„Nein, aber er kann Angaben zur Entführung von Anna Reiter machen."

„Herr Ostmann, Sie wissen doch, wir Polizisten können dazu überhaupt nichts sagen. Bestenfalls die Staatsanwaltschaft. Und die kann auch nur die von ihr beantragte Strafhöhe beeinflussen. Wie letztlich ein Richter entscheidet, steht dann auf einem ganz anderen Blatt."

„Habe ich ihm auch schon gesagt und ihn bereits belehrt, dass er zur Aussage sogar verpflichtet ist, wenn er etwas als Zeuge gesehen hat, und sich sein Schweigen für ihn strafrechtlich auswirken kann, wenn die Frau deswegen zu Tode kommt, weil sie nicht rechtzeitig gefunden wird. Andererseits wird Kooperationsbereitschaft in aller Regel auch von Richtern positiv berücksichtigt."

„Also, Herr Grünberg, was haben Sie uns zu sagen? Sie haben gehört, was Ihr Anwalt gesagt hat. Reiten Sie sich nicht noch tiefer rein!", wurde Bert deutlich.

„Na gut. Ich will nicht daran schuld sein, wenn Anna Reiter etwas Schlimmes passiert. Ich habe gesehen, wie eine blonde Frau und ein dunkelhaariger Mann mit einem Schnauzbart Anna aus Gernots Wohnwagen rausgetragen und in den Kofferraum von einem dunklen VW Passat gepackt haben. Dann haben sie die Tür von dem Camper abgeschlossen und sind mit dem Pkw weggefahren."

„Haben Sie sich das Kennzeichen gemerkt?", wollte Nina wissen.

Grünberg nannte das Kennzeichen. Es war eine Wilhelmshavener Nummer.

„Wir unterbrechen die Vernehmung, damit wir die Suche nach dem Fahrzeug sofort in die Wege leiten können", entschied Bert und verließ mit Nina den Vernehmungsraum.

Über ihr Handy rief Nina bei der Zulassungsstelle in Wilhelmshaven an. Noch während Bert die Kollegen dort informierte, hatte Nina Namen und Anschrift des Halters ermittelt und Bert gab diese Daten gleich weiter.

Danach setzte Bert das Verhör fort: „Herr Grünberg, bisher haben wir nur Ihr Smartphone, wo haben Sie Ihren PC oder Laptop versteckt?"

„Habe ich nicht."

„Haben Sie nicht versteckt, oder besitzen Sie weder PC noch Laptop oder Ähnliches?", hakte Bert nach.

„Beides. Besitze ich nicht und kann ich daher auch nicht verstecken."

„Sie hatten Pfefferspray in der Tasche. Wofür?"

„Ich kann nachts schlecht schlafen, daher bin ich in manchen Nächten viel unterwegs und da begegnet man so manchem. Könnte auch mal ein streunender Hund sein. Mit dem Pfefferspray fühle ich mich sicherer."

„Okay, das rechtfertigt aber nicht, dass Sie die Intimsphäre anderer Menschen verletzen."

„Ich kann doch nix dafür, wenn die das so empfinden. Ich denke mir nichts dabei, ich habe niemanden vergewaltigt oder bin jemand auf andere Weise an die Wäsche gegangen. Jedenfalls waren und sind diese Vorwürfe mir gegenüber völlig unberechtigt."

„Das untersuchen wir gerade. Fakt ist aber, dass Sie mit der Stahlkugel unseren Kollegen hätten töten können. Sie haben ihn zumindest schwer verletzt."

„Ich bin in Panik und völlig außer Kontrolle geraten. Mir ist plötzlich bewusst geworden, dass ich ja eigentlich heute hätte abreisen wollen und dass mein ganzer Fahrplan durcheinandergerät, wenn ich jetzt wegen solcher Lappalien mit aufs Revier müsste."

„Herr Grünberg, das ist angesichts Ihrer Vorstrafe wegen einer genau gleich begangenen Körperverletzung eine reine Schutzbehauptung, aber das ist später eine Sache der Juristen. Daher beende ich an dieser Stelle die Vernehmung." Bert wickelte noch die Formalitäten ab und ließ den Untersuchungshäftling abführen.

Auf der Treppe trafen Nina und Bert Sören, der gerade auf dem Weg zu ihnen war. „Im Campingwagen haben meine Leute zwar noch kein Versteck gefunden, aber zwei Sticks, die wohl von der Tischplatte runtergefallen waren und in der Ritze der Sitzpolsterung steckten. Die sollten wir uns gleich mal anschauen. Ihr werdet staunen. Auf dem Smartphone war übrigens alles gelöscht.

9. Kapitel

Anna wusste nicht, wie lange sie schon so auf dem Bett gelegen hatte, als sie Schritte auf dem Gang hörte. Dann wurde ein Schlüssel in ein Türschloss gesteckt, die Zimmertür geöffnet und das Licht eingeschaltet. Sie blinzelte in Richtung Tür. Die beiden Männer waren wieder da. Dass sie leicht alkoholisiert waren, entging ihrer Aufmerksamkeit. Sie hörte nur, wie die Tür – wohl von innen – wieder abgeschlossen wurde.

Dann kam der Schnauzer an ihr Bett. „Ah, wach? Gut. Da Essen, Trinken." Er deutete auf eine Plastiktüte, die auf dem Tisch lag und die er wohl mitgebracht hatte.

Als Anna von ihren Fesseln befreit war, sagte sie: „Toilette."

Er deutete auf die Tür in der einen Ecke des Raumes. Jetzt sah sie, dass in dem Zimmer drei Einzelbetten standen. Aber auch das registrierte sie, ohne es gedanklich weiter zu verarbeiten oder zu werten. Nachdem sie sich erleichtert und ein wenig frisch gemacht hatte, setzte sie sich an den Tisch. Trotz ihres Hungers schaffte sie nur ein paar Pommes und einen halben Burger.

Als sie fertig war, fragte sie der Schnauzbart: „Duschen?"

Anna nickte. Er hätte sie auch irgendetwas anderes fragen können, sie hätte zu allem Ja und Amen gesagt. Und er schien das zu wissen. Jedenfalls, gerade als sie sich eingeseift hatte, kam er zu ihr in die Duschkabine. Eigentlich hätte sie protestieren und ihn rausschmeißen müssen. Stattdessen ließ sie es zu, dass er ihre Hand dahin führte, wo er sich eigentlich auch selbst hätte waschen können und sollen. Aber er hatte keine Hand frei, weil er mit ihren hübsch geformten Brüsten beschäftigt war. Nachdem sie die gemeinsame Dusche beendet hatten, wurden sie dort durch den Muskelmann abgelöst.

Anna ließ sich willenlos von ihrem ungebetenen Duschpartner zum Bett führen. Es sah so aus, als sei es ihr sogar recht, dass er sich auf das Bett legte und sie aufforderte, sich rittlings auf ihn zu setzen. Als dann der Muskelmann sich auch noch dazugesellte, kamen bei ihr Erinnerungen aus dem Swingerclub hoch. Dort hatte sie das als ganz besonderen Kick empfunden.

Genuss wollte sich jetzt bei ihr aber irgendwie nicht so richtig einstellen. Sie nahm alles wie durch einen Nebel wahr.

Als die Männer ihren Testosteronspiegel abgearbeitet hatten, wollte der Schnauzer Anna wieder Fesseln anlegen. „Keine Zicken", sagte sie müde und kroch, so wie sie war, unter ihre Bettdecke. Er ließ sie gewähren. Irgendwie hatte sie inzwischen verinnerlicht, dass ihr Leben im Moment nicht unmittelbar bedroht zu sein schien. Und auch mal fremden Männern zu Diensten zu sein, war eine Erfahrung, die seit ihrer Hostessenzeit vor allem auch fester Bestandteil ihres Unterbewusstseins war.

Am nächsten Morgen fiel Anna fast aus allen Wolken. Als sie aus der Dusche kam und ihren Hausanzug wieder anziehen wollte, überraschten sie ihre Entführer mit BH und Slip, einem Pullover und einer Jeans. Und sie konnte es kaum glauben, dass alles sogar einigermaßen passte. Selbst an eine Jacke und ein Paar Turnschuhe, die allerdings ein wenig zu groß waren, hatten sie gedacht, denn es war draußen doch noch recht frisch. Bis jetzt hatte sie nur ihre Hauspantöffelchen angehabt. Ihren Geschmack hatten sie allerdings knapp verfehlt, wie Anna mit innerlichem Schmunzeln feststellen musste. Sie spürte, dass ihr Humor zurückkam, und auch ihr Wahrnehmungs- und Analysevermögen schärfte sich zusehends.

Ihre Hostesseneinsätze waren auch nicht immer ohne emotionale und körperliche Blessuren abgegangen. Eigentlich hatte sie aber nicht erwartet, jemals wieder mit so etwas konfrontiert zu werden. Doch sie war gewohnt, Situationen in ihrem Leben so zu nehmen, wie sie waren, und zu versuchen, pragmatisch das Beste daraus zu machen. Zum Frühstück hatte der Muskelmann Burger und Kaffee besorgt. Anna hielt es für einen guten Zeitpunkt, mal ihre Situation zu klären.

„Wohin fahren wir?", stellte sie daher einfach die Frage. Was bei den beiden Männern wieder eine Diskussion auslöste, die sie nicht verstand.

Dann sagte der Schnauzer: „Normal du tot. Aber du gut für ihn." Er zeigte auf den Muskelmann. „Die Nacht, du bist gut."

Dabei leckte er sich genüsslich die Lippen. „Sogar für zwei", ergänzte er dann noch grinsend. „Deshalb du leben."

Anna dämmerte es, der Muskelprotz wollte sie entweder als Frau haben oder auf den Strich schicken. Aber wo brachten die beiden Entführer sie hin? Ihr Gehirn schien wieder halbwegs in klaren Bahnen zu funktionieren. Sie vermutete, dass sie irgendwo in Richtung Osten unterwegs waren. Die Aufschriften auf den Tüten konnte sie zwar nicht lesen, aber für sie deuteten diese darauf hin. Jetzt unterwegs abzuhauen war sicher keine gute Idee. Wo sollte sie sich dann hinwenden? Keiner würde sie verstehen. An die Polizei? Aber konnte sie hiesigen Beamten überhaupt vertrauen? Wenn Medienberichte stimmen sollten, dann wohl eher nicht. Aber selbst wenn ihre Entführer auf dem Weg zu ihrem Ziel auch noch mal ihren Spaß mit ihr haben wollten, was soll's, dachte sie. Da hatte sie schon unappetitlichere Bettgenossen gehabt. Am Zielort würde sie dann sehen, dass sie irgendwie Verbindung zur Polizei nach Deutschland bekäme. Trotzdem versuchte sie es erneut: „Okay, wohin fahren wir?"

„Noch weit", war die Antwort des Schnauzbärtigen. „Jetzt hinten sitzen. Aber keine Zicken, klar?!"

„Keine Zicken", bestätigte Anna.

Nachdem der Muskelmann die Formalitäten beim Auschecken erledigt hatte, starteten sie wieder auf die Autobahn. Irgendwann sah Anna anhand der Straßenschilder, dass sie in Richtung Budapest unterwegs waren. Also hatte sie mit ihrer Vermutung richtiggelegen. Schade, dass sie kein Ungarisch konnte. Aber Budapest ließen sie links liegen. Dann folgten Namen, die sie weder lesen noch einordnen konnte. Sie kramte ihre Geografiekenntnisse zusammen. Sie waren wahrscheinlich erst durch Tschechien gefahren. Dann entweder durch Österreich oder die Slowakei, denn das wäre wohl der normale Weg nach Ungarn. Also könnte das Ziel irgendwo in Rumänien oder Bulgarien liegen. Es könnte aber auch in das ehemalige Jugoslawien, Griechenland oder sogar in die Türkei gehen. Die beiden Typen konnten vom Aussehen her aus allen diesen Ländern stammen. Leider war sie nicht so sprachbegabt, dass sie deren Sprache einschätzen konnte. Aber was würden die machen, wenn sie durch eine Grenzkontrolle mit ihr müssten? Sie hatte doch keine Papiere dabei. Ohne Grenzkontrollen ging eigentlich nur bei EU-Staaten. Aber galt da überall das Schengener Abkommen? Sie wusste es nicht und das ärgerte sie irgendwie.

Sie waren schon einige Stunden unterwegs gewesen, auch zum Teil über Landstraßen, dann fuhr der Schnauzer in eine ziemlich abgelegene Tankstelle, um zu tanken. Dort bestand auch die Möglichkeit, hinten über den Hof eine nicht besonders hygienisch wirkende Toilette aufzusuchen und sich mit ein paar Snacks und Flaschen mit Mineralwasser zu versorgen. Als Anna mit dem Muskelmann von ihrem Toilettengang zurückkam, hielt ihr der Schnauzer eine geöffnete Flasche hin. Nach dem Snack hatte sie Durst und so trank sie wieder fast die halbe Flasche leer. Dann gab er ihr wieder einen Beutel mit diesen süßen Kugeln. „Dessert", sagte er und grinste.

Anna machte sich im Fond des Wagens über die Süßigkeit her. Sie hatte im Moment einen richtigen Hype auf etwas Süßes. Und dann kam wieder der Durst. Es dauerte nicht lange und sie war erneut eingeschlafen. Man hätte jetzt philosophieren können, ob die Schokokugeln oder das Mineralwasser für ihre Müdigkeit verantwortlich waren. Jedenfalls bekam sie nicht mehr mit, dass sie inzwischen die rumänische Grenze passiert hatten. Kurz nachdem sie auch Rumänien wieder verlassen hatten und die bulgarische Grenze hinter ihnen lag, steuerte der Muskelmann ein ähnliches Motel wie in der vergangenen Nacht an, nur dass hier ein Doppelbett statt drei Einzelbetten im Zimmer stand.

Anna war noch gar nicht richtig wach geworden. Offensichtlich war die Dosierung diesmal stärker gewesen. Trotzdem hatten die beiden Männer, die sie in die berühmte Besucherritze zwischen die Doppelbetten gelegt hatten, ihren Spaß mit ihr.

Am nächsten Morgen gab es eine Art Stuten zum Frühstück und Kaffee. Anna war inzwischen wieder etwas bei sich, konnte sich aber an nichts erinnern. Während ihrer Morgentoilette hatte der Schnauzer bereits wieder ihren Kaffee präpariert. Er ging davon aus, dass das bis zum Zielort reichen würde, womit er recht behalten sollte. Jedenfalls bekam Anna, die inzwischen wieder auf dem Rücksitz schlummerte, nicht mit, dass sie inzwischen auch an Sofia vorbeigefahren waren. Auch, dass sie in eine Verkehrskontrolle kamen und einige Scheine den Besitzer wechselten und sie dann unbehelligt weiterfahren konnten, hatte sie verschlafen.

Als sie wieder langsam in die Gegenwart zurückkehrte, fand sie sich in einem großen, hübsch bezogenen sauberen Bett. Der Bettbezug duftete sogar etwas, so als hätte man Parfüm darüber gespritzt. Die Sonne warf durch rot geblümte Vorhänge ein rötliches Licht in den Raum. Die Tapeten wirkten mit ihren roten Blumen ein wenig kitschig, fand sie. Gegenüber vom Bett erhob sich fast majestätisch ein großer, üppig verschnitzter Schrank. Neben dem Bett war eine Ablage an die Wand geschraubt. Darauf befanden sich eine Flasche Mineralwasser, ein sauberes Glas und ein Beutel Süßigkeiten. Bin ich in einem Hotel?, überkam sie die Frage. Dann fiel ihr Blick auf eine offen stehende Tür und im Hintergrund konnte sie den Rand einer Badewanne ausmachen. Also doch ein Hotel. Wo eine Badewanne ist, gibt es auch eine Toilette, ging es ihr tröpfchenweise durch den Kopf. In dem Moment merkte sie, dass sie mal dringend musste.

Erst als sie sich auf den Weg zum Bad machte, fiel ihr auf, dass sie wieder ihren Hausanzug anhatte. Ihre Gehirnwindungen schienen wohl doch noch nicht wieder richtig zu funktionieren, denn ihre Wahrnehmungen blieben alle nur an der Oberfläche, ohne in eine tiefere Hinterfragung ihrer gegenwärtigen Situation einzusteigen, was eigentlich sonst ihre Art war.

Nachdem sie sich im Bad routinemäßig noch ein wenig frisch gemacht hatte, bemerkte sie ihren Durst und Hunger und machte sich über das Wasser und die Süßigkeit von der Ablage her. Da war noch eine Tür neben dem Schrank. Die war aber verschlossen. Aus dem Fenster konnte sie auch nicht rausschauen, da Milchglas eine Durchsicht unmöglich machte. Also legte sie sich wieder auf das Bett. Irgendwann würde sich schon jemand melden. Sie hatte bereits schlimmere Situationen erlebt. Nach einer Weile fielen ihr wieder die Augen zu und der Schlaf übermannte sie erneut.

10. Kapitel

Bert hatte die Dateien von den beiden Sticks auf seinen PC geladen und startete das erste Video. Sönkes Prophezeiung war: Sie würden staunen. Und dann staunten Nina und Bert wirklich nicht schlecht und Sönke konnte sich ein süffisantes Grinsen nicht verkneifen. Die Kriminalisten erkannten sofort, was sie da vor sich hatten. Bert öffnete noch einmal den Explorer, um sich zu vergewissern. Aber es war kein Irrtum möglich. Die Datei war gerade mal eine Woche alt.

„Da hat uns aber einer ganz schön an der Nase herumgeführt", war Ninas erster Kommentar.

Bert nickte zustimmend. Das Video war ziemlich nah am Fenster, offensichtlich des Wohnwagens der Eheleute Reiter, aufgenommen worden. Jedenfalls war eine gleich gemusterte, kurze Gardine zu sehen. Es zeigte den im Bett unten liegenden ehemaligen Piloten. Rittlings auf ihm bewegte sich rhythmisch mit entsprechender Geräuschkulisse Anna Reiter. Die Gesichter waren deutlich zu erkennen. Die beiden waren so in ihrer Ekstase versunken, dass sie den Kameramann vor dem Wagenfenster überhaupt nicht wahrzunehmen schienen. Dann endete die Aufzeichnung.

„Den werden wir gleich noch hierher beordern", sagte Bert. Dann startete er das nächste Video. Zunächst war nicht viel zu erkennen, dann wurde die Tür eines Wohnanhängers geöffnet und im Licht erkannte man, dass ein großer Mann ausstieg, dessen Gesicht aber im Dunkeln blieb. Er drehte sich dann um, beugte sich in den Wagen hinein und packte irgendetwas. Im Hintergrund des Wagens war eine schlanke blonde Frau zu sehen.

Es sah so aus, als wäre es etwas sehr Schweres, was der Mann aus der Tür zog. Man konnte nicht sehen, um was es sich handelte, da er das mit seinem Körper verdeckte. Die Frau stieg über irgendetwas hinweg, was in der Tür lag, und sprang seitlich hinaus. Der Mann zog weiter und schließlich packte auch die Frau zu. In diesem Moment konnte man erkennen, dass der Mann den Oberkörper einer menschlichen Gestalt in den Armen hielt, während die Frau sich die Beine links und rechts unter ihre Arme genommen hatte. Man konnte vermuten, dass es sich dabei um die vermisste Anna Reiter handelte.

Der Mann und die Frau trugen die Person ins Dunkle und die Kamera folgte. Nachdem die Linse der Kamera sich auf die Dunkelheit eingestellt hatte, konnte man wahrnehmen, dass ein Auto mit geöffnetem Kofferraum offenbar das Ziel der Aktion war. Tatsächlich wurde die Gestalt in das Heck des Autos gehoben und die Kofferraumklappe zugeschlagen. Für einen Moment konnte man das Kennzeichen mit WHV wahrnehmen, dann brach die Aufzeichnung ab.

„Sören, die Überraschung ist dir gelungen", sagte Bert. „Damit kann sich der Grünberg aber in Bezug auf den Voyeurismus nicht mehr so einfach aus der Affäre ziehen."

„Das denke ich auch. Obwohl wir immer noch davon überzeugt sind, dass es da ein geheimes Versteck in seinem Wohnmobil geben muss. Wenn es sein muss, werden unsere Techniker den ganzen Wagen zerlegen. Die Dateien lassen sich nämlich nicht so ohne Weiteres direkt von einem Smartphone auf die Sticks ziehen. Daher gehen wir davon aus, dass er dazu einen PC oder ein Laptop benutzt hat. Aber ich habe noch etwas: Das Pfefferspray stammt vom gleichen Hersteller wie das Spray, welches bei dem toten Kellner zum Einsatz kam."

„Das bedeutet aber, so wie du das sagst, sicher noch nicht zwangsläufig, dass es auch aus der gleichen Spraydose kam, oder?", fragte Nina.

„Richtig erkannt, Nina. Leider. Es handelt sich dabei um einen der größten Hersteller, also ist die Übereinstimmung auch nicht ungewöhnlich. Aber es ist auch nicht ausgeschlossen, dass es aus der gleichen Dose kam. Wir müssen also dranbleiben."

„Das Zuschlagen mit schweren Gegenständen scheint zudem etwas zu sein, was zum Repertoire unseres Voyeurs gehört. Daher würde ich jetzt auch nichts mehr ausschließen. Wäre noch die Frage zu klären, warum Grünberg diese beiden Dateien auf unterschiedliche Sticks gezogen hat. Vielleicht war an dem Verdacht der Erpressung bei seiner ersten Verurteilung doch etwas dran. Auch wenn man ihm das nicht nachweisen konnte", sagte Bert. „Damit gehört er auf jeden Fall zum Personenkreis der Mordverdächtigen."

„Dann hat er sich aber verdammt beeilen müssen, um vom Standplatz des Wohnwagens des Kellners bis zum Hafen zu kommen, wo dieser in etwa zur gleichen Zeit ermordet wurde, als er das Video aufnahm. Aber dass der Grünberg etwas zu verbergen hat, kann man schon allein daraus schließen, dass sein Smartphone total clean war. So etwas macht sonst doch kein normaler Nutzer. Außerdem schien er sich ja ziemlich sicher zu fühlen, wie ihr berichtet habt", resümierte Sönke, bevor er wieder zu seinem Team ging.

„Auch wenn es da um ein sehr enges Zeitfenster geht, sollten wir diesen Gedanken doch nicht ganz aus den Augen verlieren", sagte Bert zu Nina, die ihm zustimmte.

Bert veranlasste, dass ein Streifenwagen losgeschickt wurde, um den Piloten aus Süddeutschland noch einmal zu einer Anhörung oder einem Verhör zu holen. Es blieb abzuwarten, worauf es nachher hinauslief. Nina und er hatten sich gerade mit einem Kaffee zur Verdauung der Informationen von vorhin versorgt, als sich telefonisch ein Kollege aus Wilhelmshaven meldete.

Die dortigen Beamten waren mit gebührender Vorsicht zur Adresse des Besitzers des Tatfahrzeuges gefahren. Sie hatten ihn allerdings nicht angetroffen. Es handelte sich um einen Marinesoldaten, der für mehrere Monate im Auslandseinsatz war. Inzwischen war ihm seine Freundin, mit der er die Wohnung teilte, von der Fahne gegangen, wie ein Bewohner von nebenan sich ausdrückte. Im dortigen Mietshaus war man davon ausgegangen, dass die Freundin den Wagen mitgenommen hatte, nachdem der nicht mehr auf dem Parkplatz vor dem Haus stand. Jedenfalls hatte ein Nachbar gesehen, wie sie Koffer und Taschen in den Wagen geladen hatte und davonfuhr. Daher lag auch keine Diebstahlanzeige bei der dortigen Polizei vor.

Das Telefonat ergab dann aber auch, dass nicht auszuschließen war, dass es sich bei der Freundin um die Frau auf dem Entführungsvideo handelte. Bert veranlasste bei der Forensik, dass entsprechende Bildauszüge aus dem Video nach

Wilhelmshaven geschickt wurden, damit die dortigen Kollegen bei den Nachbarn eine eventuelle Identifizierung vornehmen konnten.

***

Jan kam gerade von der Toilette. Obwohl er und seine Skatbrüder sehr komfortabel auch mit Bädern und Toiletten ausgestattete Gefährte hatten, nutzten sie alle tagsüber das Wasch- und Toilettenhaus des Campingplatzes. Er sah den Streifenwagen den Hauptweg entlangkommen und spürte genau, dass dies ihm galt. Seine erste Reaktion war, sofort hinter das Sanitärgebäude zu verschwinden. Dann besann er sich aber doch anders und ging ganz normal zu seinem Wohnwagen.

Er hatte den Eingang noch nicht ganz erreicht, da rief der ausgestiegene Streifenpolizist: „Herr Grote. Sind Sie Herr Grote?"

Jan drehte sich um: „Ja, was gibt es?"

„Kriminalhauptkommissar Linnig hat noch ein paar Fragen und wir sollen Sie zum Kommissariat nach Wittmund bringen. Sie werden dann von einem unserer Fahrzeuge auch wieder zurückgebracht."

„Okay", sagte Jan. „Ich hole mir geschwind eine Jacke."

„Was wollen die denn noch von dir?", fragte ihn Lisa besorgt. Sie spürte seine Nervosität.

„Weiß ich auch nicht, Lisa. Ich werde es ja sehen. Mach dir keine Sorgen." Dann verabschiedete er sich mit einem Kuss, wie er es immer tat, wenn er das Haus verließ.

Da Nina und Bert Jan Grote nicht als Beschuldigten, sondern als Zeugen sprechen wollten, empfingen sie ihn in Ninas Büro. Nina hatte drei Tassen und eine Thermoskanne auf dem achteckigen Besprechungstisch bereitgestellt.

„So nett und komfortabel wie bei Ihnen auf dem Platz haben wir es hier leider nicht", begrüßte Nina ihn.

Nachdem sie am Tisch Platz genommen hatten und der Kaffee verteilt war, begann die Kommissarin die Anhörung: „Herr Grote, Sie haben sich sicher gewundert, dass wir Sie hierhergebeten haben. Aber wir haben etwas herausgefunden, was im Widerspruch zu einer Ihrer Aussagen steht."

„Ich wüsste nicht, was das sein sollte", unterbrach sie Jan.

Nina stand auf und drehte ihren PC-Monitor so, dass man den Bildschirm vom Besprechungstisch aus sehen konnte. Dann startete sie das Video. Jan wechselte mehrmals die Gesichtsfarbe.

„Könnte ich ein Glas Wasser bekommen?", sagte er dann. Man merkte ihm an, wie peinlich ihm das war.

„Haben Sie dieses Video schon mal gesehen?", fragte Bert nicht ohne Hintergedanken.

„Wie kommen Sie darauf, dass ich das schon mal gesehen haben könnte? Mir ist das nur ausgesprochen unangenehm. So wie es aussieht, hat der Spanner im letzten Jahr Anna und mich doch tatsächlich gefilmt."

„Nicht im letzten Jahr, Herr Grote, vor einer Woche. Obwohl Sie uns gesagt haben, dass Sie in diesem Jahr noch nicht wieder mit Anna Reiter intim geworden sind. Wie erklären Sie das?"

Ein Blickwechsel genügte. Die Kriminalisten hatten beide registriert, dass Jan auf Berts einfache Frage nicht einfach „Nein" gesagt hatte, sondern mit einer Gegenfrage und Erklärung gekommen war. Beide werteten das als deutlichen Hinweis, dass er das Video doch schon mal gesehen hatte.

Deshalb stellte Bert unverblümt die Frage: „Herr Grote, wurden und/oder werden Sie erpresst?"

Jan zögerte mit der Antwort. In ihm stritten zwei Seelen. Die des Soldaten, der für klare Verhältnisse war, und die andere Seele, die emotionale, die ängstliche, die befürchtete, dass – wie von dem Erpresser angedroht – seine liebe Frau etwas erfahren und seine Ehe in Gefahr geraten könnte.

Nina erfasste mit ihrer weiblichen Intuition, was gerade in ihm vorging, und versuchte ihm zu helfen: „Als Soldat sind Sie für klare Kante, aber da steht die Drohung im Raum, dass dieses Video an Ihre Frau geht, wenn Sie sich an die Polizei wenden, richtig?"

„Sie haben es deutlich auf den Punkt gebracht." Jan war sichtlich erleichtert.

„So wie es aussieht, haben wir den Voyeur und damit auch den Erpresser bereits unter Verschluss. Wir brauchen aber Ihre Hilfe, um ihm das auch nachweisen zu können", versuchte Bert Jan auf die Sprünge zu helfen.

„Ja, ich wurde und ich werde erpresst. Es ist tatsächlich nicht das erste Video dieser Art, was der Erpresser mir auf mein Smartphone geschickt hat. Das erste Mal im letzten Jahr, da hatte er das gemeinsame Bad mit Anna am Strand gefilmt, und das zweite Mal dieses Video, welches Sie gerade abgespielt haben."

„Wie kam der denn an Ihre Handynummer?", hakte Bert ein.

„Genau weiß ich das auch nicht. Ich vermute, dass er bei dem gemeinsamen Bad mit Anna meine Sachen am Strand durchsucht hat. Jedenfalls war das Handy nach diesem Date zunächst weg und ich glaubte, es irgendwo verloren zu haben. Zwei Tage später lag es dann aber morgens in unserem Pavillon auf dem Tisch. Kurz darauf kam dann das erste Video."

„Haben Sie die Videos noch auf Ihrem Handy gespeichert?", wollte Nina wissen.

„Das vom letzten Jahr habe ich gelöscht. Aber das neue habe ich noch drauf."

„Dann können unsere Spezialisten das wahrscheinlich zurückverfolgen und wir hätten den Beweis, den wir brauchen. Würden Sie mir das Handy geben, dann kann ich das gleich veranlassen."

Jan gab Nina sein Handy, die damit sofort zu den spezialisierten Kollegen im Haus ging. Das Auslesen der entsprechenden Rufnummer sollte für diese nur eine Sache von Sekunden sein.

„Ich gehe mal davon aus, dass Sie in beiden Fällen bereits bezahlt haben", vermutete Bert. „Wenn ja, welche Beträge waren das?"

„Im letzten Jahr zehntausend und in der vergangenen Woche zwanzigtausend Euro."

„Mussten Sie nicht fürchten, dass Ihre Frau davon etwas mitbekommt? Und wie erfolgte die Übergabe?"

„Die Banksachen überlässt meine Frau mir, zumal sie sich mit Computer und Homebanking überhaupt nicht auskennt und auch nicht auskennen will. Letztes Jahr erfolgte die Übergabe von einhundert Hunderteuroscheinen in einem DIN-A5-Umschlag in einem genau bezeichneten Abfallbehälter im Info-Center, zu einer genau festgelegten Zeit. In diesem Jahr genauso, nur mit zweihundert Hunderteuroscheinen. Bedingung war, dass ich das Info-Center anschließend sofort zu verlassen hatte, damit ich nicht sehen konnte, wer die Umschläge rausholt."

„So viel Geldscheine haben Sie ja sicher nicht aus einem Geldautomaten geholt", mutmaßte der Kriminalist.

„Nein, natürlich nicht. Letztes Jahr habe ich das Geld bei der Sparkasse in Wittmund geholt und dieses Jahr in Aurich."

„Wir unterbrechen mal kurz unsere Anhörung, bis meine Kollegin wieder zurück ist. Vielleicht mögen Sie auch noch einen Kaffee?"

Es dauerte nicht lange, dann kam Nina mit einer Kollegin aus der Forensik zurück und bat Bert vor die Tür. „Können wir kurz in dein Büro gehen? Die Kollegin hat da noch ein paar interessante Informationen für uns."

Sie gingen in Berts Dienstzimmer. „Treffer", sagte Nina zu Bert. „Es ist das Prepaid-Handy unseres Voyeurs."

„Der hätte sein Handy wegwerfen müssen, anstatt nur alle Daten zu löschen", erklärte die Beamtin aus der Forensik. „So war das für uns nur ein kleiner Spaziergang. Aber da ist uns noch etwas anderes aufgefallen. Wir mussten ja in die Bild-Galerie des Smartphones von Herrn Grote gehen. Da sind wir zufällig auf ein Video gestoßen, was offensichtlich zum angenommenen Todeszeitpunkt von Gernot Kaldenbach aufgenommen wurde. Es ist nicht viel darauf zu erkennen, weil das ältere Smartphone nicht über eine besonders leistungsstarke Kamera verfügt oder auch falsch eingestellt war. Es könnte aber darauf hindeuten, dass Herr Grote sich zu diesem Zeitpunkt irgendwo in der Nähe vom Tatort aufgehalten hat. Jedenfalls vermuten wir, dass es im Hafen aufgenommen worden sein könnte. Sören bittet daher, mit ihm die näheren Umstände und den Grund für die Aufnahme zu klären. Wir haben dieses bereits zur Bild- und Tonaufbesserung nach Hannover geschickt."

Die Beamten wollten gerade wieder zu Jan in Ninas Büro gehen, als das Telefon auf Berts Schreibtisch klingelte. Bert machte ein Zeichen und Nina schloss die Tür. Die Kollegin aus Sörens Team raunte im Rausgehen Nina zu: „Ich unterhalte mich mal ein wenig mit eurem Gast. Wollte schon immer mal mit einem Hubschrauberpiloten sprechen. Hatte mich selbst schon mal beworben, war aber nicht geeignet."

Bert hatte den Lautsprecher des Telefons eingeschaltet. Es war ein Kollege aus Wilhelmshaven. Er sagte gerade: „Die Nachbarn haben die Frau aus eurem Video wiedererkannt, konnten uns aber nicht ihren Namen sagen. Wir haben daraufhin über die Bundeswehr via Satelliten direkt mit dem Soldaten auf seinem Schiff im Mittelmeer Kontakt aufgenommen. Von ihm haben wir erfahren, dass seine Freundin Isabell Bergmann heißt und aus Friedeburg stammt. Der Soldat war natürlich zunächst geschockt und dann stinkesauer, dass seine Freundin wohl mit seinem relativ neuen Passat abgehauen ist."

„Waren die beiden denn schon lange zusammen?", wollte Bert wissen.

„So wie der Soldat sagte, hatte er die junge Frau erst vor ein paar Monaten kennengelernt. Da sie aber angeblich mit ihren Eltern Krach bekommen hatte, hat er sie wenige Wochen vor seinem Einsatz bei sich einziehen lassen, dabei war ihm aber irgendwie schon nicht ganz wohl gewesen. Aber dieses Gefühl hat er nach seiner Aussage auf den bevorstehenden Einsatz und die damit verbundene lange Trennung geschoben. Bei einem früheren Einsatz ist bei ihm schon einmal eine Beziehung in die Brüche gegangen."

„Kann man nachvollziehen", sagte Nina. „Steht er mit ihr denn telefonisch noch in Verbindung?"

„Das ist es ja gerade. Seit einigen Tagen kann er sie nicht mehr erreichen. Deswegen hat er sich schon Sorgen gemacht. Aber er kann ja nicht von seinem Einsatzort einfach nach Hause fahren und nach dem Rechten sehen. Wir haben inzwischen herausgefunden, eine Isabell Bergmann war unter der angegebenen Adresse und auch in Friedeburg noch nie gemeldet. Fahndung läuft."

„Ich habe es fast befürchtet", kommentierte Bert enttäuscht und bedankte sich bei seinem Kollegen.

11. Kapitel

Als die beiden Kommissare wieder in Ninas Büro kamen, saßen die Kollegin aus der Forensik und Jan bei einem intensiven Gedankenaustausch über die Fliegerei. „Schade", sagte die Polizistin, „dass es bei mir mit der Fliegertauglichkeit nicht geklappt hat. Dafür wäre ich sogar ins Schwabenland gezogen." Dann verzog sie sich wieder mit einem wehmütigen Lächeln zu ihrem Team.

„Die Kollegin hat uns gerade mitgeteilt, dass auf Ihrem Handy eine Videoaufnahme ist, die zum angenommenen Todeszeitpunkt von Gernot Kaldenbach möglicherweise im Hafen Bensersiel, also in unmittelbarer Nähe des Tatortes, aufgenommen worden ist. Was können Sie uns dazu sagen, Herr Grote?", stellte Bert gleich die direkte Frage.

„Leider nichts, Herr Kommissar. Ich habe das Video auch schon gesehen, kann aber nicht erklären, wie es auf mein Handy gekommen ist. Ich habe mir schon das Gehirn zermartert. Dann wollte ich es schon löschen. Aber irgendwie hatte ich das Gefühl, dass es eine Bedeutung hat und ich es doch lieber noch nicht löschen sollte."

„Sie sagten uns beim letzten Gespräch, dass Sie in der besagten Nacht nicht zum Joggen gewesen wären", versuchte Nina Klarheit in die Angelegenheit zu bringen.

„Das bin ich nach meiner Erinnerung auch nicht."

„Aber wer hat dann mit Ihrem Handy dieses Video aufgenommen?", ließ Bert nicht locker.

„Das ist es ja, was mir so Kopfschmerzen bereitet. Ich habe absolut keine Erklärung."

„Sagen Sie mal, wenn Sie nachts einsam durch die Landschaft joggen, da kann es doch schon mal zu anderen Begegnungen kommen als wie der mit Anna Reiter, zum Beispiel streunende Hunde, wie es mal einem Kollegen von mir ergangen ist", sagte Nina einer spontanen Eingebung folgend.

„Das ist mir zu Hause schon passiert. Als ich an einem Gehöft vorbeigejoggt bin, kam ein großer Schäferhund bedrohlich kläffend auf mich zu. Gott sei Dank hat der Bauer das gehört und den Hund rechtzeitig zurückgepfiffen. Seitdem habe ich immer Pfefferspray bei mir. Jetzt auch." Jan zog eine kleine Spraydose aus seiner Windjacke.

Nina warf einen kurzen Blick auf das Etikett und warf Bert einen bezeichnenden Blick zu. Es war der gleiche Hersteller, den sie schon kannten.

„Herr Grote, ich will Ihnen nicht zu nahe treten, aber alles, was Sie uns bisher erzählt haben, und vor allem auch, wie Sie es sagen, macht auf mich den Eindruck, als wenn Sie sich selbst irgendwie nicht trauen. Haben Sie manchmal einen Blackout? Und was ist der wahre Grund für Ihr nächtliches Jogging? Diese Art der Sportausübung dürfte doch selbst bei Soldaten recht ungewöhnlich sein. Früh morgens und abends spät, so was habe ich auch schon von Polizeikollegen, die eingefleischte Jogger sind, gehört. Aber bei Ihnen scheint das Motiv und der Anlass etwas anders zu liegen."

Jan fühlte sich ertappt. Fast wie beim Fliegerpsychologen, der ihm auch schon Fragen in dieser Richtung gestellt hatte. Er dachte nach. Es drohte ihm nicht mehr der Verlust seiner Fluglizenz und als Weichei würden ihn die beiden Kommissare sicher auch nicht ansehen, obwohl er selbst sich oft so fühlte. Er entschloss sich also zum ersten Mal mit anderen Menschen über seine wirklichen Probleme zu sprechen.

Er erzählte von seinem Einsatz in Somalia, den Bildern, die ihn immer wieder verfolgten. Und die der wahre Grund für sein nächtliches Jogging waren. Die Kommissare hörten ihm aufmerksam zu, ohne ihn zu unterbrechen.

Als er geendet hatte, sagte Bert, der einiges gewohnt war: „Es ist unglaublich, zu welchen Gräueltaten Menschen fähig sind." Dann wollte er wissen: „Haben Sie solche Erlebnisse schon öfter gehabt, dass es zu solchen Auswirkungen kommt wie bei Ihnen?"

„Nein, das ist es ja, warum ich mich die ganzen Jahre wie ein Schlappi gefühlt habe. Ich bin ja nicht der Einzige, der so etwas gesehen hat. Da gab es Kameraden, die noch ganz andere Erlebnisse zum Beispiel im Kosovo oder in Afghanistan hatten und sich deshalb nicht gleich mit Problemen wie ich rumschlagen mussten."

„Ich bin zwar keine Psychologin, habe aber vor dem Eintritt in den Polizeidienst einige Semester Psychologie studiert", sagte Nina einleitend. „Was Sie schildern, Herr Grote, sind für mich eindeutige Symptome einer posttraumatischen Belastungsstörung, auch PTBS genannt. Fakt ist, dass eine PTBS jeden treffen kann, der in eine kritische Situation gerät. Das kann Polizisten, Feuerwehrleute, Sanitäter und auch einen Helfer an einem Unfallort genauso treffen. Dabei ist der Auslöser für eine PTBS nach den bisherigen Erkenntnissen nicht eindeutig zu definieren. Es kann bereits nach einem einzigen Ereignis eintreten oder nach dem hundertsten, lässt aber auf gar keinen Fall Rückschlüsse auf die Wertigkeit der Persönlichkeit des betroffenen Menschen zu."

„In der Bundeswehr wurde PTBS zunehmend durch die Auslandseinsätze zu einem Thema. Das, was Sie gerade gesagt haben, kenne ich auch aus entsprechenden Vorträgen. Aber trotzdem fühlt man sich als Betroffener persönlich als Lusche. Und dann hing immer noch der Entzug der Fluglizenz als Damoklesschwert über mir."

Nina stand auf und ging an ihr Telefon: „Silke, kannst du uns noch mal eine Kanne Kaffee und Wasser mit einem Satz Gläser bringen?" Dann sagte sie zu den beiden Männern: „Ich glaube, wir brauchen mal eine kleine Pause. Bin gleich wieder da." Daraufhin verließ sie das Büro, um Silke aufzusuchen, die ein paar Türen weiter gerade eine Thermoskanne mit frisch gebrühtem Kaffee befüllte.

„Silke, bring Kaffee und so weiter in mein Büro und dann nimm dir einen Ordner aus meinem Schrank und tue so, als wenn du etwas Bestimmtes suchst, bis ich wieder da bin. Ich möchte nicht, dass Jan Grote allein in meinem Büro ist, aber ich muss dringend was mit Bert unter vier Augen besprechen. Wenn du gleich in das Zimmer kommst, sagst du Bert, dass ich mal eben seine Hilfe bräuchte."

Nina hatte vor Berts Büro auf ihn gewartet. „Bei was soll ich dir helfen?", wollte Bert wissen.

„Komm!" Nina zog ihn in sein Büro und schloss die Tür. „Keine Sorge, Silke bleibt bei Jan Grote, bis wir zurück sind."

„Nun tu nicht so geheimnisvoll. Du bist doch schon wieder auf etwas gestoßen. Was ist es?"

„Bert, wir haben hier einige feststehende Tatsachen und einige Ungereimtheiten, die ich hier mal beispielhaft nenne: Zu den Tatsachen gehört die Videosignatur, die zeitlich und örtlich eine höchstverdächtige Nähe zu unserm Tatgeschehen aufweist. Zu den Ungereimtheiten gehört, dass Jan Grote Eigentümer des Handys ist und keine plausible Erklärung hat."

„Kann ich nur bestätigen. Worauf willst du hinaus?"

„Zu den feststehenden Tatsachen gehört aber auch, dass es bei einer PTBS aus heiterem Himmel zu Kontrollverlusten kommen kann, an die der Betroffene hinterher keinerlei Erinnerungen hat. Wie unsere Forensik immer wieder feststellen muss, kann das in der Endkonsequenz auch mit Totschlag oder Suizid enden. Wobei der eigentliche Auslöser, eine PTBS, die es ja nicht nur bei der Bundeswehr gibt, manches Mal sicher noch nicht einmal als solche erkannt wird."

„Nina, ich muss immer wieder feststellen, eigentlich gehörst du als Profilerin in unserem Polizeidienst in eine ganz andere Ebene und Liga." Bert nahm Nina in den Arm und drückte ihr einen herzhaften Kuss auf die Stirn. Solche Gefühlsausbrüche vermieden die beiden im Dienst eigentlich. Aber seit den schlimmen Ereignissen, die beide Polizisten zu verkraften gehabt hatten und durch die sie sich auch ihrer Gefühle zueinander bewusst geworden waren, kam es doch in Situationen wie der jetzigen schon mal vor.

„Lass mich mal da, wo ich bin. Hier ist mein Zuhause, hier habe ich meine Liebe gefunden und hier möchte ich auch nicht wieder weg", antwortete Nina und drückte Bert einen zärtlichen Kuss auf den Mund, wobei sie sich dazu auf die Zehenspitzen stellen musste.

„Aber du hast mich doch sicher nicht aus der Anhörung rausgeholt, um hier mit mir Zärtlichkeiten zu tauschen", bemerkte Bert lachend.

„Nein. Richtig erkannt. Wir müssen handeln! Jan Grote könnte der Täter sein. Pfefferspray der betreffenden Marke hat er auch bei seinen Joggingtouren dabei."

„Aber was sollte er denn für ein Motiv haben, den Kellner zu töten?"

„Das ist es ja gerade. Solche Kontrollverluste können manchmal durch Ereignisse ausgelöst werden, die für uns völlig harmlos erscheinen mögen. Zudem hat er ja selbst erzählt, dass er etwas von dem Verhältnis zwischen Anna Reiter und Gernot Kaldenbach mitbekommen hat. Ob er das nun wahrhaben will oder nicht, die äußerst hübsche Anna hat es ihm angetan. Hast du mal beobachtet, wie seine Augen leuchten, wenn er von ihr erzählt? Dabei versucht er sich gegen seine Gefühle für diese Frau zu wehren. Wissen wir, wie sich so etwas in einem ohnehin schon verletzten Gemüt auswirkt?"

„Ich fürchte, dass du mal wieder auf der richtigen Spur sein könntest."

„Vorsicht, Bert, bevor wir jetzt voreilige Schlüsse ziehen. Es kann nämlich auch ganz anders gewesen sein. Nehmen wir mal an, Jan Grote ist irgendwie Zeuge des Mordes geworden, dann könnte auch das eine Erklärung dafür sein, dass er versucht hat irgendetwas mit seiner Kamera festzuhalten. Und das könnte auch der Grund dafür sein, dass sein Gehirn die Erinnerung daran blockiert."

„Oh, Nina, muss das immer so kompliziert sein? Aber das ist nun mal unser Beruf und an dieser Stelle gibt es für uns eigentlich nur eine Konsequenz. Jan Grote muss möglichst sofort in eine psychiatrische Behandlung, oder wie siehst du das?"

„Genau darauf will ich hinaus. Wenn wir ihn hier bei uns in eine Zelle stecken, müssten wir nach meiner Einschätzung sogar mit einem Suizidversuch rechnen. Das heißt von vornherein, dass die Zelle hier bei uns für ihn auf jeden Fall ausgeschlossen ist, weil unsere Zellen für Inhaftierung derart gefährdeter Häftlinge nicht ausgelegt sind. Also sollten wir gleich versuchen, ihn davon zu überzeugen, dass er freiwillig einer Einweisung in eine psychiatrische Klinik zustimmt. Ich hatte vorhin den Eindruck, dass er es als Erleichterung empfand, mit uns über seine Probleme sprechen zu können. Das könnte sich als vorteilhaft erweisen."

„Das habe ich genauso wahrgenommen. Also, lass es uns angehen."

Bert griff zum Telefonhörer. „Ich werde Dr. Rabe, unseren Rechtsmediziner, anrufen, damit uns hier keine Fehler unterlaufen."

Nach einem kurzen Telefonat hatte Bert die Telefonnummer vom Leiter der psychiatrischen Klinik in Oldenburg. Diesen rief Bert sofort an und erläuterte die Situation. Vorbehaltlich einer entsprechenden Untersuchung bestätigte dieser die Richtigkeit ihrer Einschätzung. Bert sagte ihm, dass er aufgrund der forensischen Auswertungen davon ausgehen musste, dass Jan Grote als möglicher Täter in Betracht kam, und er eigentlich einen Haftbefehl beantragen müsste. Dass aber Nina und er ihn aufgrund der geschilderten Situation auch für suizidgefährdet ansahen. Der Klinikleiter sagte daraufhin zu, sofort einen Wagen mit entsprechendem Fachpersonal nach Wittmund zu schicken.

***

Als die beiden Kommissare in Ninas Büro zurückkamen, fanden sie Silke und Jan in einem sehr vertraulich wirkenden Gespräch vertieft.

„Stellt euch mal vor", wurden sie von Silke begrüßt, „Jan und ich sind über zwanzig Ecken verwandt."

„Ja, Silkes Vater ist ein Cousin zweiten Grades von mir. So klein ist die Welt. Wir sind uns vor meinem Eintritt in die Bundeswehr manchmal bei Familienfeiern in Esens begegnet. Da war Silke noch gar nicht auf der Welt."

„Ich komm euch mal auf dem Campingplatz besuchen. Möchte doch auch mal deine Lisa kennenlernen", verabschiedete sich Silke fröhlich lachend.

„Herr Grote", wurde Bert ernst, „vielen Dank für das uns entgegengebrachte Vertrauen. Wie Sie selbst schon haben durchblicken lassen, vermuten Sie in Eigendiagnose bei sich eine PTBS. Sehe ich das richtig?"

„Herr Kommissar, ich fühle im Moment eine richtige Erleichterung. Es ist so, als wenn eine furchtbare Last von mir genommen ist. Es hat mir richtig gutgetan, endlich mal mit jemandem darüber sprechen zu können. Ja, ich bin jetzt auch davon überzeugt, dass ich eine PTBS habe, aber mich dessen nicht schämen muss. Ihre Kollegin hat mich vorhin doch gefragt, ob ich schon mal Blackouts gehabt hätte. Ja, hatte ich. Und ich muss ganz ehrlich sagen: In Bezug auf die Mordnacht bin ich mir nicht sicher, ob ich nicht doch joggen war, zumal ich mir die Videoaufnahme nicht erklären kann. Aber daran erinnern kann ich mich beim besten Willen nicht."

„Ich glaube, es ist das Beste, wenn Sie sich möglichst sofort in eine entsprechende Behandlung begeben. Sie kennen doch sicher auch die Horrorgeschichten, die nach dem Vietnamkrieg über Kriegsveteranen in den USA kursierten. Ich kenne das jedenfalls aus einem Film", sagte Nina.

„Ist mir bekannt. Da soll es sogar Amokläufe und Suizide gegeben haben."

„Das Schlimme daran ist, das waren alles mal rechtschaffene und unbescholtene Bürger, Soldaten und vielleicht sogar Familienväter. Das heißt, eine unbehandelte PTBS kann im Extremfall nicht nur zu einer Gefahr für den Betroffenen selbst, sondern auch für sein Umfeld werden. Wären Sie denn bereit, sich jetzt helfen zu lassen?", setzte die Kommissarin gleich nach.

„Lieber heute als morgen. Denn langsam bekomme ich vor mir selber Angst. Vor allem, weil ich mir dieses Video nicht erklären kann."

„Das ist sehr vernünftig, Herr Grote. Ich werde dann mal das Entsprechende veranlassen, wenn Sie einverstanden sind", bestätigte Bert ihn.

„Ja, tun Sie das, Herr Kommissar."

„Mache ich, Herr Grote, aber den Kommissar brauchen wir nicht", sagte Bert erleichtert lachend. „Wir sind hier nicht beim

Militär, sonst müsste ich Sie vielleicht auch noch mit Herr Hauptmann a.D. ansprechen."

Nach kurzer Zeit kam Bert nach einem vorgetäuschten Telefonat zurück. „Es ist ein Wagen unterwegs und Sie können auch gerne von hier aus telefonisch Ihre liebe Frau informieren. Die kann Sie dann auch in der Klinik in Oldenburg besuchen. Später wird man die Behandlung sicher auch in Ihrer Region ambulant fortsetzen können."

„Danke, das ist nett, aber mein Handy haben ja Ihre Kollegen noch."

„Wir haben hier auf dem Gang ein zurzeit ungenutztes Büro mit Telefon. Ich zeige es Ihnen und dann können Sie in Ruhe und völlig ungestört Ihre Frau anrufen", sagte Nina und führte ihn zwei Türen weiter zu einem kleinen Dienstzimmer. „Sie finden uns in meinem Zimmer oder im Büro daneben, das von meinem Chef."

Vom Schreibtisch in Berts Dienstzimmer aus hatte man bei offener Tür den ganzen Gang im Blick und konnte Jan Grote ersparen, einen Kollegen vor seine Tür stellen zu müssen. Die Kommissare waren erleichtert und zufrieden, dass sich Jans Einweisung so unkompliziert durchführen lassen würde.

„Eigentlich müssten wir ihn erkennungsdienstlich erfassen, bevor wir ihn dem Krankentransportwagen nach Oldenburg übergeben. Aber wir wissen nicht, ob das nicht wieder irgendeinen Stress bei ihm auslöst", zeigte sich Nina besorgt.

„Wir haben das gerade doch auch ganz elegant mit ihm hinbekommen. Wir sollten es noch mal auf die gleiche Art versuchen."

Kurz darauf meldete sich Jan bei den Kommissaren. „Meine Frau hatte wohl schon die ganzen Jahre so eine Ahnung. Aber wie das so unter Eheleuten manchmal ist, man will ja nichts heraufbeschwören und steckt dann lieber den Kopf in den Sand. Jedenfalls waren das gerade ihre Worte und auch sie ist irgendwie erleichtert. Sie ist zudem froh, wenn ich jetzt hier in Oldenburg in eine Klinik gehe, dann kann sie mich doch regelmäßig besuchen. Außerdem findet sie bei unseren Freunden hier auf dem Campingplatz Halt und Unterstützung und ist nicht allein. Aber wie geht es denn jetzt mit mir weiter?"

„Wir müssten noch ein paar Formalitäten erledigen. Dazu gehen wir am besten in unsere Aufnahme. Übrigens waren wir bislang ja davon ausgegangen, dass Sie in diesem Jahr keinen Kontakt zu Anna Reiter gehabt haben, was sich jetzt nach dem Video des Erpressers anders darstellt. Unsere Spurensicherung hat im Zusammenhang mit der Entführung im Wohnwagen der Reiters jede Menge Fingerabdrücke sichergestellt, von denen sich noch nicht alle zuordnen ließen. Daher müssten wir zum Vergleich auch Ihre Fingerabdrücke nehmen."

„Kein Problem, Herr Kom… ach ja, Herr Linnig."

Nachdem alle erkennungsdienstlichen Formalitäten ohne Probleme abgewickelt waren, kam auch schon der Wagen aus Oldenburg, und das Fachpersonal aus der psychiatrischen Klinik übernahm Jan.

„Ich hoffe und wünsche für ihn, dass er nicht der von uns gesuchte Täter ist", musste Nina ihren Gefühlen freien Lauf lassen. „Ein sehr sympathischer Mann. Hoffentlich kriegt er auch das mit seinem Seitensprung geregelt. Selbst ich als Frau muss sagen, wenn ich die Videos von Anna Reiter sehe, die Frau ist ja die personifizierte Verführung. Der hätte ich als verheirateter Mann auch nicht begegnen wollen … Gott sei Dank bist du ihr nicht beim Joggen begegnet", setzte sie dann noch mit einem Augenzwinkern hinzu.

Bert war in diesem Moment froh, nicht antworten zu müssen, denn oben auf der Treppe nahm sie mal wieder Silke in Empfang und ihr Gesichtsausdruck sagte, dass sie etwas Wichtiges zu verkünden hatte.

„Ihr habt gleich wieder Arbeit", machte sie es geheimnisvoll.

„Gibt es etwa noch eine Leiche?", wollte Bert wissen, dem eigentlich nicht zum Spaßen war.

„Nein, aber ein armer Rentner …"

„Davon dürfte es wohl leider inzwischen nicht nur einen geben", entfuhr es Nina.

„Ein Rentner hat im Info-Center in Abfallkörben nach Plastik-Pfandflaschen gesucht und dabei …"

„… einen Umschlag mit einem Haufen Geld gefunden", ergänzte Nina lachend.

„Bist du mal wieder Hellseherin? Ja, genau das, zwanzigtausend Euro. Ein Streifenwagen bringt ihn gleich her."

„Wenn er da ist, dann in mein Büro", gab Bert Anweisung. Er wollte die Zeit für ein kurzes Resümee mit Nina nutzen.

„Im Mordfall von Gernot Kaldenbach haben wir drei Verdächtige, aber noch keinen alles entscheidenden Hinweis", dachte Bert laut nach. „Der Ehemann der Vermissten hätte zwar ein Motiv und war auch zum Todeszeitpunkt in Hafennähe, aber mehr können wir ihm noch nicht nachweisen. Letzteres können wir auch dem Spanner nachweisen, aber bislang kein schlüssiges Motiv. Bleibt der traumatisierte Pilot, er muss sich nach der Signatur seines Videos zur Mordzeit sogar in unmittelbarer Nähe des Tatortes aufgehalten haben, hätte eventuell auch ein Motiv, wenn man unterstellt, dass er auf den Kellner eifersüchtig wäre, aber man will ihm das als bisher unbescholtenen Bürger eigentlich nicht recht zutrauen."

„Bleibt uns im Moment wohl nichts anderes übrig, als darauf zu hoffen, dass der Aufruf zur Meldung von Beobachtungen, die damit in Zusammenhang stehen könnten, Erfolg hat, oder die Forensik noch entscheidende Hinweise findet", sagte Nina.

„Im Fall der Vermissten kommen wir auch nicht so richtig voran. Dabei schwindet nach den Erfahrungen leider mit jeder Stunde, die ins Land geht, auch die Hoffnung, sie noch lebend zu finden. Und das, obwohl wir sogar ein Video von den Entführern haben."

„Leider ist da aber nur die Frau zu erkennen. Aber sie und auch der Wagen scheinen wie vom Erdboden verschluckt", ergänzte Nina. „Können wir nur hoffen, dass die Kollegen in Wilhelmshaven nach den Fahndungsaufrufen entsprechende Hinweise erhalten."

Silke brachte den Rentner. „Ewald Küster", sagte sie, stellte dann die Kommissare vor und übergab Nina einen braunen DIN-A5-Umschlag. „Zwanzigtausend, zweihundert Hunderteuroscheine, wir haben das unten bereits überprüft."

Als der Finder mit Kaffee und Wasser versorgt war und die Beamten einen Blick in den Umschlag geworfen hatten, sagte Bert: „Schön, Herr Küster, dass Sie so ehrlich sind und sich mit dem Fund gemeldet haben."

„Ist mir wahrlich nicht leichtgefallen, Herr Kommissar. Nicht umsonst fahre ich als Rentner mit dem Fahrrad hier in der Gegend die Küste ab, um nach Verwertbarem zur Aufbesserung der Haushaltskasse zu suchen. Wobei ich sagen muss, dass selbst in meinem Alter das Radfahren fit hält. Jedenfalls hätten meine Frau und ich das Geld gut brauchen können. Aber meine Frau hat gemeint, dass das bestimmt kriminelles Geld ist, das was mit dem Mord oder der Entführung von der Frau zu tun hat. Und damit wollen wir nix zu tun haben. Aber vielleicht gibt es ja Finderlohn. Das wäre wenigstens etwas", sprudelte es aus dem älteren, drahtigen Mann heraus.

„Finderlohn steht Ihnen gesetzlich zu. Soweit ich weiß, bei der Summe circa drei Prozent", beantwortete Nina seine Frage. „Wann und wo genau haben Sie den Umschlag denn gefunden?"

„Das muss so gegen drei Uhr heute Nachmittag gewesen sein. Da lag der Umschlag in einem Abfallbehälter beim Info-Center in Bensersiel. Der fiel mir halt auf, weil der so glatt und sauber aussah und zugeklebt war. Oft schmeißen die Leute da auch Plastik-Pfandflaschen rein, weil es ihnen zu unbequem ist, damit zu einem Laden zu gehen. Obwohl man für jede Flasche oder Dose fünfundzwanzig Cent bekommt. Bei zehn Flaschen sind das auch schon wieder zwei Euro fünfzig. In der Hauptsaison habe ich da schnell mal so zehn Euro pro Tag zusammen. Für Rentner wie meine Frau und mich eine Menge Geld."

„Ist Ihnen sonst irgendetwas oder irgendjemand in der Nähe des Abfallbehälters aufgefallen?", wollte Bert noch wissen.

„Nee, eigentlich nicht. Sonst war alles wie immer, wenn ich da den Müll durchsuche."

„Okay", sagte Bert. „Wir müssen jetzt aber erst einmal herausfinden, wem das Geld gehört. Ihre Adresse haben wir ja. Wir werden uns melden, sobald wir mehr wissen. Nochmals vielen Dank! Unser Fahrzeug wird Sie wieder nach Hause bringen."

Das Geld ließ Bert durch Silke zur Forensik bringen, um es auf Spuren untersuchen zu lassen. Fingerabdrücke hatte Silke schon von dem Rentner genommen, damit diese ausgeschlossen werden konnten. Dann rief Bert noch in Wilhelmshaven und bei Sören an und fragte, ob es neue Erkenntnisse gäbe. Dies war leider nicht der Fall.

„Ich glaube, der Italiener ruft. Mir hängt schon nach dem langen Tag der Magen schief", sagte er zu Nina.

Aber so war der Polizeidienst, oft blieb den Beamten noch nicht einmal die Zeit für regelmäßige Pausen, geschweige denn für die Einnahme von Mahlzeiten. Wenn sie Glück hatten, dann war es unterwegs mal schnell die Pommesbude. Und ansonsten musste der obligatorische Kaffee das Hungergefühl abtöten.

12. Kapitel

Die Sonne näherte sich bereits dem höchsten Stand des Tages. Das Zimmer, in dem Anna sich nun schon seit Tagen aufhielt, leuchtete durch die roten Vorhänge in einem tiefen Purpurrot. Anna öffnete die Augen, brauchte aber eine ganze Weile, um halbwegs in der Realität anzukommen. Sie versuchte sich zu erinnern, aber es fiel ihr schwer. Schemenhaft huschten Bilder von unbekleideten Männern vor ihrem geistigen Auge vorbei. Sie glaubte, noch erigierte Glieder in ihrer Vagina zu spüren. Aber alles erschien ihr irgendwie nicht real, sondern eher wie in einem Traum.

Sie hatte so im halb wachen Zustand eine ganze Weile vor sich hin gedöst, da wurde die Tür aufgeschlossen und ein dunkelhaariges hübsches Mädchen schob einen kleinen Rollwagen in ihr Zimmer, sagte etwas in einer Sprache, die Anna nicht verstand, winkte ihr freundlich lächelnd zu und verschwand wieder. Die Tür wurde wieder abgeschlossen. Nur ganz in der Ferne war Musik zu hören, wahrscheinlich aus einem Radio, weil zwischendurch auch gesprochen wurde. Auch das Gesagte verstand Anna nicht.

Sie hatte aber inzwischen realisiert, dass dies ein sich immer wiederholendes Ritual zu sein schien. Ganz langsam wach werden, das Aufschließen und Öffnen der Tür, den Rollwagen reinschieben, ein paar unverständliche Worte, ein freundliches Lächeln und Winken, Tür zu und abschließen. Sie realisierte es als Gegebenheit, aber ohne es zu hinterfragen oder gar zu werten. Selbst ihre dann folgenden Verrichtungen hatten inzwischen schon fast etwas Ritualhaftes: Aufstehen, stoffwechselbedingte Notwendigkeiten, Dusche, Zahn-, Haar- und Hautpflege, alles dafür Erforderliche stand im Bad bereit, dann ankleiden. Frische Wäsche lag jeden Morgen im unteren Fach des Rollwagens.

Viel war es nicht, was sie anzuziehen hatte. Es war ihr aber auch nicht unangenehm, denn es war sehr warm im Zimmer. Wahrscheinlich auch durch die Sonneneinstrahlung. Durch Annas Wahrnehmung geisterte dazu der Begriff Reizwäsche.

Obwohl sie diesen eigentlich nicht in ihrem normalen Sprachgebrauch hatte, was ihr aber in diesem Augenblick nicht wirklich bewusst war. Alles war irgendwie real und dann wieder doch nicht wirklich. Sie war sich nicht sicher, ob sie wach war oder träumte, hinterfragte es aber auch nicht.

Die Einnahme der Nahrung war ebenfalls bereits zum festen Bestandteil ihres morgendlichen Ablaufs geworden. Egal was auf dem Rollwagen lag, sie aß und trank es. Weißbrot, Müsli, Donuts, die obligatorische Süßigkeit, und sie trank den Kaffee, später das Wasser. Danach legte sie sich wieder hin, weil sie die Müdigkeit übermannte. Später legten sich unbekleidete Männer zu ihr auf das große, geräumige Bett und sie tat ganz automatisch das, was sie immer in solchen Fällen zu tun pflegte und wonach ihr Körper auch ständig zu drängen schien, ohne wahre Erfüllung zu erlangen.

Und so waren schon Tage vergangen, ohne dass sie sie gezählt hätte. Aber heute war es anders. Anna schlug die Augen auf. Wo bin ich, dachte sie und schaute sich um. Eigentlich war alles wie immer. Die Sonne schien durch die Vorhänge und alles war in ein purpurnes Licht getaucht. Es war warm im Zimmer und die Bilder der Nacht zogen an ihrem inneren Auge vorbei. Sie setzte sich auf. Mit wie viel Männern hatte sie geschlafen? Und dann zuckte es wie ein Blitz durch ihr Bewusstsein: Ich bin hier in einem Bordell! Sie stand auf, und heute war ihr erster Gang nicht ins Bad, sondern ans Fenster.

Sie öffnete den Vorhang. Es wurde sehr hell im Zimmer. Die roten Blumen auf der Tapete wirkten noch kitschiger als vorher. Aber Anna vermochte nicht aus dem Fenster zu schauen, weil die Scheiben milchig waren. Sie versuchte die Fenster zu öffnen, aber es war nicht möglich, die Riegel waren abgeschraubt. Allerdings befand sich im oberen Teil des rechten Flügels eine kleine Fensterklappe mit einer Ausstellvorrichtung. Sie stieg auf das Fensterbrett, schob das kleine Fenster mit dem Hebel so weit wie möglich hinaus und konnte einen Blick nach draußen erhaschen. Frische Meeresluft drang in den Raum.

Ihr Zimmer schien sich im ersten oder zweiten Stock zu befinden. Genau konnte sie das nicht einschätzen. Schräg unter ihr befand sich in einem Rondell ein Brunnen, der seine Fontäne über alte, verwitterte Figuren mit einer dicken grünlichen Patina ergoss und dessen Wasser unten in einem großen Becken aufgefangen wurde. Um das Rondell führte ein breiter Kiesweg, der gegenüber vom Haus in einen Weg mündete, der in etwa einhundert Metern zu einem offen stehenden hohen schmiedeeisernen Tor führte.

Eben fuhr ein großer schwarzer Wagen durch das Tor auf das Haus zu. Hinter ihm schloss sich das Tor wie von Geisterhand. Links und rechts von dem Tor wurde das parkähnliche Grundstück von einer hohen Mauer umschlossen. Durch das Tor konnte Anna in der Ferne blaues Meer sehen. Ihr Herz pochte vor Aufregung. Wo konnte sie nur gelandet sein? Sie hörte, wie der Schlüssel ins Schloss geschoben wurde, sprang vom Fensterbrett herunter und zog mit einem Ruck den Vorhang zu. Dann tat sie so, als sei sie gerade auf dem Weg ins Bad.

Und dann war alles wie immer. Die dunkelhaarige Schöne schob den Rollwagen ins Zimmer, sagte etwas, lächelte, winkte und schloss wieder die Tür. Ihr war klar, dass sie irgendwie unter Drogen stand. Sie hatte einen dumpfen Druck auf dem Kopf, aber sie konnte heute einigermaßen klar denken. Sie betrachtete ihre Arme. Keine Einstiche. Also musste sie es über die Nahrung oder das Wasser zu sich nehmen. Sie überlegte. Diese Schläfrigkeit hatte sie doch auch schon in dem Auto gespürt. Was hatte ihr der Schnauzer gegeben? Der Schnauzer?! Sie konnte sich nicht erinnern, ob er auch einer der Männer gewesen war, die sie in ihren Bildern gesehen hatte. Und der Muskelprotz, fiel ihr plötzlich ein. Was war mit dem?

Nichts. Sie zermarterte ihr Gehirn. Nichts. Die letzten Bilder von den beiden waren von unterwegs im Auto. Aber die hatten doch mit ihr Sex gehabt. Aber scheinbar noch nicht hier. Sie konnte sich nicht konzentrieren und spürte, dass sie Durst hatte. Reflexartig griff sie zu der Wasserflasche und drehte am Verschluss. Dann schoss eine Erkenntnis durch ihren Kopf: Der Verschluss war bereits offen! Sie stellte die Flasche wieder hin. Also, was hatte der Schnauzer ihr unterwegs gegeben? Wasser und Schokokugeln. Sie untersuchte den Beutel, der auch jetzt wieder auf dem Rollwagen lag. Sieht nicht so aus, dachte sie, wie ich die sonst aus der Confiserie kenne. Erst jetzt fiel ihr auf, dass der Beutel wohl auch schon ein paarmal benutzt worden war, denn das Cellophan war nicht mehr glatt.

Sie nahm die Flasche und die Schokokugeln und ging ins Bad. Das Wasser entleerte sie ins Waschbecken und die Kugeln schüttete sie ins Klo. Dann knüllte sie den Beutel zusammen, wie sie das zu Hause auch immer machte. Die Wasserflasche füllte sie mit Wasser aus dem Hahn. Vorher spülte sie diese allerdings mehrfach durch.

Nachdem sie ihre Morgentoilette verrichtet und sich angekleidet hatte, frühstückte sie wie immer. Danach legte sie sich aufs Bett wie gewohnt. Nur wollte sich heute die Müdigkeit nicht einstellen.

Hellwach lag sie im Bett, als die Tür aufgeschlossen wurde. Anna stellte sich schlafend. Die dunkelhaarige Schönheit hatte jetzt einen Putzwagen dabei, ging zum Fenster und öffnete mit einem mitgebrachten Riegel beide Flügel. Dann machte sie sich im Bad zu schaffen. Als sie hinter der Tür in der Dusche zugange war, sprang Anna aus dem Bett und eilte zu der offen stehenden Zimmertür.

Neugierig warf sie einen Blick in den Gang. In dem gegenüberliegenden Zimmer stand die Tür auf und sie konnte einen großen Schreibtisch mit mehreren Monitoren sehen, die aber im Moment alle ausgeschaltet waren. Vor dem Tisch stand ein leerer Bürostuhl. Links gingen vom Gang mehrere Türen ab und er endete an einer kleinen Balkontür, die wahrscheinlich zum Lüften offen stand. Rechter Hand gingen ebenfalls links und rechts mehrere Türen ab und der Gang schien an einer Treppe, die nach unten führte, zu enden. Anna hörte, wie das junge Mädchen die Duschwände abspritzte. Also besser wieder ins Bett, dachte sie, nachdem sie noch schnell einen Blick durch das jetzt offen stehende Fenster geworfen hatte, dessen Ausblick sie inzwischen bereits kannte.

Sie hatte sich im Bett auf die Seite gelegt, sodass sie alles durch die geblinzelten Lider sehen konnte. Die ist aber noch verdammt jung, dachte sie, als die Dunkelhaarige eine neue

Flasche Wasser und einen Schokobeutel auf die Ablage neben ihrem Bett legte. Dann wurden die Fenster wieder geschlossen und der Vorhang zugezogen. Das Mädchen hatte dabei nicht registriert, dass der Hebel des kleinen Klappfensters runterhing und nicht arretiert war. Dann nahm sie beide Rollwägen wieder mit aus dem Zimmer und schloss ab.

Anna war sich jetzt sicher, warum sie manchmal morgens völlig wie benebelt war und sich an diese Tage auch jetzt nur schwer erinnern konnte. Sie erinnerte sich aber, zumindest schwach, an die Tage, als das nicht so heftig gewesen zu sein schien. Das Wasser und die Rumkugeln, oder was es auch immer genau war! Sicher hatte sie später am Tag oder auch in der Nacht automatisch mal mehr, mal weniger davon getrunken und gegessen. Das war für sie auf einmal eine plausible Erklärung. Sie wechselte erneut das Wasser aus der Flasche auf der Ablage. Den Beutel ließ sie aber diesmal zunächst dort liegen, für den Fall, dass es von jemandem kontrolliert würde.

So wie es aussah, wurden die Zimmer tagsüber nicht überwacht. Also hatte sie noch Zeit, sich umzuschauen. Sie öffnete den monströsen alten Schrank. Dort fand sie ihre Kleidung von unterwegs, sogar ihren Hausanzug von zu Hause, ihre Pantoffeln und die Turnschuhe, die ihr die Männer besorgt hatten. Es hingen einige leere Drahtkleiderbügel über der Stange. Da kam ihr ein Gedanke. Sie schaute sich das Türschloss an. Es handelte sich um ein ganz simples Bartschloss, wie es in alten Häusern üblich war.

Sie holte sich einen der Drahtbügel und bog die Krümmung gerade. Dazu klemmte sie diese zwischen die Schranktür. Dann bog sie einen provisorischen Bart in Länge der Schlossöffnung in einem Neunziggradwinkel ab. Sie horchte an der Tür. Wohl vom Erdgeschoss her war leise Musik zu hören. Sonst war alles ruhig. Sie probierte ihren selbst gemachten Dietrich und er funktionierte auf Anhieb. Die Tür war offen. Schnell schloss sie wieder ab und versteckte den präparierten Kleiderbügel im Schrank.

Anna überlegte und versuchte sich den Ablauf in so einem Edelbordell vorzustellen, denn um so etwas schien es sich hier zu handeln. Unten waren wahrscheinlich die Gasträume und oben die Mädchen in den Zimmern für die männlichen Besucher. Wie viele hier wie sie festgehalten wurden, war schwer zu sagen. Einige Türen im Gang hatten offen gestanden, einige nicht. Anna versuchte die geschlossenen Türen zusammenzubekommen. Ihr Gehirn lief wohl doch noch nicht wieder auf einhundert Prozent, denn mit ihrem fotografischen Gedächtnis hätte sie das eigentlich blitzschnell erfassen müssen. Sie kam auf geschätzte acht geschlossene Türen und etwa die gleiche Zahl an offenen. Aber es war eigentlich auch egal. Sie hatte zudem auch nicht wahrnehmen können, ob noch eine Treppe in ein weiteres Geschoss nach oben ging.

Wie sollte sie vorgehen? Wahrscheinlich ging der Barbetrieb erst spät am Abend richtig los. Das war in den Discos auch nicht anders. Während des laufenden Betriebes einen Fluchtversuch zu starten erschien ihr nicht zweckmäßig. Sie würde mit ihren komischen Klamotten ja sofort auffallen. Sie ging nicht davon aus, unbemerkt bis zum Ausgang zu kommen. Also würde sie warten müssen, bis die Bar und das Haus in der Nacht geschlossen würden. Sie schätzte, dass das nicht vor drei, vier Uhr der Fall sein dürfte, eher später.

Sie versuchte etwas vorzuschlafen. Aber ohne „Nachhilfe" war das gar nicht so einfach. Schließlich war sie aber doch in einen leichten Schlaf gefallen. Ein Geräusch an der Tür weckte sie. Dann sah sie den Muskelprotz und stellte sich schlafend. Er hatte das Licht angemacht. Offensichtlich wollte er sich davon überzeugen, dass alles in Ordnung war. Er berührte sie an der Schulter. Sie schlug die Augen auf und versuchte ihn mit einem leeren Blick anzuschauen. Dann schloss sie ihre Augen und begann wieder tief und ruhig zu atmen. Sie hörte, wie er die Wasserflasche wieder auf die Ablage stellte. Also hatte er sie kontrolliert und sie war froh, die Schokolade noch nicht entsorgt zu haben. Bevor er, ohne abzuschließen, den Raum verließ, hatte er noch mehrere gedämpfte Lampen angeschaltet und das große Licht gelöscht.

Sie wusste nicht, wie lange sie vorhin geschlafen hatte, jedenfalls war es dunkel im Raum gewesen, bevor der

Muskelmann das Licht eingeschaltet hatte. Es war also schon Abend und von unten vernahm sie Musik und Stimmengemurmel. Plötzlich betrat ein Mann den Raum. Nachdem er sich kurz orientiert hatte, ging er ins Bad und kam nach kurzer Zeit entkleidet wieder heraus. Er legte sich neben sie ins Bett und öffnete den vorne angebrachten Clip ihres reizvollen BHs. Dann drehte er sie auf die Seite, sodass sie mit dem Rücken zu ihm lag, und sie spürte, wie er ihren String auf die Seite schob und in sie eindrang.

Sie merkte, dass sie schon lange keine männliche Berührung mehr bewusst wahrgenommen hatte, und übernahm von nun an die Regie, was ihm sehr zu gefallen schien. Offensichtlich zufrieden kam er danach wieder angezogen aus dem Bad, legte ein paar Scheine unter die Wasserflasche und sagte mit russisch klingendem Akzent: „Special tip for you. Nice girl!" Dann verschwand er.

Das wiederholte sich so ähnlich noch fünfmal in dieser Nacht. Anna hatte den Eindruck, heute nur Russen bedient zu haben. Darauf deuteten auch die Wodkafahnen der Männer hin. In Berlin hatte sie auch schon solche Gäste betreut und ähnliche Erfahrungen gemacht. Männer anderer Nationalitäten waren zumeist nicht so großzügig gewesen. Zumal das Geld für den Liebesdienst ja bereits an die Hostessenagentur gegangen war. Hier wird das sicher nicht anders sein, dachte sie. Das Geld steckte sie in die enge Hosentasche ihrer Jeans im Schrank, es waren elf Hunderteuroscheine. Die würde sie bei ihrer Flucht gut brauchen können.

Es war ruhig im Haus geworden. Der Muskelprotz hatte noch mal nach ihr geschaut, das Licht gelöscht und die Tür verschlossen. Sie hatte keine Uhr. Denn als sie auf dem Campingplatz ins Bad gegangen war, hatte sie Uhr und Schmuck im Wohnwagen gelassen. Draußen war es noch dunkel und sie schätzte, dass es etwa drei Uhr war. Die Wirkung der Drogen ließ immer mehr nach und das klare Denken fiel ihr immer weniger schwer. Sie hatte den Vorhang zurückgeschoben und das kleine Klappfenster aufgemacht. Die frische kühle Meeresluft tat ihr gut.

Schließlich sah sie am Horizont, wie sich die Nachtschwärze langsam in dunkles Blau verfärbte. Obwohl der Sonnenaufgang sicher noch auf sich warten lassen würde. Damit kannte sie sich aus, schließlich hatte sie in Bensersiel schon die eine oder andere Nacht – und manche nicht allein – am Strand verbracht. Bei dem Gedanken musste sie unwillkürlich schmunzeln, obwohl ihr danach eigentlich gar nicht zumute war.

Endlich schien ihr der richtige Zeitpunkt gekommen. Sie öffnete die Zimmertür mit dem Dietrich. Dann schlich sie sich nach unten. Im Haus war alles ruhig. Sie tastete sich die Treppe runter und an der Wand entlang, bis in die Richtung, wo sie die Haustür vermutete. Ihr Herz machte einen Luftsprung. Die Tür war nicht verschlossen. Inzwischen hatte sich der Horizont in ein leichtes Blau verwandelt. Büsche und Bäume vor der Mauer waren bereits schemenhaft zu erkennen.

Der Kies knirschte unter ihren Füßen, aber sie schritt trotzdem zügig voran, um so schnell wie möglich das Tor zu erreichen, in der Hoffnung, irgendwie darüber klettern zu können. Sie hatte gerade die Hälfte des Brunnens umrundet, als sie ein hechelndes Geräusch hinter sich vernahm. Und dann waren sie auch schon da. Zwei große dunkle Monstren. Um was für eine Rasse es sich handelte, vermochte sie in der Dämmerung nicht wahrzunehmen. Aber mit großen Hunden kannte sie sich aus. Ihr Stiefvater hatte Dobermänner gezüchtet und abgerichtet. Die bellten auch nicht. Der Mann ihrer Mutter hatte immer gesagt: „Hunde, die bellen, beißen nicht. Meine beißen." Und bei ihm hing ein Schild am Gartentor, das zeigte einen Dobermann in vollem Lauf mit gebleckten Zähnen. Darunter stand geschrieben: „Ich brauche drei Sekunden bis zum Tor und du?"

Anna wusste ganz genau, Flucht hätte hier fatale Folgen für sie. Also stand sie ganz ruhig, mit leicht weggedrehtem Kopf. Wobei sie die Hunde aber aus halb geschlossenen Lidern nicht aus den Augen ließ. Ihre Arme hatte sie angewinkelt an den Körper gelegt, so wie es der Figurant auch in der Hundeschule bei der Schutzhundeprüfung machte, wenn er den Hund nicht provozieren wollte. Sie hatte ihren Stiefvater oft zum Dressurplatz begleitet. Er war sogar der Vorsitzende vom

Verein. Sie liebte Tiere, und auch die Dobermänner und andere Hunde schienen sie zu lieben. Weh tat ihr, wenn wieder die süßen kleinen Welpen abgeholt wurden, in die sie sich als Kind gerade so verliebt hatte.

Wie sie es erwartet hatte, standen die Hunde zunächst etwa einen Meter vor ihr. Die Sicht verbesserte sich inzwischen von Minute zu Minute und sie konnte sehen, dass sie nicht mehr ihre Zähne bleckten. Jetzt erkannte sie auch, dass es sich um zwei riesige Doggen handelte. Sie wirkten irritiert, kein Geruch nach Angstschweiß, keine Flucht- oder Angriffsbewegung, kein dominanter oder provozierender Augenkontakt. Anna ließ sich ganz ruhig von den Hunden beschnüffeln, dabei nahm sie langsam ihre Arme runter und ließ sie auch an ihren Handrücken schnüffeln. Nach einer Weile trotteten die beiden wieder Richtung Hauswand, wo ihre Hundehütte stand, wie Anna jetzt sehen konnte.

Sie war unentschlossen, was sie jetzt machen sollte. Bis zur Haustür waren es vielleicht zehn Meter, bis zum Tor vielleicht einhundert. Jetzt war ihr auch klar, warum die Haustür nicht abgeschlossen gewesen war. Anna überlegte, die Hunde hatten sie jetzt offensichtlich als zum Haus gehörig eingestuft. Das heißt, sie würde wahrscheinlich kein Problem haben, zum Haus zurückzukehren. Langsam setzte sie sich in Bewegung. Die Hunde kamen nicht aus ihrer Hütte. Wie aber würden sich die Tiere verhalten, wenn sie sich am Tor zu schaffen machte, indem sie versuchte, an den schmiedeeisernen Stäben hochzuklettern? Was, wenn sie es nicht schnell genug nach oben schaffen würde? In Sport – zumindest in der Leichtathletik, bei diesem Gedanken huschte ein Grinsen über ihr Gesicht – war sie nie die Beste gewesen. Sie dachte an die drei Sekunden auf dem Schild an dem Gartentor ihres Stiefvaters und musste erneut unwillkürlich grinsen.

Ich warte lieber auf eine bessere Gelegenheit, entschied Anna, als sie sich unbemerkt wieder in ihr Zimmer schlich.

13. Kapitel

Einszweidrei, im Sauseschritt läuft die Zeit, wir laufen mit, stand es schon bei Wilhelm Busch in seinem Julchen. Zwei Wochen war es her seit den schlimmen Ereignissen in Bensersiel, die das Kommissariat in Wittmund in Atem hielten. Bert Linnig und sein Team waren jedem auch noch so kleinen Hinweis nachgegangen. Aber weder in der Mordsache Gernot Kaldenbach noch in der Entführung von Anna Reiter hatte es einen entscheidenden Fortschritt gegeben.

Die Eltern von Kaldenbach waren inzwischen da gewesen. Aber auch das hatte zu keinen neuen Erkenntnissen geführt. Sie waren bereits von den Kollegen in Wilhelmshaven informiert und natürlich auch befragt worden. Doch der Vater wollte sich selbst einen Eindruck von dem Ort verschaffen, an dem der Sohn sein Leben verloren hatte. Trotz aller inzwischen vorliegenden kriminalistischen Fakten über den Ermordeten waren das auch für die Polizisten traurige Momente gewesen.

Kommentar des Mariners beim Tatort: „Wir haben dem Bengel von frühester Kindheit an zu viele Freiheiten gelassen. Man konnte ihm einfach nichts abschlagen und ihm bei seinem Charme auch nicht lange böse sein. Aber ich habe schon oft befürchtet, dass das noch mal ein schlimmes Ende nehmen wird." Die Mutter hatte nur stumm unter Tränen einen Strauß roter Rosen in das Hafenbecken geworfen.

Grünberg verweigerte nach wie vor nicht nur die Aussage zu den beiden Videos von den Sticks, sondern auch zu den anderen Vorwürfen. Kooperation war offensichtlich für ihn kein Thema mehr. Immer wieder hatte er mit einem hinterhältigen Grinsen gesagt: „Ihr könnt mir nix beweisen." Womit er Bert zur Weißglut bringen konnte, was er auch ganz genau zu wissen schien.

Aus der Akte hatten sie inzwischen entnommen, dass er vor seiner ersten Verurteilung als Privatdetektiv, vorwiegend in Beziehungsangelegenheiten in Hamburg, ermittelt hatte. „Da wurde ja der Bock zum Gärtner gemacht", war Ninas Kommentar gewesen. „Sollte mich nicht wundern, wenn der da schon entdeckt hat, dass sich mit Erpressung wesentlich mehr Geld verdienen lässt als mit dem Honorar eines Detektivs." Das sah Bert genauso.

Aber alles Schweigen hatte Grünberg nichts genützt. Die schwere Körperverletzung von Bernd war durch die Zeugenaussage von Rita und die ärztlichen Gutachten dokumentiert. Das allein als Wiederholungstat in Verbindung mit Verdunkelungs- und Fluchtgefahr, da er keinen festen Wohnsitz mehr nachweisen konnte, rechtfertigte den Haftbefehl gegen ihn. Jetzt befand er sich in Untersuchungshaft der JVA.

Bernd hatte riesiges Glück gehabt, wie die Ärzte sagten. Er war nur mit einer dicken Beule und Gehirnerschütterung davongekommen. Wenige Zentimeter daneben hätte es für ihn tödlich enden können. Denn ein Schlag mit so einer schweren Stahlkugel, der noch durch den verlängerten Schwung des Leinenbeutels erheblich verstärkt wurde, hätte an einer anderen Stelle auch den Schädel zertrümmern können. Die Ärzte vermuteten auch, dass Grünberg nicht mit vollem Schwung ausholen konnte, weil Rita zu eng neben ihm gelaufen war. Sie war noch von der Kugel leicht am Arm gestreift worden.

Sein Wohnmobil hatten die Techniker, soweit dies möglich war, zerlegt, wie Sören sich ausdrückte. Aber leider ohne Erfolg. Kein geheimes Versteck, obwohl sich die Kriminalisten sicher waren, dass er über einen Computer verfügt haben musste.

Auch die Fahndung nach der jungen blonden Frau aus dem Entführungsvideo war bislang ohne konkrete Hinweise geblieben. Sie war seit der Entführung genauso wie vom Erdboden verschluckt wie die Entführte selbst. Obwohl man auch in allen angrenzenden Landkreisen, sogar mit ihrem relativ guten Bildausschnitt von Grünbergs Video, nach ihr suchte. Der Passat war auch nirgends aufgetaucht. In Großstädten wäre es sicher einfacher gewesen, zumindest einen Teil seines Weges nachzuverfolgen, weil es dort an exponierten Stellen Über-wachungskameras gab. Da wäre die Wahrscheinlichkeit groß gewesen, dass ihn irgendwo mal eine Überwachungskamera erfasst hätte, zumal sie ja sogar über das Kennzeichen verfügten.

In der Urlaubsregion des ostfriesischen Wattenmeeres gab es in den Küstenorten nur Webcams als Service für Urlauber. Die erfassten aber nicht das Straßennetz der grünen ostfriesischen Weide- und Moorlandschaft. Die berühmten friedlichen Schwarzbunten auf ihren Weiden bedurften nun auch wirklich keiner Videoüberwachung.

Von dem Typen, der mutmaßlich Anna Reiter aus dem Wohnwagen gehievt hatte, war es nicht möglich gewesen, brauchbare Bilder zu generieren, da er der Kamera den Rücken zudrehte und sein Gesicht im Dunkel geblieben war. Das Licht aus dem Wohnwagen hatte ihn nur als große dunkle Silhouette erscheinen lassen.

Bert und Nina saßen gerade mal wieder zu einer Tasse Kaffee in Berts Büro zusammen, als ein Kollege vom Empfangsschalter meldete, dass ein junger Mann von der Freiwilligen Feuerwehr Schortens eine Aussage zu der im Entführungsfall Anna Reiter gesuchten blonden Frau machen wollte.

„Mensch, Bert, roll den roten Teppich aus", sagte Nina lachend, die mitgehört hatte.

„Es geschehen Zeichen und Wunder", war sein Kommentar.

Es meldete sich ein junger Mann, groß, blond, etwas strubbelige Haare, Vollbart, wie ihn viele junge Männer heute wieder tragen. Er hätte gerad als Decksjunge von einem ostfriesischen Krabbenkutter durchgehen können.

„Moin", sagte er, nachdem sich die Kommissare vorgestellt hatten, „ich bin Klaas Sievers aus Schortens und bei der freiwilligen Feuerwehr. Heute war ich zufällig bei uns auf der Polizeiwache, da hing ein Bild von einer Frau, die ich kannte."

„Dann können Sie uns sicher auch sagen, wer sie ist und wo sie wohnt", unterbrach ihn Bert.

„Nee, das gerade nicht. Ich weiß nur, dass sie sich Isi nannte, war aber nicht mit ihr befreundet."

„Das klingt ein wenig bedauernd", stellte Nina fest. „Heißt das vielleicht, Sie wären gerne mit ihr befreundet gewesen?"

Klaas hätte gar nicht antworten müssen, sein Erröten sprach Bände. „Na ja", stotterte er ein wenig, „eigentlich … ja, eigentlich schon. Wenn man sie tanzen sah. Ihre Bewegungen, fast wie eine Schlange im Rhythmus der Musik. Sie fuhr einen Mazda MX 5 Cabrio. Aber irgendwie hatte die nur Augen für Gernot, einen Kellner in der Disse."

Nina und Bert tauschten bezeichnende Blicke, als sie von einem Kellner Gernot hörten. „Und wo können wir sie jetzt finden?", wollte Bert wissen.

„Ich nehme an, inzwischen six feet under."

„Das müssen Sie näher erläutern." So etwas hätte Bert eigentlich bei der Entführten befürchtet, aber nicht bei der Entführerin.

„Hab sie leider vor ungefähr vierzehn Tagen im wahrsten Sinne des Wortes vom Baum gepflückt." Klaas neigte zu einer etwas bildhaften Sprache, was die Polizisten aber nicht wissen konnten.

Daher hakte Nina auch gleich nach: „Wie muss ich mir das denn vorstellen, vom Baum gepflückt?" Die Aussagen des jungen Mannes weckten in ihr Assoziationen. Dabei geisterte ihr der Gedanke an einen Rest von Schuldbewusstsein bei der Entführerin durch den Kopf. Vielleicht, weil ihr Komplize Anna Reiter ermordet und einfach irgendwo im Wald verscharrt hatte. Nina stellte sich vor, dass die junge blonde Frau damit nicht fertiggeworden wäre und der nächste Baum ihr einziger Ausweg gewesen war. Wie sich gleich herausstellte, ein hier absolut unzutreffender Gedanke, insbesondere, wenn sie Isi gekannt hätte.

„In der Nacht war zum Teil starker Nebel gewesen", erläuterte Klaas. „Kutter hätten jetzt bei der Hafeneinfahrt das Nebelhorn betätigt. Aber wohl kein Reh, das über die Straße will. Jedenfalls wurde unsere freiwillige Feuerwehr in dieser Nacht alarmiert, weil es einen schweren Unfall auf der B210 zwischen Jever und Schortens gegeben hatte. Eigentlich eine schnurgerade Straße an der Stelle. Unsere Experten haben daher vermutet, dass die Fahrerin vielleicht einem Reh ausweichen wollte, wie ich schon angedeutet habe. Jedenfalls ist das Cabrio, ein MX 5 mit Stoffdach, mit hoher Geschwindigkeit gegen einen Baum geprallt, dann in einen alten knorrigen Busch geschleudert, wo das Dach abgerissen wurde. Stoffreste vom Verdeck hingen dort im Gestrüpp. Schließlich hat der Wagen sich durch einen Graben, der neben der Straße verläuft, überschlagen, sodass die Fahrerin herausgeschleudert wurde und auf einem niedrig hängenden Ast einer Eiche hängen blieb. Da kam nach dem Notarzt nur noch der Bestatter. Ein RTW wurde nicht mehr gebraucht. Wir haben den Wagen, der Feuer gefangen hatte, gelöscht und später die Reste vom Auto weggeräumt."

„Und die Fahrerin war die gesuchte blonde Frau?" Nina war geschockt.

„Ich hab mit dem Notarzt noch die sterblichen Überreste einer Frau von dem Ast runtergeholt. Zunächst hatte ich gar nicht realisiert, wer mir da in den Armen lag, als ich sie vom Baum herunterhob. Das Gesicht war irgendwie nicht mehr da. Ersparen Sie mir Details. Gott sei Dank war es durch das relativ weit entfernte Scheinwerferlicht von der Straße her und den Nebel gar nicht so richtig zu erkennen gewesen. Dann sah ich aber das Nummernschild an dem inzwischen von meinen Kollegen gelöschten Auto. Da hätte mich fast der Schlag getroffen. Aber so was von, mitten zwischen die Augen in die Seele! Das kann ich Ihnen sagen!" Man sah ihm die Erschütterung und Trauer auch in diesem Augenblick deutlich an.

Nina schob ihm ein Glas Wasser rüber. „Trinken Sie erst mal einen Schluck."

„Na, und dann komm ich heute auf die Polizeistation in Schortens, weil ich da was zu erledigen habe, und sehe das Bild von Isi mit dem Fahndungsaufruf", fuhr der junge Feuerwehrmann fort. „Da hat mich das zweite Mal fast der Schlag getroffen. Ihre Kollegen dort haben mich dann gleich hierhergeschickt."

„Konnten denn Papiere von der jungen Frau sichergestellt werden?", wollte Bert wissen, in der Hoffnung, auf diese Weise Namen und Adresse der Entführerin rauszubekommen.

„Alles verbrannt. Es hat ja schon eine Weile gedauert, bis wir am Unfallort eintrafen. Und wenn der Tank erst einmal explodiert ist – und der schien bis zum Rand voll gewesen zu sein –, dann bleibt nicht mehr viel übrig, zumindest nichts, was brennt, wie zum Beispiel Papiere. Nur für das Nummernschild hatte der brennende Sprit wohl nicht mehr gereicht. Aber die Kollegen aus Schortens wollten Ihnen ohnehin noch etwas per E-Mail schicken, soll ich Ihnen sagen."

Bert ging an seinen Schreibtisch. „Da ist tatsächlich Post aus Schortens." Nachdem er diese überflogen hatte, sagte er: „Die Kollegen sind nach dem tödlichen Unfall in Jever in der Wohnung der Frau gewesen, auf die das Cabrio angemeldet war. Haben dort aber nur ein paar Möbel vorgefunden. Keine Papiere oder persönliche Sachen von der Verunglückten. Daher konnten sie auch keinen Zusammenhang zwischen der Verunglückten und der gesuchten Entführerin herstellen."

Nachdem der junge Mann gegangen war, saßen Nina und Bert noch eine ganze Weile wortlos an dem Besprechungstisch. Das war auch für erfahrene Polizisten verdammt starker Tobak.

Schließlich stand Bert auf und druckte die E-Mail der Kollegen zweimal aus. Als beide den Bericht aus Schortens aufmerksam gelesen hatten, sagte Bert: „Wo die junge Dame von ihrer Wohnung aus hingezogen ist, kann ich mir jetzt vorstellen. Das passt auch zeitlich alles mit den Aussagen des Marinesoldaten zusammen. Die Kollegen sind ja in den vierzehn Tagen richtig fleißig gewesen, um dieser Isi auf die Spur zu kommen."

„Kann man wohl sagen. Immerhin haben sie rausbekommen, dass der richtige Name Isabell Müller ist. Jedenfalls sind auf diesen Namen ihr Bankkonto, von dem aus auch weiterhin regelmäßig die Miete für ihre nicht genutzte Wohnung gezahlt wurde, und der verunglückte Wagen angemeldet. Und wenn man sich den Kontostand ansieht, die Ärmste war sie auch nicht gerade. Hat regelmäßig ganz schöne Beträge von einer Agentur erhalten."

„Die Wohnung hat sie wohl als Rückzugsort behalten und sich zwischenzeitlich wahrscheinlich sogar bei mehreren wechselnden Partnern aufgehalten", mutmaßte Bert.

„Vielleicht war der Letzte der Typ von dem Entführungsvideo, der jetzt mit dem Passat von dem Soldaten irgendwo unterwegs ist. Aber wo ist Anna Reiter?"

***

Die Frage nach dem Verbleib von Anna Reiter, die Nina in den Himmel geschickt hatte, schien nicht ungehört geblieben zu sein. Das Telefon auf Berts Schreibtisch klingelte.

Bert meldete sich und schaltete den Lautsprecher ein. Dann sagte er: „Meine Kollegin, Kriminaloberkommissarin Nina Jürgens, hört mit, Herr Kollege."

Kriminalhauptkommissar Benno Gleißner aus Berlin kam schnell zur Sache: „Ich habe Ihren Aufruf zu Anna Reiter zufällig gesehen, ist eigentlich hier beim LKA nicht mein Ressort. Bei uns gibt es eine Akte über Anna, aber unter dem Namen Kloschinski. Ich habe sie auch nur vom Bild her erkannt. Ein so außergewöhnlich hübsches Gesicht vergisst man nicht so schnell."

„Ist sie denn bei Ihnen straffällig geworden? Davon haben wir aber nichts in den Datenbanken gefunden", wunderte sich Nina.

„Nein, sie war das Opfer und ich war damals der Ermittler. Es ging da um jahrelangen Kindesmissbrauch im familiären Umfeld."

„Und Anna war das Opfer?" Nina konnte es nicht fassen.

„Ja, endgültig aufklären konnten wir das allerdings leider nicht. Aber dazu später. Sie hat jedenfalls beharrlich geschwiegen. Auch die Psychologin hat nichts aus ihr herausbekommen."

„Und wieso konnten Sie das nicht vollständig aufklären?", fragte Bert.

„Das ist, wie Sie sich vorstellen können, eine lange Geschichte, die ihren Anfang wohl darin genommen hat, dass Annas Mutter sich schon früh vom Vater trennte. Sie war eine sehr attraktive Frau. Ihre Schönheit hat sie, wie man auf Bildern in unserer Akte sieht, auf ihre Tochter vererbt. Über den leiblichen Vater konnten wir so gut wie nichts in Erfahrung bringen. Es hieß, er sei nach der Trennung nach Australien ausgewandert."

„Dass sich Eltern trennen, ist aber heutzutage doch nichts Ungewöhnliches", merkte Nina an.

„Das sicher nicht. Aber die Mutter soll dann ein recht lockeres Leben mit häufig wechselnden Partnern geführt haben. Jedenfalls stammte aus dieser Zeit bereits eine Akte beim

Jugendamt wegen des Vorwurfs der Kindesvernachlässigung. Aber die Mutter hat es immer wieder geschafft, Zwangsmaßnahmen der Behörde zu umgehen. Irgendeine Mitarbeiterin des Amtes hat mir mal im Zusammenhang mit meinen späteren Ermittlungen im Vertrauen gesteckt, dass es Gerüchte gegeben habe, dass ihr damaliger Chef auch einige Zeit ein Verhältnis mit der Mutter gehabt haben soll. Aber sie hatte ausdrücklich betont, es seien nur Gerüchte und sie wolle nicht diejenige sein, die seinen Ruf zerstört, zumal er erst vor Kurzem an Hirntumor verstorben sei."

„Geschichten, die das Leben schreibt", kommentierte Bert. „Aber Sie sprachen von Missbrauch im familiären Umfeld."

„Das mit den häufig wechselnden Partnerschaften der Mutter soll nach der Jugendamt-Akte aufgehört haben, nachdem die Mutter mit dem Hausmeister Kloschinski, der auch für ihre Wohnung zuständig war, eine Liaison einging. Nach einiger Zeit ist die Mutter mit Anna dann zu ihm in sein Häuschen gezogen und hat ihn dann auch geheiratet. Da der leibliche Vater von Anna sich seit der Trennung nicht mehr gemeldet hatte, hat Kloschinski Anna adoptiert. Im Jugendamt war man froh, die Akte jetzt schließen zu können, bis vom Kindergarten Auffälligkeiten bei der kleinen Anna gemeldet wurden."

„Was waren denn das für Auffälligkeiten?" Nina hatte schon einen Verdacht.

„Anna konnte schon als kleines Kind sehr gegenständlich malen."

„Kein Wunder, dass sie Design studiert hat", warf Nina ein.

„Genau. Die Bilder waren das Auffällige. Experten des Jugendamtes sahen darin Hinweise auf Missbrauch. Aus Anna war aber in Gesprächen nichts herauszubekommen. Die Mutter zeigte sich sogar empört über derartige Verdächtigungen. Auch die Nachbarn hielten sich mit Äußerungen, geschweige denn Anschuldigungen sehr zurück. Erst viel später hat mir der direkte Grundstücksnachbar gestanden, dass er schon damals einen Verdacht, aber auch eine höllische Angst vor dem Kloschinski und seinen großen Hunden gehabt hätte. Aber dazu komme ich gleich noch."

„Immer das Gleiche", machte sich Nina Luft, „wenn es drauf ankommt, haben viele die Hosen voll oder schauen weg!"

„Der Volksmund würde sagen: ‚Keinen Arsch in der Hose', Frau Kollegin. Aber so einfach war das in diesem Fall nicht, da muss ich gleich an dieser Stelle den betreffenden Nachbarn in Schutz nehmen. Da ich in der Chronologie bleiben möchte, dazu später mehr, wie ich schon sagte. Auch aus der Grundschule kamen ähnliche Hinweise wie aus dem Kindergarten. Aber jedes Mal das gleiche Ergebnis."

„Eigentlich unbegreiflich!", konnte sich auch Bert nicht zurückhalten. „Aber leider hört man immer wieder von solchen Fällen, wo man sich hinterher an den Kopf langt und sich fragt, hat denn da niemand etwas bemerkt?"

„Das kann man hier noch nicht einmal sagen. Im Gegenteil, das Jugendamt hat sogar eine ärztliche Untersuchung von Anna durch einen Gynäkologen angeordnet. Die scheiterte aber an der Weigerung der Mutter."

„Aber das kann man doch gerichtlich anordnen", entfuhr es Bert.

„Wenn Sie einen Richter finden, der das unterschreibt. Das Gericht sah den Verdacht aber auch nach einem psychologischen Gutachten als nicht hinreichend begründet an. Der Richter war davon überzeugt, dass die Argumente der Mutter, von der er den Eindruck gewonnen hatte, dass sie sich wirklich um das Wohl ihres Kindes bemühte, glaubwürdig seien. Zumal sie einer psychologischen Begutachtung sogar zugestimmt hatte. Für ihn war es nachvollziehbar, dass die Mutter ihrer Tochter eine eingehende Untersuchung des Intimbereiches ersparen wollte."

„Sie sprachen aber eingangs von jahrelangem Kindes-missbrauch und das klang nach einer festgestellten Tatsache", wollte Nina der Sache auf den Grund gehen.

„Stimmt. Nach der Akte des Jugendamtes war mit Annas Schulwechsel zum Gymnasium scheinbar Ruhe eingekehrt, bis Eltern Anzeige erstatteten, weil ein Sex-Video unter den Schülern die Runde gemacht hatte, in dem Anna mit mehreren Mitschülern gleichzeitig bei sexuellen Handlungen zu sehen war. Die betroffenen Schüler im Alter von fünfzehn bis sechzehn Jahren hatten gegenüber ihren Eltern behauptet, von Anna verführt worden zu sein. Anna war zu diesem Zeitpunkt fünfzehn Jahre alt. Also wurde das Jugendamt erneut tätig."

„Verhalten der Mutter wie gehabt", vermutete Nina.

„Sie sind Hellseherin, Frau Jürgens. Genau. Nur mit dem Unterschied, dass das Gericht diesmal sowohl eine ärztliche als auch eine psychologische Untersuchung anordnete. Der Psychologe vermochte auch in diesem Fall nichts aus Anna herauszubekommen. Dafür war aber die Untersuchung durch einen Gynäkologen umso aufschlussreicher. Er diagnostizierte, dass Anna schon seit Langem sexuell aktiv sei, und zwar nicht nur vaginal, sondern auch rektal, wie vernarbte Verletzungen nach seiner Begutachtung eindeutig belegten. Ungeachtet der erdrückenden Beweislage dementierten Mutter und Tochter alles nach wie vor."

„Unglaublich!", entfuhr es Nina. „Aber wieso?" Sie konnte nicht glauben, was sie da hörte.

„Genau werden wir das wohl nie erfahren, wenn Anna es nicht irgendwann selbst erzählt."

„Wenn wir sie denn überhaupt noch einmal lebend wiederfinden", sagte Bert.

„Kann man nur hoffen. Der Rest ist schnell erzählt. Das war die Phase, wo ich als polizeilicher Ermittler ins Spiel kam. Der Saubermann Kloschinski erwies sich als harter Brocken. Mein erster Kontakt mit ihm war über den Grundstückszaun. Er begrüßte mich nach dem Klingeln an der Eingangspforte mit den Worten: „Ungebetene Gäste betreten nicht mein Grundstück! Und Sie sind nicht eingeladen! Also verschwinden Sie!" Er stand dabei in seiner Haustür und fünf Dobermänner hatten sich bedrohlich auf der anderen Seite der Pforte postiert. Daraufhin schickte ich ihm eine Vorladung. Dazu brachte er gleich seinen Anwalt mit."

„Kennen wir auch", konnte es Bert sich nicht verkneifen.

„Wie zu erwarten war, keine Aussage. Und ohne Aussagen von Mutter und Stieftochter auch keine Beweise. Die Mutter hatte bei der Vorladung, übrigens mit dem gleichen Anwalt, auf ihr

Zeugnisverweigerungsrecht als Ehefrau verwiesen. Anna schwieg wie bisher auch. Was dann passierte, kennen wir nur aus der Schilderung des besagten Nachbarn."

„Also hatte der doch mehr Arsch in der Hose, als es vorhin den Anschein hatte", stellte Nina fest.

„Richtig. Die Grundstücke trennte, neben einem hohen Zaun wegen der Hunde, eine hohe Buchenhecke, durch die man aber an manchen Stellen hindurchsehen konnte. Das Küchenfenster der Kloschinskis war nur etwa drei Meter von der Hecke entfernt. Besagter Nachbar war beim Unkrautjäten auf Höhe dieses Fensters, welches wegen der Mittagshitze offen stand. Da hörte er eine heftige Auseinandersetzung zwischen den Eheleuten Kloschinski. Dabei drohte Annas Mutter, zu dem jahrelangen Missbrauch doch aussagen zu wollen. Der Kloschinski habe immer wieder gedroht, sie wisse, was ihr dann blühe. Inzwischen habe der Nachbar das Ganze durch eine Lücke in der Hecke beobachtet. Schließlich sei die Sache eskaliert. Kloschinski hätte eine Pistole auf seine Frau gerichtet und geschossen. Dann habe er den Pistolenlauf in den Mund genommen und abgedrückt. Der Nachbar hat uns daraufhin verständigt. Beide waren tot."

„Und wo war Anna?", fragte Nina besorgt.

„In der Schule. Da Anna immer noch schwieg, nahmen ihre Mutter und ihr Adoptivvater die Wahrheit mit ins Grab. Sie kam dann in Berlin zu der Schwester ihrer Mutter, die selbst keine Kinder hatte. Dort blieb sie nach meiner Kenntnis bis zum Beginn ihres Studiums. Dann verlor sich für mich ihre Spur. Ich bin damals zum LKA gewechselt. Das Letzte, was ich rein zufällig von einem Kollegen der Sitte hörte, war, dass sie eine eigene Wohnung hatte und neben ihrem Studium für einen Hostessendienst in Berlin arbeitete. Da hat er sie mal als Zeugin befragen müssen."

„Das erklärt so manches am Verhalten von Anna Reiter, Herr Kollege. Wir müssen davon ausgehen, dass es gerade durch ihr in sexueller Hinsicht doch recht spezielles Liebes- und Eheleben zu ihrer Entführung gekommen ist. Insofern sind wir Ihnen für diese Hintergrundinformation sehr dankbar."

„Falls nötig, können Sie mich gerne kontaktieren. Auf Anforderung sorge ich gerne dafür, dass Ihnen benötigte Dokumente aus den Akten zur Verfügung gestellt werden. Dann hoffe ich sehr, dass Anna Reiter lebend gefunden wird."

14. Kapitel

Während in der niedersächsischen Heimat die Kripobeamten immer noch um das Leben von Anna bangten und die Hoffnung nicht aufgeben wollten, sie noch – vielleicht wie durch ein Wunder – lebend finden zu können, hatte diese sich wie schon so oft in ihrem Leben mit den Gegebenheiten arrangiert.

Auch wenn man es ihr nicht ansah und sie es sich nach außen hin nicht anmerken ließ, das bisherige Leben hatte ihr schon einiges abverlangt. Aber sie war hart im Nehmen. Sie verstand es, alles unter einem äußerst charmanten Lächeln zu verstecken. Sie gehörte deswegen aber nicht zu den Menschen, die sich still in ihr Schicksal ergaben. Aber auch nicht zu denen, die sich rebellisch dagegen auflehnten. Es war keine bewusste Entscheidung von ihr, einfach den Spieß umzudrehen, so wie es nach außen hin den Eindruck machte. Es gab ihr einfach nur das Gefühl, das Heft des Handelns irgendwie noch in der Hand zu haben.

Für das Kripoteam in Wittmund wurde die Hoffnung, dass Anna noch nicht six feet under lag, wie es der junge Feuerwehrmann aus Schortens ausgedrückt hatte, vor allem dadurch genährt, dass man weder den Entführer noch den VW Passat – vielleicht sogar ausgebrannt – bisher finden konnte. Allerdings nährte das die Befürchtung, dass sie ins Ausland verschleppt worden sein könnte. Daher war auch inzwischen Europol eingeschaltet worden.

Für Anna wäre das sicher zumindest ein klitzekleiner Lichtblick gewesen, an den sie sich hätte klammern können. Aber davon hatte sie keine Ahnung. So zermarterte sie sich das Gehirn, wie sie aus eigener Kraft aus dieser Situation herauskommen könnte. Zeit genug stand ihr dafür zur Verfügung. Lediglich in Gegenwart ihrer Bewacher und von Bordellbesuchern musste sie die Vollgedröhnte mimen, was für sie zunächst gar nicht so einfach erschien. Sie gab sich also zumeist schlafend oder schläfrig. Offensichtlich war auch ihr Ausflug unbemerkt geblieben.

Niemand im Haus schien also bisher Verdacht geschöpft zu haben. Nach wie vor war der Tagesablauf gleich. Am späten Vormittag kam das Mädchen mit dem Rollwagen und ausgiebigem Frühstück, später kam sie putzen. Anscheinend war das Frühstück ihre einzige Mahlzeit am Tag. Jetzt war ihr auch klar, wieso sie immer alles bis auf den letzten Krümel aufgegessen hatte, was sonst eigentlich nicht ihre Art war. Logischerweise war dann der Beutel mit Schokoladekugeln auf ihrer Ablage eine willkommene Überbrückung gewesen, die ihr jetzt allerdings fehlte, da sie das Wasser aus der Flasche und den Beutelinhalt entsorgte. Denn für sie stand inzwischen absolut fest: Eins von beiden oder sogar beides war mit Drogen präpariert, um sie gefügig zu machen und ruhig zu halten.

Abends kam der Muskelprotz, um nach ihr zu sehen und die Flasche und den Süßigkeitenbeutel auf der Ablage zu kontrollieren. Danach schloss er die Tür nicht wieder ab. Nach dem letzten Männerbesuch kam er dann noch mal, um abzuschließen. Danach wurde es ruhig im Haus.

Das mit den Männern, die auf ihr Zimmer kamen, erinnerte sie an ihre Studentenzeit in Berlin. Da hatte sie die sich als Spezialhostess auch nicht aussuchen können. Allerdings war es dann zumeist bei einem Mann pro Abend und Nacht geblieben. Anders im Swingerclub, aber da konnte sie bestimmen, mit wem und mit wem nicht.

Die meisten Männer, die bisher hier bei ihr gewesen waren, kamen wohl aus östlichen Ländern. Wenn sie mit ihr sprachen, dann meist in gebrochenem Englisch. Viel geredet wurde ohnehin nicht. Schließlich kam ja keiner, um sein Herz bei ihr auszuschütten. Die wollten etwas anderes bei ihr loswerden. Bei diesem Gedanken musste sie unwillkürlich grinsen. Aber es zeigte ihr auch, dass ihr Humor sie noch nicht verlassen hatte. Und das beruhigte sie schon wieder etwas.

Heute wollte sie es noch einmal probieren. Sie hatte sich gut vorbereitet. Zweimal war sie nachts schon bei den Hunden gewesen. Wie beim ersten Mal waren sie zunächst auf sie zugestürmt, als sie ihre Schritte im Kies gehört hatten. Sie konnte die beiden aber jedes Mal durch ihre ruhige Art und

Erfahrung schnell besänftigen. Beim zweiten Mal war sie sogar mit den Hunden an der Seite bereits etliche Meter in Richtung Tor gegangen, ohne dass die Tiere aggressiv geworden wären.

Es war ein relativ ruhiger Abend gewesen. Nur zweimal hatte sie heute zu Diensten sein müssen. Dann war es nach ihrem Gefühl relativ früh ruhig im Haus geworden. Als der Muskelmann kam, um nach ihr zu sehen und abzuschließen, machte er auf sie einen angetrunkenen Eindruck. Aus blinzelnden Augenlidern sah sie, dass er beim Gehen leicht schwankte. Sie wartete noch eine gefühlte gute Stunde, nachdem er gegangen und im Haus völlige Ruhe eingekehrt war. Dann schlich sie sich aus dem Zimmer, nachdem sie die Tür mit dem selbst hergestellten Dietrich geöffnet hatte.

Als sie unten leise die Haustür öffnete und ihr eine leichte Meeresbrise ins Gesicht blies, war sie froh, dass die Männer auf der Herfahrt auch an eine Jacke für sie gedacht hatten. Ihr fröstelte etwas und sie zog den Reißverschluss bis zum Hals hoch. Kaum war sie die paar Stufen hinuntergegangen und hatte einige Schritte im Kies getan, hörte sie auch schon das Hecheln der Hunde.

Sie blieb stehen, um die Tiere nicht zu reizen. Dann ließ sie sich ausgiebig beschnüffeln und setzte erst danach langsam einen Schritt vor den anderen in Richtung Tor. Die Hunde wichen ihr nicht von der Seite. Fast wie eine Eskorte, dachte sie. Es war Halbmond und ein ganz klarer Sternenhimmel über ihr. Die Milchstraße war heute außergewöhnlich deutlich zu sehen. Wie viele Galaxien mochten sich da hinter den unzähligen Sternen des Himmelszeltes verbergen?, ging es ihr durch den Kopf. Ob ihre Mutter wohl von da oben irgendwo auf sie herabschauen würde?, fragte sie sich.

Ihre Oma in Wedding, an die sie sich noch gut erinnern konnte, hatte immer gesagt: „Da oben hinter der Milchstraße, da wohnt der liebe Gott und da ist auch der Opa, der jetzt auf uns herunterschaut." Als Kind hatte sie fest daran geglaubt. Heute sah sie das alles viel rationaler. Allerdings fragte sie sich, ob es da irgendwo auch menschenähnliche Lebewesen gäbe. Eine Sternschnuppe schoss über den Himmel. Ach, hätte ich mir doch jetzt gewünscht, wieder zu Hause bei Manu zu sein, vielleicht wäre mein Wunsch ja in Erfüllung gegangen, ging es ihr durch den Kopf.

In diesem Augenblick fiel ihr auf, wie wenig sie in der ganzen Zeit an Manu gedacht hatte. Liebte sie ihn eigentlich wirklich? Und wieso brauchte sie immer wieder den Kick mit anderen Männern? Obwohl sie gerade jetzt in ihrer Gefangenschaft genügend Zeit zum Nachdenken gehabt hätte, war das ein Gedanke, der ihr nicht in den Sinn gekommen war.

Mit jedem Schritt, der sie näher zu ihrem Ziel, das Tor in die Freiheit, brachte, bohrte sich auf einmal auch dieser Gedanke in sie hinein. Auf einmal wurde ihr bewusst: Wenn sie wie andere Ehefrauen treu und brav nach ihrem Bad in ihren Wohnwagen zurückgegangen wäre, sich einen Film im Fernsehen angesehen und danach zur Ruhe begeben hätte, wäre sie jetzt nicht in dieser Lage. Im Grunde war sie selber schuld an ihrer Situation. Auf einmal regte sich so etwas wie ein Gewissen in ihr: Du lebst wie eine Hure! Du bist eine Hure! Also, drehe um, gehe zurück und tue deine verdammte Pflicht als Hure!

Sie war stehen geblieben, was ihr aber erst in diesem Moment bewusst wurde. Die Eisenpforte konnte sie im Mondlicht gut erkennen. Aber sie schien ihr noch endlos weit entfernt. Sie wollte sich gerade tatsächlich umdrehen, um zurückzugehen, da stoben die beiden Doggen auf einmal in die Tiefe des Parks davon. Sie hatten wohl irgendetwas gehört. Dann der Todesschrei eines Tieres, vielleicht einer Katze. Anna wusste es nicht genau. Für sie war es fast wie eine Erlösung. Sie wollte in die Freiheit. Jetzt! Sie wollte nicht so enden wie diese Kreatur eben.

Sie setzte sich wieder in Bewegung und diesmal zügig und entschlossen. Kurz vor dem Tor waren die Hunde wieder an ihrer Seite, zeigten aber ihr gegenüber keinerlei Aggression. Damit kannte sie sich wirklich aus. Sie hatte auf dem Hundeplatz oft genug erlebt, wenn ein Hund auf den Figuranten losging. Unbewusst hatte sich die Körpersprache der Tiere in einer solchen Situation in ihr Unterbewusstsein eingegraben. Hier war in diesem Moment alles entspannt.

132

Aber das Tor bereitete ihr Sorge und Angst. Der fahle Mond tauchte alles in ein gespenstisches Licht, was ihre Furcht vor dem über drei Meter hohen, zweiflügeligen Monstrum noch erhöhte. In Brusthöhe gab es eine Querverstrebung, bis zu der geschwungenen und verzierten oberen Kante der Flügel waren es nur glatte Stangen. Aber sie wollte hier raus.

Entschlossen sprang sie hoch, packte mit beiden Händen je eine der Stangen und schwang ihr rechtes Bein auf die Querverstrebung, auf der sie dann stand, nachdem sie sich hochgezogen hatte. Ob es ihre fast hektischen Bewegungen, das Rappeln des Tores in den Scharnieren oder ihre Angst vor der ihr unüberwindlich erscheinenden Höhe der Pforte war, Anna wusste es nicht. Aber plötzlich knurrten die Hunde gefährlich und bleckten die Zähne, wie sie im Mondlicht sehen konnte.

Für Anna stand fest, es gab nur noch einen Weg für sie. Aber so wie eben mit einem Schwung die obere Kante zu erreichen, scheiterte an dem unsicheren Stand auf dem doch recht rutschigen Quereisen. Dann versuchte sie, sich mit den Füßen an der Mauer hochzuhangeln, was ihr schließlich gelang. Über die obere Kante des Tores und auf der anderen Seite wieder nach unten war dann kein Problem mehr für sie. Für die Hunde war sie jetzt offensichtlich zu einem potenziellen Eindringling geworden, denn beide fingen auf einmal an, laut und dumpf zu bellen.

Sie versuchte sich zu orientieren. Rechts führte die Straße einen sanften Berg hoch. Links zog sich die Straße in einem Bogen um eine Felskante herum, leicht nach unten, wie Anna im silbrigen Mondlicht ausmachen konnte. Sie hatte in der Ferne Wasser gesehen und Wasser war unten. Wo Wasser war, da gab es zumeist auch einen Strand, also auch Menschen. Vielleicht noch nicht um diese Zeit, wo rechtschaffene Bürger noch in ihren Betten lagen, aber sicher bald, sobald die Sonne aufgehen würde. Den Horizont konnte sie von hier aus nicht sehen, dichte Büsche entlang der Straße versperrten ihr die Sicht. Aber man konnte bereits erahnen, dass sich der Himmel bald in ein dunkles Blau verfärben würde.

Anna wandte sich also nach links, die Straße hinunter. Ein letzter Blick durch das Tor zeigte ihr, dass das Gebell der Hunde nicht unbemerkt geblieben war. Aus zwei Fenstern ihres Gefängnisses schien auf einmal Licht. Also Zeit, das Weite zu suchen. Im Laufschritt rannte sie die abwärts führende Straße entlang. Als sie die Felsnase erreicht hatte, öffnete sich der Blick auf eine weit ausladende Bucht, die von einer sanften Hügelkette begrenzt wurde. Eine große Stadt breitete sich in einiger Entfernung vor ihr aus. Die Straßenbeleuchtungen machten es für Anna fast zu einem romantisch-malerischen Anblick, den sie gerne noch eine ganze Weile genossen hätte. Der Horizont hatte sich inzwischen bereits leicht hellblau verfärbt und es sah für sie so aus wie ein Sonnenaufgang an der Nordseeküste. Wehmut und Glücksgefühl zugleich erfassten sie.

Dann hörte sie plötzlich den Motor eines Wagens und schon fraß sich das Licht von Scheinwerfern um die Felsenecke und hatte sie voll erfasst. Sie versuchte, sich von der Straße seitlich in die Büsche zu schlagen. Allerdings vergeblich. Es war undurchdringliches Dornengestrüpp. Ehe sie sich versah, waren die Hunde wieder da, aber diesmal angefeuert von ihrem Besitzer, den sie schnell als den Muskelprotz erkannte. Er ging nicht gerade zimperlich mit ihr um. Als er sie zu fassen bekam, nahm er sie hoch wie eine Feder und hielt sie kurz vor sein Gesicht. Inzwischen war es dämmerig geworden und Anna konnte die Wut im Gesicht ihres Häschers deutlich sehen. Seine Schnapsfahne erzeugte bei ihr einen heftigen Würgereiz, als er sie in der Sprache anbrüllte, die sie nicht verstand, bevor er seine Hunde heranpfiff. Dann warf er sie wie einen Spielball in den schmutzigen Laderaum seines Land Rovers.

15. Kapitel

Die Metrologen hatten vor einem Frühjahrssturm mit starken Windböen und viel Regen gewarnt. Auf dem Campingplatz hatte man Vorkehrungen getroffen, entweder die Vorzelte abgebaut oder die Sicherungsseile verstärkt. Es wollte irgendwie heute gar nicht richtig Tag werden. Im Meetingraum des Kommissariats in Wittmund herrschte eine dem Wetter angepasste Stimmung. Nina war noch unterwegs, sie wollte in Bensersiel noch etwas überprüfen, wie sie Bert beim Frühstück gesagt hatte.

Und so saß heute nur die kleine Teambesetzung beim Meeting. Aus Hannover war keine erfreuliche Mitteilung gekommen. Aus dem Video von Jan Grote war nichts wirklich Verwertbares herauszufiltern gewesen, außer dass die Aufnahme wohl wirklich in Hafennähe gemacht worden war. Die Experten hatten angesichts der schlechten Bildqualität zunächst vermutet, dass es sich um einen technischen Fehler handeln könnte. Wie sich herausstellte, war es lediglich eine total verklebte Linse. Da konnte auch das beste Bildoptimierungsprogramm nichts Nennenswertes mehr herausholen.

Man konnte mehr erahnen als wirklich sehen, dass eine Person sich quer durch das Bild bewegte. Möglicherweise hin zu einem Lieferwagen oder Ähnliches. Man vermutete einen Lieferwagen, weil an der Stelle, die wie das Heck eines Fahrzeugs aussah, verschwommen ein großer heller Fleck zu erkennen war, den die Spezialisten für ein Firmenlogo hielten. Dann brach die Aufnahme ab. Außer Windgeknatter war auch kein Ton zu identifizieren. „Schade", kommentierte Bert, „es hätte uns vielleicht die entscheidenden Informationen geben können, um den Mord an Gernot Kaldenbach aufzuklären."

In diesem Moment erschien Nina mit einer großen Papiereinkaufstüte und ihr Gesicht verriet, dass sie erfolgreich gewesen war. Eine Stimmung, die sich automatisch auch gleich auf das ganze Team übertrug. „Du bringst erfreuliche Nachrichten?", begrüßte Bert sie.

„Die Fahrt nach Bensersiel hat sich gelohnt", machte Nina es spannend. „Dass unsere Spezialisten in dem Wohnmobil von

Grünberg weder PC noch Laptop oder Ähnliches finden konnten, hat mir einfach keine Ruhe gelassen. Wo verstecken manche Steuersünder ihr Schwarzgeld?"

„Im Tresor", antwortete Bernd wie aus der Pistole geschossen.

„Und wenn die zu Hause keinen haben, wo dann?"

„Bei einer Bank", meldete sich Silke zu Wort.

„Richtig. Nehmen wir jetzt mal den Tresor als Assoziation für unsere vergebliche Suche nach einem Versteck in dem Grünberg-Mobil und das Bankschließfach für eine Möglichkeit, darüber hinaus etwas zu verbergen. Frage: Würde es unserem Erpresser wirklich etwas nützen, wenn er Laptop oder so in ein hiesiges Bankschließfach bringen würde?"

„Wohl eher nicht. Er käme ja selbst nicht mehr dran, wenn er mit seinem Wohnmobil gerade vorhat, von hier zu verschwinden."

„Genau. Gut erkannt, Rita. Aber wie bekommt er die Gegenstände, die ihn belasten könnten, dahin, wo er sie dann benötigt?"

Ratlose Gesichter im Team. In diesem Moment ahnte Bert, warum Nina heute Morgen so geheimnisvoll getan hatte. „Na, Leute, wie verschickt man denn Sachen?"

„Du meinst, er hat sein Laptop irgendwo hingeschickt?", wollte Bernd wissen. „Ich denke, wir haben keine feste Anschrift von ihm. Dann müsste er das ja an irgendjemand schicken, dem er vertrauen kann."

„Ihr seid schon auf dem richtigen Weg", lüftete Nina jetzt das Geheimnis. „Was meint ihr, wem er am meisten vertraut?"

„Sich selbst", schoss es aus Rita heraus.

„Genau. Er hat kurz vor seiner Verhaftung ein Paket an sich selbst geschickt."

„Hat er doch eine feste Adresse?", fragte jetzt Bert.

„Nicht ganz. Das Zauberwort heißt Packstation."

„Oh, Mann", stöhnte Bernd. „Da muss erst mal einer drauf kommen. Aber so was muss man doch mit Identifizierung und so 'nem ganzen Theater einrichten. Das geht doch gar nicht von heute auf Morgen."

„Stimmt", bestätigte Nina. „Das hatte er wohl auch gemacht. Jedenfalls wollte ich heute Morgen in Bensersiel und Umgebung alle Poststationen abklappern und mit dem Bild von Grünberg fragen, ob er ein Paket aufgegeben hat. Bereits bei meinem zweiten Versuch, im Markant Markt in Bensersiel, konnte sich die Dame am Postschalter an ihn erinnern. Da es bei ihr nicht alltäglich ist, dass jemand ein Paket an eine Packstation schickt und dann sogar noch an sich selbst, ist ihr das gut im Gedächtnis geblieben. Aber sie konnte sich nicht mehr genau daran erinnern, wohin das Paket adressiert war. Sie meinte zwar Hamburg, aber da war sie sehr unsicher. Nun ist uns Hamburg im Zusammenhang mit Grünberg ja schon begegnet. Er war dort früher als Privatdetektiv unterwegs. Daher konnte es also sogar sehr gut sein, dass er dort bereits über eine Packstationsadresse verfügte, um auf das Argument von Bernd einzugehen."

„Na, dann brauchen wir ja nur die Kollegen in Hamburg bitten, bei der Packstation nachzufragen", hatte Silke eine Idee.

„Schön wär's, Silke, aber die Postdame hat mir gleich gesagt, dass es allein in Hamburg sicher unzählige Packstationen gibt, die alle eine ganz bestimmte Adressatennummer haben, die man kennen muss. Die wäre sicher mit etwas Aufwand von uns herauszukriegen. Aber sie hat mir auch erklärt, dass der Adressat innerhalb von zwei Tagen nach Eingang des Pakets automatisch eine SMS und E-Mail erhält, mit der ihm auch seine Zugangs-PIN mitgeteilt wird. Dann muss er innerhalb von einer Woche das Paket abholen. Und diese Frist ist ja längst um."

„Und was passiert, wenn das nicht erfolgt?", hakte Bert nach.

„Return to sender", sang Nina den Refrain aus dem gleichnamigen Oldie von Elvis Presley. „Ich habe schon bei der Anmeldung vom Campingplatz nachgefragt und … tata, tata, tata", simulierte sie eine Fanfare, „da ist es." Nina zog aus der mitgebrachten Einkaufstüte ein flaches Paket. „Die Dame von der Post konnte sich noch daran erinnern, dass Grünberg keinen Absender drauf geschrieben hatte. Ohne hätte sie es aber nicht angenommen. Daraus, dass er dann seine Campingplatzadresse angegeben hat, können wir schließen, dass er ganz sicher davon ausging, sein Paket in jedem Fall fristgerecht in Hamburg abholen zu können. Denn Hamburg stand tatsächlich auf dem Postaufkleber."

„Dann übergeben wir das Paket, am besten so, wie es ist, gleich Sören und seinen Leuten", sagte Bert. „Ich bin schon gespannt, was die rausbringen. Es warten ja noch zwanzigtausend Euro auf einen Erpressten."

„Abzüglich Finderlohn für einen Rentner, der sich riesig freuen wird und dem ich das von Herzen gönne", ergänzte Nina.

***

Das Ergebnis ließ nicht lange auf sich warten. Sören hatte sich bei Bert angekündigt und gebeten, den Beamer im Meetingraum anzuschließen. Das Team saß erwartungsvoll um den Tisch herum und alle waren mit dem obligatorischen Pott Kaffee versorgt. An der einen Wand waren immer noch die Blätter von Berts Flipchart aufgereiht, damit jeder im Team auf aktuellem Stand war. Es wurde Zeit, dass ein neues Blatt hinzugefügt werden konnte, welches für neue Erkenntnisse sprechen würde.

Sören steckte einen Stick in das bereitstehende Notebook, welches mit dem Beamer verbunden war. Es folgte ein kurzer Spot, so wie ihn die Beamten auch schon von Jan Grote als Akteur her kannten. „Gleiche Stelle, gleicher Ort der sexuellen Handlung, nur ein anderer Mann", kommentierte Sören. „Dies schien uns der einzige Spot zu sein, der vom Zeitpunkt der Aufnahme gemäß Videosignatur als auch den sonstigen Umständen als Grundlage der hiesigen Erpressung und der nicht stattgefundenen Geldübergabe passen würde. Ansonsten gibt es jede Menge ähnlicher Spots, offensichtlich an anderen Orten und mit anderen Personen. Da sind sogar Aufnahmen dabei, die dafürsprechen, dass versteckte Kameras in festen Räumen eingesetzt wurden."

„Wolltest du damit sagen, dass Grünberg in Wohnungen eingedrungen ist und die dort installiert hat?" Bert hatte schon mit einigem gerechnet, aber das sprach doch für eine noch erheblich höhere kriminelle Energie.

„Genau das wollte ich damit sagen", bestätigte Sören. „Da ist uns ein ziemlich dicker Fisch ins Netz gegangen, für den sich sicher noch einige Kollegen in anderen Städten und Regionen interessieren werden."

„Jetzt heißt es für uns hier, den Erpressten so schnell wie möglich zu finden. Wobei das ja nicht so ganz einfach sein dürfte, denn wir können den Spot ja nicht am Strand auf Großleinwand ziehen und allen Urlaubsgästen vorspielen, um dann zu fragen, ob jemand den Mann kennt, der sich da mit einer hübschen Camperin vergnügt", machte sich Bert laut seine Gedanken.

„Das haben wir auch so gesehen, Bert. Daher haben wir an der einen Stelle, wo er mit dem Kopf hochkommt und scheinbar direkt in die Kamera des Erpressers schaut, einen auszugsweisen Printscreen von seinem Gesicht gemacht. Das haben wir dann bildtechnisch etwas bearbeitet, sodass es aussieht, als habe er einen Pullover mit Rollkragen an."

Sören warf das entsprechende Bild mit dem Beamer an die Wand und es ging ein anerkennendes Raunen durch das Team.

„Wow, Sören!", kommentierte Bert. „Mit dem Bild können wir ganz unverfänglich auf dem Campingplatz eine Umfrage starten. Und wenn wir sagen, dass wir den Mann als Zeugen dringend benötigen, dann stimmt das sogar. Dass er zudem ein Geschädigter ist, müssen wir ja nicht kommunizieren."

„Hat sich in Bezug auf den Geldumschlag noch etwas Neues ergeben?", wollte Bert dann noch von Sören wissen.

„Wie ihr wisst, gab es jede Menge Fingerabdrücke, wobei wir die von dem Rentner schnell separieren konnten. Für die anderen fehlten uns Referenzabdrücke. Damit hoffen wir auch den Erpressten beweiskräftig identifizieren zu können, sobald wir auch seine Fingerabdrücke haben."

„Leute, es ist nur ein kleiner Fortschritt, aber es ist ein Lichtblick. Daher, wer nach Dienstschluss nichts anderes vorhat, ist herzlich eingeladen zu unserem Italiener. Diese Einladung gilt auch für dich Sören."

„Bin ich gerne dabei, Bert."

Es wurde heute kein langer feuchtfröhlicher Abend. Aber alle gingen zufrieden und motiviert für den nächsten Tag nach Hause.

Am nächsten Morgen hatte sich der Sturm wieder gelegt und weniger Schäden angerichtet als zuvor befürchtet. Vielleicht hatten sich aber auch nur die Sicherungsmaßnahmen der Camper bewährt. Vor allem für die eingefleischten alten Saisonhasen keine große Herausforderung. Mit so etwas mussten sie in jedem Jahr rechnen. Zwar trieben immer noch zum Teil dicke Wolken über das Watt, ließen aber immer mehr Sonnenstrahlen durch und die Priele glänzten. Für manchen Wattfotografen sicher lohnenswerte Motive.

Bert hatte entschieden, dass nur er und Nina sich auf die Suche nach dem Erpressten machen sollten. Er wollte ein großes Aufsehen in jedem Fall vermeiden. Denn schließlich suchten sie ja nur einen Zeugen, der ein Opfer war, und keinen Täter. Sie begannen bei der Anmeldung und hatten gleich Erfolg.

„Das ist Gunter Schwarz", waren sich beide Damen an der Rezeption sofort einig. „Er und seine Frau Betty haben jedes Jahr einen Saisonplatz gemietet", erfuhren die Kommissare. Ferner, dass Gunter Schwarz als Handelsvertreter für die Bereiche Nordwest Niedersachsen, Hamburg, Bremen und Schleswig-Holstein unterwegs sei.

„Er und seine Frau kommen aus Nienburg und sind nicht ständig in der Saison auf dem Platz", wusste die eine Dame zu berichten. „Gunter ist allerdings öfter unter der Woche allein hier, wenn die Fahrt zum Campingplatz näher ist als nach Nienburg und wenn er nicht wegen der Entfernung irgendwo in einem Hotel übernachtet. Seine Ehefrau ist Abteilungsleiterin bei einer Bank und grundsätzlich nur am Wochenende da, oder wenn sie Urlaub hat. Zurzeit sind aber beide nicht am Platz."

„Haben Sie denn Informationen, wann Herr Schwarz wieder hier sein wird?", wollte Nina wissen.

„Ich glaube, er sagte, dass er morgen einen Termin in Emden hätte und daher heute hier übernachten wollte", meldete sich ein junger Mann von der anderen Seite des Tresens zu Wort.

„Danke", sagte Nina. „Falls er sich hier bei Ihnen meldet, können Sie ihn bitten, dass er sich mit uns in Verbindung setzt, wir brauchen dringend eine Zeugenaussage von ihm. Könnte sein, dass er uns weiterhelfen kann. Andernfalls wären wir Ihnen dankbar, wenn Sie uns informieren, wenn er wieder da ist."

Nina gab ihre Visitenkarte über den Tresen. Dann verabschiedeten sich die beiden Beamten.

„Das ging ja einfacher als gedacht", resümierte Bert. „Wollen wir nur hoffen, dass er sich wirklich heute noch meldet und nicht erst am Wochenende, wenn seine Frau auch da ist. Das könnte für ihn zu einem unangenehmen Erklärungsbedarf führen, den möchte ich ihm gerne ersparen, obwohl er sich das im Grunde selbst zuzuschreiben hat."

Dann machten sich Nina und Bert auf zu ihrer Dienststelle.

Es war bereits nach Dienstschluss und die Kommissare auf dem Heimweg zu Berts Wohnung, in der sie seit Ninas Genesung gemeinsam lebten, als sich Gunter Schwarz bei ihr auf dem Handy meldete. „Um was geht es denn?", fragte er nervös nach. „Was will denn die Polizei von mir? Ich habe weder falsch geparkt noch die Geschwindigkeit überschritten oder eine andere Straftat begangen."

Nina lachte: „Nein, nein, Herr Schwarz, nichts dergleichen werfen wir Ihnen vor. Wir brauchen eine Zeugenaussage von Ihnen."

„In was für einer Angelegenheit denn?" Der Tonfall ließ seine Unsicherheit erkennen. Offensichtlich hatte er schon eine Ahnung, um was es gehen würde.

„Es ist etwas delikat und es wäre uns am liebsten, wenn Sie jetzt noch kurz ins Kommissariat nach Wittmund kommen würden."

„Hat es etwas mit Geld in einem Abfallkorb zu tun?"

„Wäre möglich." Nina musste diesen Vorbehalt machen. Erst wenn zweifelsfrei feststand, dass Schwarz tatsächlich der rechtmäßige Eigentümer der zwanzigtausend Euro aus dem Umschlag war, hätte sie hier mit einem klaren Ja antworten können.

„Dann komme ich sofort."

Inzwischen waren Nina und Bert auch wieder zu ihrer Dienststelle zurückgekehrt. Man gönnte sich ja sonst nichts und was tat man nicht alles, um – wenn auch nicht ganz unschuldigen – Opfern zu helfen. Kurz nach ihnen traf auch Gunter Schwarz ein.

„Herr Schwarz, wir haben Sie herbestellt, um einen bestimmten Sachverhalt aufzuklären. Dazu möchten wir Ihnen vorher etwas zeigen." Bert ließ den Spot auf seinem Monitor ablaufen. Dem Akteur auf diesem Video war dies äußerst peinlich. Mehrmals schaute er, verstohlen und verlegen zugleich, zu Nina, die sich aber keine Regung anmerken ließ. Schließlich war sie als Polizeibeamtin einiges gewohnt.

„Das sind Sie in dem Film, ist das richtig?", bohrte Bert gnadenlos nach.

Schwarz nickte.

„Und das ist nicht Ihre Ehefrau?", setzte Nina noch eins drauf.

Er errötete und schüttelte mit dem Kopf.

„Eine gesprochene Antwort wäre mir lieber", konnte es Nina sich nicht verkneifen. Sie war zwar kein Moralapostel, aber partnerschaftliche Untreue hatte zum Bruch ihrer Ehe geführt. Daher weckte diese Situation unangenehme Erinnerungen in ihr und schließlich war sie auch nur ein Mensch.

„Nein, es ist nicht meine Ehefrau. Und ich wäre Ihnen sehr zu Dank verbunden, wenn Sie die ganze Angelegenheit sehr diskret behandeln würden."

„Deshalb haben wir Sie heute Abend noch hergebeten", sagte Bert. „Es liegt jetzt bei Ihnen, wie schnell und lautlos wir die ganze Sache abwickeln können."

„Was kann ich dazu beitragen?", wurde Schwarz kooperativ.

„Sie können uns alles lückenlos erzählen", antwortete Nina.

„Es war nicht das erste Mal, dass ich bei Anna im Wohnwagen war", begann er. „Sie hatte so eine komische Marotte, sie bestand darauf, dass die Rollos oben bleiben. Für sie wäre das ein besonderer Kick. Na ja, da das eine Fenster direkt zur Rückseite des Sanitärgebäudes ging und auf der anderen Seite ein großer Campingwagen, dessen Besitzer längere Zeit nicht da waren, die Sicht weitgehend versperrte, hatte ich dann schließlich auch nichts dagegen. Damit, dass draußen ein Spanner mit Kamera bereits warten würde, hatte ich natürlich nicht gerechnet."

„Könnte es sein, dass Anna, wie Sie die Dame nennen, von dem Spanner gewusst hat?", wollte Nina es genau wissen.

„Das glaube ich nicht, zumindest kann ich mir nicht vorstellen, dass sie gewusst hat, was er damit vorhat."

„Na gut", warf Bert ein, „da werden wir sie selber fragen müssen. Und wie ging es dann weiter?"

„Kurz nach dem Date mit Anna aus dem Video lag ein Stick bei mir im Wohnwagen mit einer schriftlichen Anweisung. Beides habe ich Ihnen mitgebracht. Und ich habe die Anweisung befolgt und die zweihundert Hunderteuroscheine in einem Umschlag in den beschriebenen Abfallbehälter des Info-Centers gelegt."

Die Kriminalisten lasen sich das Schreiben durch. Es war die gleiche Anweisung, mit der angedrohten Konsequenz, die sie schon von Jan Grote kannten. Nur, dass er dieses auf sein Smartphone erhalten hatte. Aber auch da hatte die Drohung gestanden, dass bei Einschalten der Polizei das Video ins Netz gestellt würde.

„Ich kann Sie beruhigen", sagte Bert, „wir haben den Voyeur bereits in Gewahrsam. Und aus unserer Sicht besteht derzeit keine Veranlassung, Ihre Frau zu involvieren. Allerdings werden wir Ihre Zeugenaussage vor Gericht benötigen. Sie werden Ihr Geld zurückerhalten. Ein armer Rentner, der seine Haushaltskasse etwas aufbessern wollte und nach weggeworfenen Pfandflaschen suchte, hat den Umschlag gefunden und bei uns abgegeben. An dieser Stelle möchte ich Sie aber gleich darauf aufmerksam machen, dass ihm von Gesetzes wegen ein Finderlohn in Höhe von circa drei Prozent zusteht."

„Das sind ja nur sechshundert Euro. Sie sagten, dass er seine Haushaltskasse durch Müllsammeln aufbessern muss? Ich zahle ihm gerne und freiwillig sogar zwanzig Prozent, das sind viertausend Euro. Die können Sie gleich einbehalten und an ihn direkt auszahlen, denn mir wäre das peinlich, dem Mann gegenüberzutreten zu müssen. Meinen Dank können Sie ihm ja auch übermitteln. Da kann er sicher eine Weile von zehren oder sich mal ein Extra leisten. Ich hatte das Geld eigentlich schon abgeschrieben. Gott sei Dank haben meine Frau und ich getrennte Konten und ich zudem bei einer anderen Bank als der, wo meine Frau Leiterin der Kreditabteilung ist."

„Das ist sehr nobel von Ihnen und der Finder wird sich sicher sehr freuen, zumal er es wohl wirklich sehr gut gebrauchen kann. Wir benötigen dann noch Ihre Daten und Fingerabdrücke, damit wir diese auf dem Briefumschlag und dem Geld identifizieren können. Sie erhalten dann von uns – diskret – eine Mitteilung, wann Sie Ihr Geld, abzüglich des von Ihnen in Aussicht gestellten Finderlohns, wieder zurückerhalten."

Nachdem alle Formalitäten erledigt waren und Gunter Schwarz das Kommissariat verlassen hatte, setzten sich Bert und Nina in seinem Dienstzimmer noch für ein kurzes Resümee zusammen. Sie hatten wieder einen Fall gelöst, aber zwei andere Fälle brannten Ihnen nach wie vor unter den Nägeln. Was war aus Anna Reiter geworden? Und wer war der Mörder von Gernot Kaldenbach? Hingen beide Fälle zusammen oder war es nur ein Zufall, dass die beiden ein Verhältnis gehabt hatten? Die beiden erfahrenen Kriminalisten fanden auch an diesem Abend keine abschließende Antwort.

16. Kapitel

Anna hatte sich ganz klein gemacht und in eine Ecke des Land Rovers gedrückt. Dann sprangen die Hunde zu ihr in den Wagen, beschnüffelten sie kurz, legten sich dann aber friedlich neben sie. Die Hunde machten ihr keine Angst mehr. Dass sie am Tor aggressiv geworden waren, erschien ihr normal. Das kannte sie von den Dobermännern zu Hause auch. Die waren darauf trainiert, ungebetene Gäste fernzuhalten. Also wer am Tor rappelt, wird angeknurrt und verbellt, wenn es nicht gerade das eigene Herrchen ist.

Angst hatte sie aber vor dem, was sie jetzt erwarten würde. Stell dich dumm und zugedröhnt, ging es ihr durch den Kopf. Aber wie? Dumm stellen kein Problem, aber wie verhielt sich jemand, der unter Drogen stand? Im Zimmer und auf ihrem Bett hatte sie sich einfach verschlafen gegeben und war mit leicht unsicherem Gang ins Bad gewankt. Offensichtlich hatte man ihr das bisher abgenommen. Bevor sie sich weitere Gedanken machen konnte, hielt der Wagen schon vor der kurzen Treppe zum Haus. Die Hunde waren im Nu raus, nachdem die Tür geöffnet worden war, und verschwunden. Mister Muskel, wie sie ihn manchmal bei sich nannte, zog sie aus ihrer Ecke hervor. Als sie vor ihm stand, ließ sie ihre Arme um seinen Hals fallen und tat so, als wenn sie betrunken wäre, indem sie ihn anlallte, obwohl seine Schnapsfahne sie ekelte.

Im ersten Moment schaute er etwas irritiert, nahm sie dann kurz entschlossen hoch und trug sie, vor sich haltend wie ein Opferlamm, selbst immer noch leicht schwankend, die Treppe hinauf. Genauso wie ein Lamm, das zur Schlachtbank geführt wurde, fühlte sie sich auch. Oben stellte er sie auf die Beine. Sie hängte sich aber sofort wieder an seinen Arm, so, als wenn sie ihn als Stütze benötigen würde.

Sie sah diesen Raum bei Licht zum ersten Mal. Mit ihrer fotografischen Wahrnehmung registrierte sie, dass links an der Wand die Treppe nach oben in die erste Etage führte, wo auch ihr Zimmer lag. Unter der Treppe zwei nebeneinander liegende Türen. Die kleinen Schildchen, eine Dame im langen Kleid und ein Herr mit Zylinder, ließen erkennen, dass es dort zu den Toiletten ging. Oben vom Treppenabsatz ging es noch weiter nach oben. Rechts öffnete sich ein großer Raum mit einer hohen, stuckverzierten Decke. Gleich neben dem Eingang befand sich eine Rezeption. Davor eine Lounge mit drei kleinen Tischchen und passenden Sesseln. Dahinter, aber nicht beleuchtet, eine Theke mit Barhockern, die sich nach hinten im Dunkeln verlor. Anna kannte solche Etablissements aus Berlin von ihrem Hostesseneinsatz. Aber sie hatte inzwischen auch nichts anderes erwartet.

In einem Sessel hinter dem mittleren Tischchen saß ein Typ, bei dessen Anblick Anna eine Gänsehaut über Arme und Rücken lief. Er war mittelgroß und muskulös. Sein Unterhemd ließ seine vom Handgelenk bis über die Schultern tätowierten kräftigen Arme frei. Er war wohl gerade aus dem Bett gekommen und wirkte ziemlich wütend. Vage dämmerte ihr, dass sie ihm nicht zum ersten Mal begegnete, aber sie hatte keine klare Erinnerung. Was ihr Angst machte, waren seine schmalen zusammengekniffenen Augen und der hinterhältige Blick. Sein kahl rasierter Schädel, die buschigen dunklen Augenbrauen, dazwischen die langgebogene Nase und die schmalen Lippen, machten für sie sein Gesicht zu einer hässlichen Fratze.

Er deutete auf einen der Sessel vor seinem Tisch und Anna ging mit leicht unsicherem Gang dorthin und ließ sich hineinfallen. Dann sagte er etwas zu ihrem Häscher und der verzog sich wie ein begossener Pudel hinter die Rezeption.

Lange fixierte er sie mit seinem stechenden Blick und Anna spürte wieder ihre Gänsehaut. Dann sprach er sie auf Englisch mit slawischem Akzent an: „Wie bist du rausgekommen?"

Anna zuckte nur mit den Schultern.

„Ich weiß, dass du mich verstanden hast. Du sprichst Englisch. Also noch mal, wie bist du rausgekommen?"

Anna wusste auf einmal, sie hatte schon mal mit ihm gesprochen, aber sie konnte sich einfach an keine Details erinnern. Sie hatte auch das Gefühl, dass sie sich lieber gar nicht erinnern wollte. „Die Tür war offen", antwortete sie schließlich etwas lallend.

Ohne jede Gefühlsregung sprach er mit scharfer Stimme den Muskelmann an, der hinter der Rezeption trotz seiner mächtigen Gestalt immer kleiner zu werden schien. Für Anna stand fest, sie hatten ihren provisorischen Dietrich, der unter dem mächtigen Schrank in ihrem Zimmer versteckt lag, noch nicht entdeckt. Das ließ sie hoffen. Auch ihre Show nahm man ihr offensichtlich ab.

Mr. Body stellte ihr eine Flasche, wie sie sie schon kannte, hin. „Trink!", befahl der Mann im Sessel.

Sie merkte in diesem Augenblick erst, dass sie wirklich Durst hatte, und nahm einen kräftigen Zug, obwohl sie die Wirkung, die bald folgen würde, inzwischen kannte.

„Du hast Glück", wurde der Mann auf einmal freundlicher. „Dein verdammt hübsches Gesicht und dein Naturtalent im Bett sind bares Geld wert. Und welcher Idiot beschädigt schon sein bestes Porzellan?", wurde er sogar fast romantisch. „Aber noch einmal so ein Ausflug und du wirst nachher wissen, was Schmerzen sind!"

Dann machte er eine Kopfbewegung und der Muskelmann trug sie nach oben in ihr Zimmer. Eine wohlige Schwere bemächtigte sich ihrer. Sie kuschelte sich in ihr Bett, ohne sich auszuziehen. Dass man sie später entkleidete, drang an diesem Morgen nicht mehr in ihre bewussten Wahrnehmungen. Als sie irgendwann wieder wach wurde, stand der Rollwagen mit ihrem Frühstück schon im Zimmer und auch der mit den Putzutensilien. Obwohl sie es wahrnahm, hatte es keine Bedeutung für sie.

Als ihr Stoffwechsel das Kommando übernahm und sie ins Bad dirigierte, merkte sie zwar, dass sie nackt war, es berührte sie aber nicht im Geringsten. Genauso wenig das junge dunkelhaarige Mädchen, welches gerade dabei war, die Dusche zu reinigen, als sie sich erleichterte. Danach verkroch sie sich wieder in ihr Bett, ohne das Frühstück angerührt zu haben. Die Aufregungen der letzten Nacht geisterten noch schemenhaft durch ihren Kopf, bevor sie der Schlaf wieder übermannte.

Anna hätte nicht sagen können, ob Stunden oder Tage seit ihrem Ausflug vergangen waren, als sie wieder in die Gegenwart zurückkehrte. Sie wusste nicht, ob es früher Morgen, später

Abend oder Nacht war. Sie lag immer noch nackt im Bett. Aber die Wirkung der Droge hatte nachgelassen. In der dämmerigen Nachtbeleuchtung, die immer in ihrem Zimmer an war, konnte sie den Rollwagen schemenhaft erkennen. Also musste es wohl spät am Abend sein, tropfte die Erkenntnis langsam in ihr Bewusstsein.

Sie stand auf, wollte gerade den Lichtschalter betätigen, da fielen ihr die Monitore ein und sie ließ es besser. Sie ging zum Schrank. Ihre Sachen waren weg, nur in einem Fach lagen ihre Strings und BHs, sozusagen ihre Arbeitskleidung. Also war es nichts mehr mit einem neuen Ausflug. Das wurde ihr in diesem Moment klar und diese Erkenntnis traf sie wie ein Blitz. Wie sollte sie jemals diesen Leuten entkommen?

Viele Menschen wären in einer solchen Situation in eine tiefe Verzweiflung gefallen. Nicht so Anna. Bei ihr übernahm sofort der Gedanke daran, dass sie immer eine Lösung gefunden hatte, die Oberhand. Sie war entführt und missbraucht worden, aber sie lebte. Und Missbrauch gehörte zu ihrem Leben, solange sie denken konnte. Immer wieder hatte sie sich daraus befreien können. Ja, sie hatte es sogar geschafft, den Spieß umzudrehen. Heute spielte sie mit den Männern. Sie konnte sie tanzen lassen wie Marionetten. Jedenfalls war das ihre Wahrnehmung.

Der einzige Mann, der ihr irgendwo leidtat, war Manu. Es war echte Liebe, die er immer wieder vor ihr wie einen weichen Teppich ausgebreitet hatte und die sie immer wieder bis heute mit Füßen trat. Das wurde ihr in diesem Moment plötzlich bewusst. Manu war jederzeit für sie da gewesen, bereit, ihr alles zu verzeihen und alles mit dem übergroßen Mantel seiner unermesslichen Liebe zu ihr zu überdecken. Sie spürte, wie ihr Tränen die Wangen herunterrollten. Wann hatte sie eigentlich das letzte Mal geweint? Wie würde sie das je bei Manu wieder gutmachen können? Dann hatte ihre Rationalität sie wieder im Griff. Sie wusste es jetzt nicht, aber sie war sich sicher, auch dafür würde sie einen Weg finden.

Sie nahm die Wasserflasche und die Schokopralinen vom Rollwagen und ging damit ins Bad, tauschte das Wasser aus und entsorgte die Schokolade. Dann ging sie zurück und machte das

Licht an. Sie stürzte sich geradezu auf das inzwischen abgestandene Frühstück. Nicht einen Krümel ließ sie zurück, bevor sie sich wieder ins Bett legte.

Sie konnte noch nicht lange geschlafen haben, da stand plötzlich ein Mann im Zimmer. Die Arbeitsbeleuchtung, wie sie es bei sich nannte, war an. Sie war unter der Bettdecke immer noch nackt und es drängte sie nach einer Dusche. Da die Männer, die bisher bei ihr gewesen waren, zu wissen schienen, dass sie Deutsche war, sprach sie – wenn sie denn überhaupt mit ihren Freiern sprach – Deutsch. Und so sagte sie: „Du bekommst gleich deinen Spaß, aber erst mal muss ich unter die Dusche."

„Da komm ich mit", antwortete er.

„Du bist aus Deutschland?", fragte sie ungläubig.

„Nein", sagte er lachend, „aus Österreich, aus dem Burgenland. Ist das ein Problem?"

Anna zog ihn ins Bad. Wortlos half sie ihm beim Ausziehen, was er sich gerne gefallen ließ. „Du hast's aber eilig", kommentierte er dann.

Als sie unter der Dusche standen, sagte sie leise zu ihm: „Wir werden mit Video überwacht. Aber hier kriegen die bestimmt nix mit. Ich bin aus Deutschland entführt worden. Du musst mir helfen!"

„Wie soll ich dir helfen? Ich kann dich doch nicht rausbeamen."

„Du musst zur Polizei gehen und denen sagen, dass ich hier bin."

„Da brauch ich nur unten an den Tresen zu gehen, da stehen zwei Uniformierte."

„Oh Gott!", entfuhr es Anna. „Wo bin ich hier überhaupt?"

„In Bulgarien, genauer gesagt in Burgas an der Schwarzmeerküste."

„So was Ähnliches hab ich mir schon gedacht. Nein, die Polizisten wirst du wohl vergessen können. Aber zu Hause, in Österreich, da kannst du das doch der Polizei melden, oder?"

„Und was soll ich denen sagen?"

„Ich heiße Anna Reiter und komme aus Uelzen bei Lüneburg. Aber entführt worden bin ich aus Bensersiel an der ostfriesischen Wattenmeerküste. Wahrscheinlich wirst du das nicht kennen."

„Doch, kenne ich. Da war ich auch schon mal im Urlaub. Nur da war das Wasser immer wieder weg. Aber interessant, wir sind mal mit einem Wattführer bis zu einer Insel, ich glaube Langeoog, gelaufen. Aber jetzt begreife ich erst so langsam, was hier läuft."

„Ja, normalerweise werden in Deutschland Frauen aus dem Osten zur Prostitution gezwungen. Bei mir haben sie mal den Spieß umgedreht", kommentierte Anna ganz sachlich ihre Situation.

„Ich hab mich schon gewundert, die anderen Mädels sitzen unten in der Halle rum. Von dir haben sie mir nur Bilder gezeigt und mir gesagt, dass du eine Deutsche bist. Schon auf den Bildern bist du viel hübscher als alle, die da unten rumsitzen. Dafür bist du aber auch wesentlich teurer. Allerdings möchte ich nicht an einem Verbrechen beteiligt sein. So schwer es mir auch fällt, die sollen ihr Geld behalten, aber ich glaube, nach dem Duschen gehe ich wieder. Und ich verspreche dir, ich werde es sofort zu Hause anzeigen. Ich könnte sogar in Ostfriesland bei der Polizei anrufen."

„Ich glaube, das wäre keine gute Idee. So blöd sind die auch nicht. Erst stehen wir hier stundenlang unter der Dusche, wo sie wahrscheinlich nix mitbekommen, und dann gehst du gleich danach. Das wird sie misstrauisch machen und du könntest dich noch selbst gefährden. Schlagzeile: Österreichischer Urlauber an der Schwarzmeerküste verschwunden. Ich werde mich auf meine Weise – schon mal im Voraus – bei dir bedanken und es wird dir sicher gut gefallen und immer in deinem Gedächtnis bleiben. Für mich die beste Garantie, dass du mich auch dann nicht vergisst, wenn du wieder zu Hause bist."

„Aber wie heißt du eigentlich?"

„Felix, das muss reichen."

„Na komm, Felix. Wenn ich nicht schon in Deutschland verheiratet wäre, könntest du bei mir durchaus in die engere Wahl kommen. Freundliche Ausstrahlung, groß und gut gebaut. Übrigens, wenn wir gleich im Zimmer zurück sind, wundere dich nicht, dass ich ein bisschen daneben wirke. Die gehen davon aus, dass sie mich mit Drogen vollgepumpt haben."

Felix sollte diese Liebeslektion bei Anna wirklich nicht mehr vergessen.

***

Manchmal hilft vielleicht auch Beten. In der Polizeiarbeit zählen allerdings nur harte und gerichtsverwertbare Fakten, um Verbrecher hinter Schloss und Riegel zu bringen und sie ihrer gerechten Strafe zuzuführen.

Bert hatte auf die Schnelle sein gesamtes erweitertes Team zusammentrommeln lassen. Als alle im Meetingraum präsent waren, ließ er die Katze aus dem Sack. Er zeigte auf das letzte Blatt an der Wand, welches ihren kleinen Etappensieg der vergangenen Tage dokumentierte, nach dem ein Erpresster den größten Teil seines Geldes zurückerhalten hatte und ein armes Rentnerehepaar mit einem stattlichen Finderlohn von viertausend Euro belohnt worden war. „Ich glaube, damit war der gordische Knoten geplatzt." Bert machte eine gewichtige Miene.

„Schon wieder die berühmten Zeichen und Wunder?", konnte sich der manchmal etwas vorlaute ehemalige Ruhrpottler Bernd nicht verkneifen.

„Wenn du es so nennen willst. Jedenfalls werden Nina und ich in den nächsten Tagen der Hansestadt Uelzen einen Besuch abstatten. Genauer gesagt der dortigen psychiatrischen Klinik."

„Und noch genauer gesagt einer Anna Reiter, oder? Aber die ist doch wie vom Erdboden verschluckt gewesen. Hat die jemand gefunden und einfach dort abgeliefert?", konnte sich Bernd auch diesmal nicht zurückhalten.

„Abgeliefert ist vielleicht nicht der richtige Ausdruck. Sie hat sich mehr oder weniger selbst dort eingeliefert. Aber ich will euch nicht länger auf die Folter spannen. Anna Reiter lebt. Und das ist für uns die beste Nachricht des Tages. Unbeschadet kann man allerdings – wohl schon aufgrund ihrer vorangegangenen Odyssee – leider nicht sagen."

„Bert, das ist nicht nur die beste Nachricht des Tages, sondern die beste für unseren ganzen Fall. An dem Tod des Kellners Gernot können wir nichts mehr ändern. Den macht leider keiner mehr lebendig. Da gilt es nur noch, den Mörder zu finden. Aber Anna hat schon aufgrund ihrer bedrückenden Lebensgeschichte eine Chance verdient." Seitdem Nina bei einem der letzten Fälle Gevatter Tod noch im letzten Moment von der Schippe gesprungen war, zeigte sie immer öfter auch mal nach außen sichtbar Gefühle.

„Nina, du bringst es mal wieder auf den Punkt. Aber jetzt chronologisch von Anfang an." Bert fasste noch einmal kurz die bislang bekannten Sachverhalte zusammen. Insbesondere auch die Details des Kollegen aus Berlin über die tragische Lebensgeschichte von Anna Reiter, ehemals Kloschinski, über die noch nicht alle im Team informiert waren.

Dann kam er zu dem Bericht von Europol. „Wie ihr wisst, gingen wir schon seit Längerem davon aus, dass Anna ins osteuropäische Ausland verschleppt worden sein könnte. Dafür sprach zumindest die Tatsache, so makaber das an dieser Stelle auch erscheinen mag, dass wir sie noch nicht tot aufgefunden hatten und vor allem auch, dass der Entführer, der auf dem Grünberg-Video nur als Silhouette zu sehen ist, sowie das Auto des Marinesoldaten quasi alle gemeinsam wie vom Erdboden verschluckt waren. Für uns Anlass genug, Europol einzuschalten. Aber bislang fehlte uns auch international jegliche Spur. Dabei dürfen wir nicht vergessen, Anna Reiter war zum Zeitpunkt ihres Verschwindens nur mit ihrem Hausanzug und Pantöffelchen bekleidet."

„Ihr Mann ging sogar davon aus, dass sie noch nicht einmal Unterwäsche anhatte", ergänzte Nina. „Man muss sich vorstellen, Passanten, die Anna zu diesem Zeitpunkt zum Beispiel in irgendeiner Tankstelle so gesehen haben, mussten annehmen, dass die Frau im Schlafanzug unterwegs ist. So was fällt doch auf."

„Wie kommst du denn darauf, dass die sie an einer Tankstelle überhaupt rausgelassen haben?", wollte Rita wissen.

„Na, wie wir jetzt wissen, waren die mit Anna über zweitausend Kilometer im Auto unterwegs. Aber wir müssen jetzt nicht mehr Rätsel raten, wir haben ja den Bericht mit der Aussage von der Entführten selbst", übernahm Bert die Antwort. „Danach hat man sie zum ersten Mal auf einem dunklen Autobahnparkplatz sich erleichtern lassen und danach wieder in den Kofferraum gesperrt. Übrigens waren es zwei Männer, die mit ihr – tatsächlich in dem Auto des Soldaten, einem VW Passat – unterwegs waren. Der eine war der Typ, den wir nicht identifizieren konnten, den Anna in ihrer Aussage als den Schnauzer bezeichnete, und der andere, dem sie wohl auf merkwürdige Weise sogar ihr Leben verdankte, den bezeichnete sie als den Muskelprotz."

„Wieso verdankte sie dem sogar ihr Leben? Wie muss man das denn verstehen?", fragte eine Kollegin aus dem Verstärkungsteam.

„Anna erzählte in ihrer Anhörung, dass der Schnauzer zu ihr gesagt hat, dass sie eigentlich tot gewesen wäre, aber der Muskelprotz sie hätte haben wollen. Inzwischen wissen wir ja auch wofür, nämlich zur Prostitution in einem Edelbordell an der Schwarzmeerküste, wo der Kerl selbst auch beschäftigt war."

„Wenn der Typ der Boss von dem Laden gewesen wäre, könnte ich das ja nachvollziehen, aber als Speichellecker? Das sind erfahrungsgemäß die meisten unter einem Chef in solchen Etablissements ja nur, da hat der doch gar nichts davon. Den Liebeslohn kassiert da nur einer." Diese Geschichte passte nicht in Bernds Erfahrungshorizont.

„Richtig erkannt, Bernd. Die Aufklärung liefert Europol auch gleich mit, der Boss hatte eine satte Prämie springen lassen."

„Wie ist denn Europol der Bande überhaupt auf die Spur gekommen?", wollte ein anderer Kollege aus dem Erweiterungsteam wissen.

„Danke, Herr Kollege, dazu wäre ich jetzt sowieso gekommen. Der Vollständigkeit halber sei noch erwähnt, dass sie Anna für ihren Einsatz als Prostituierte unter Drogen gesetzt haben. Übrigens auch schon während der Fahrt zur Schwarzmeerküste.

Irgendwann hat sie aber später in einem lichten Moment geblickt, dass das Wasser aus der Flasche und die Schokolade präpariert waren. Daraufhin hat sie beides immer entsorgt und die Zugedröhnte gespielt, was man ihr dann wohl auch abgenommen hat."

„Hat sie denn nicht einmal versucht abzuhauen? Da gibt es doch sicher auch Polizei?", meldete sich Silke zu Wort.

Bert berichtete von Annas dortigem Tagesablauf, ihren Lebensumständen und ihrem gescheiterten Ausbruchversuch, was bei den Anwesenden mitfühlende Mienen hinterließ. Allen wurde klar, welchem Martyrium Anna ausgesetzt gewesen sein musste.

„Irgendwie muss man die Frau ja bewundern", sagte Nina, „die ist wie ein Stehaufmännchen. Aufgeben scheint bei ihr jedenfalls nicht auf der Lebensagenda zu stehen. Aber was ich dann nicht verstehe: Sie hat doch dort sicher eine Menge Männer bedient, wenn man das mal so nennen darf. Hat sie sich denn da nicht ein einziges Mal jemandem anvertrauen können?"

„Wie sie in ihrer Anhörung sagte, waren das anfangs ausschließlich Ausländer, sie vermutete Osteuropäer und andere Bürger ehemaliger Sowjetrepubliken, die zum Teil noch nicht einmal Englisch konnten. Auch mit dem Personal dort war ihr eine Kommunikation nicht möglich. Nur der Boss sprach Englisch. Der hat mit ihr aber nur einmal nach ihrem Ausbruchsversuch gesprochen. Ansonsten war sie Tag und Nacht in ihrem Zimmer eingeschlossen und nachts zudem videoüberwacht– zumindest in der Zeit, als die Tür wegen der Freier nicht verschlossen war."

„Das war dann ja für sie fast schlimmer als Gefängnis. Die haben da wenigstens noch Kommunikation und Freigang." Silke war entsetzt.

„Das war schlimmer als Gefängnis, Silke, das hat sie auch so empfunden, zumindest nachdem sie nicht mehr unter Drogen stand. Aber ich komme noch mal auf die Frage von Nina zurück. Obwohl dort in der Region der Stadt Burgas auch sicher Deutsche am Schwarzen Meer Urlaub machen, wird man kaum einen Landsmann zu ihr gelassen haben. So blöd waren die dann wohl auch wieder nicht. Aber einen Österreicher aus dem Burgenland, den haben sie wohl als unbedenklich eingestuft und ihn zu ihr gelassen. Jedenfalls hat Anna ihn unter der Dusche, wegen der Überwachung, gebeten die Polizei zu verständigen. Der hat ihr daraufhin gesagt, dass er dann ja nur nach unten gehen müsste, da wären zwei Uniformierte, die sich dort wohl gerade von Mädchen bespaßen ließen."

„Also doch kein Vorurteil, das mit der Korruption", entfuhr es Bernd.

„Ja und nein, Bernd. Dass es dann auf einmal alles ganz schnell ging, ist sicher auch dem europäischen Einigungsgedanken geschuldet, der dann irgendwo doch so etwas wie Kooperation hervorgebracht hat. Die besagten Polizisten standen im eigenen Haus schon unter Verdacht und damit hatte man den Beweis, um sie überführen zu können."

„Oder zu müssen!", konnte sich Bernd es nicht verkneifen.

„Vielleicht auch das, aber das soll uns im Moment weniger interessieren. Jedenfalls hatte der junge Mann aus dem Burgenland, nachdem er von Anna wusste, was da in dem sauberen Etablissement wirklich abläuft, heimlich mit seinem Smartphone Bilder von den beiden Polizisten in Uniform gemacht, als die mit Damen des horizontalen Gewerbes auf dem Schoß herumschäkerten. Deren Streifenwagen vor dem Haus hat er vom Toilettenfenster aus aufgenommen."

„Das war aber für den gar nicht ungefährlich", stellte Bernd sachlich fest.

„Ich glaube auch, dass der sich der Gefahr gar nicht bewusst war, in die er sich damit begab. Aber es ist ja in diesem Fall noch mal gut gegangen. Jedenfalls ist der Österreicher nach seiner Rückkehr zu Hause sofort zur dortigen Polizei gegangen und die haben direkt Europol eingeschaltet, zumal auch in Österreich bereits Fahndungsbilder von der vermissten Anna Reiter vorlagen."

„Da über Europol europaweit nach ihr gesucht wurde, hätten die Suchbilder doch auch in Bulgarien vorliegen müssen, oder irre ich mich da, denn die gehören doch auch zur EU", wunderte sich Nina.

„Hätte. Ja, hätte eigentlich. Aber davon steht in dem Bericht nichts ausdrücklich drin. Aber positiv ist, dass durch Vermittlung der deutschen Botschaft Anna noch vor Ort eine deutschsprachige psychologische Erstbetreuung erhalten hat, mit der Folge, dass sie sich jetzt freiwillig einer Therapie gegen ihre Sexsucht unterziehen will. Ihr ist nach ihrer eigenen Aussage jetzt bewusst geworden, dass das der eigentliche Auslöser für ihre Entführung gewesen ist. Ihre Sucht war es, die sie zur falschen Zeit an den falschen Ort geführt hat. Als treue Ehefrau hätte sie nach dem Bad im eigenen Wohnwagen in ihrem Bett gelegen und ihr wäre nichts passiert."

„Eine Erkenntnis, die für die Entführte noch hoffen lässt", zeigte sich Nina optimistisch.

„Womit wir aber immer noch nicht geklärt haben, was diese Isi und der Schnauzer zu der Zeit in dem Wohnwagen des ermordeten Kellners wirklich gesucht haben. Das kann uns wohl nach dem tragischen Tod von Isi nur der Entführer von Anna selbst sagen, wenn wir ihn denn noch mal zu fassen bekommen. Außerdem ist für mich immer noch nicht ausgeschlossen, dass er und diese Isi erst den Kellner ermordet haben könnten und danach seinen Wohnwagen durchsucht haben. Vom Zeitablauf wäre das nämlich durchaus denkbar. Selbst zu Fuß braucht man nur ganz wenige Minuten vom Hafen zum Wohnwagen des Kellners."

„Da haben wir ja schon wieder dieses berüchtigte Wörtchen ‚wenn'", zeigte sich Nina skeptisch. „Der wird sich in Bulgarien irgendwo abgesetzt haben."

„Europol geht davon aus, dass der den Passat in Bulgarien verkauft hat und dann mit einem anderen Wagen nach Deutschland zurück ist. Er könnte auch einer der Drogenkuriere sein, denen die europäischen Drogenfahnder schon seit Langem auf der Spur sind, die sich aber immer wieder wie Phantome in Luft auflösen. Jedenfalls ist das die offizielle Version."

„Damit willst du doch wohl nicht sagen, dass der sogar wieder hier bei uns sein könnte?" Nina konnte es nicht fassen. „Das wäre ja der Gipfel der Dreistigkeit."

„In diesem Zusammenhang hat Europol aus meiner Sicht nicht alles rausgelassen. Deshalb habe ich heute Morgen mit einem Kollegen in Brüssel, den ich von früher kenne, telefoniert. Er machte so Andeutungen, dass man da eigene verdeckte Ermittler nicht gefährden wolle. Also, es ist in der Tat nicht auszuschließen, dass der Typ sich wieder hier bei uns in der Region aufhält."

17. Kapitel

Als sich Bert und Nina nach dem Meeting noch mal zu einem Feintuning in Berts Büro zusammensetzen wollten, hatte Bert eine Nachricht auf seinem AB. Die Klinik in Uelzen hatte für heute Nachmittag einen Termin mit Anna Reiter vorgeschlagen. Ferner habe Frau Reiter gebeten, dass ihr Mann bei dem Gespräch dabei sein dürfte.

Die beiden Beamten machten sich sofort auf den Weg. Im Auto fragte Bert: „Was hältst du davon, mit beiden Eheleuten gemeinsam zu sprechen?"

„Wieso? Was ist daran so ungewöhnlich? Wenn du so fragst, scheint dich daran ja irgendetwas zu stören." Nina kannte ihren Bert.

„Na, überleg mal. Bei ihr geht es um die Anhörung eines Opfers und einer Zeugin. Bei ihm könnte es nach wie vor ein Mordmotiv geben. Auch wenn wir bislang keine anderen Verdachtsmomente gegen ihn haben finden können, wäre ja nicht auszuschließen, dass aus seiner Anhörung letztlich auch noch ein Verhör wird."

„Obwohl ich eher nicht daran glaube, dass er der Mörder des Kellners ist, ein Motiv könnte er tatsächlich haben. Daher müsste ich eigentlich deine Bedenken teilen. Aber trotzdem sagt mir mein Bauchgefühl, wir sollten beide Eheleute als Zeugen betrachten, denn das Einzige, was dagegenspricht, ist die Tatsache, dass er, wie wir schon festgestellt haben, ein Motiv haben könnte und sich in räumlicher Nähe zum Tatgeschehen aufgehalten hat. Konkrete Beweise, die für seine Tatbeteiligung sprechen, haben wir andererseits aber auch nicht."

„Also du meinst, wir sollten mal wieder über unseren bürokratischen Schatten springen?"

„Meistens waren wir damit erfolgreich, wie du weißt."

Nachdem sie sich durch etliche Baustellen auf den Autobahnen, die auf ihrem Weg lagen, mit entsprechenden Staus und Zeitverzögerungen durchgekämpft hatten, erreichten Nina und Bert endlich die psychiatrische Klinik in Uelzen. Sie hatten bereits über Handy die Klinik informiert, dass sie sich etwas verspäten würden. Anna und Manuel Reiter sowie der behandelnde Arzt warteten bereits in einem Besprechungsraum auf sie.

„Ich hatte Frau Reiter angeboten, bei dem Gespräch dabei zu sein", sagte der Arzt. „Aber sie und ihr Mann waren der Meinung, dass dies nicht nötig sei. Wenn Sie aber dennoch meine Hilfe benötigen, sagen Sie einfach jemandem von meinem Personal hier in der Abteilung Bescheid."

Anna wirkte noch etwas blass und mitgenommen, aber sehr ruhig und gefasst. „Es wird noch eine Weile dauern, bis die Hinterlassenschaften der verabreichten Drogen den Körper wieder verlassen haben", sagte sie etwas müde lächelnd. „Aber mir liegt viel daran, dass die Typen, die mir das angetan haben, so schnell wie möglich hinter Gitter kommen. Übrigens können wir auch in Gegenwart meines Mannes offen über alles sprechen, auch über meine Vergangenheit, er ist über alles informiert. Und das möchte ich mal an dieser Stelle sagen, ich bin ihm von Herzen dankbar, dass er das alles mitgemacht und ohne Wenn und Aber zu mir gestanden hat." Dabei drückte sie liebevoll seine Hand und die beiden Eheleute warfen sich einen Blick wie zwei Jungverliebte zu.

Die beiden Polizisten kannten Anna bisher nur von Bildern und aus den Videos. Bert musste für sich feststellen: Sie war in Natur, sogar völlig ungeschminkt, noch wesentlich hübscher als auf den Bildern. Hinzu kamen ihr natürlicher Charme und ihre positive Ausstrahlung. Er ertappte sich bei dem Gedanken, wie er wohl an der Stelle von Manuel Reiter gehandelt hätte. Auf einmal konnte er diesen Mann verstehen, der – immerhin ein intelligenter Ingenieur und Geschäftsmann – alle ihre sexuellen Eskapaden und Vorlieben mitgemacht und bis heute zu ihr gestanden hatte.

Nach einer kurzen Abstimmung durch Blickkontakt zu ihrem Chef übernahm Nina die Eröffnung des Gesprächs: „Frau Reiter, wir alle sind sehr froh, dass Sie das alles lebend überstanden haben und dass wir heute Gelegenheit haben, endlich mit Ihnen sprechen zu können. Ich darf Ihnen sagen, dass uns ein Ermittler, ein Kollege aus Berlin, bereits über Ihre

Vorgeschichte informiert hat. Was mich persönlich, nicht nur als Polizistin, sondern vor allem auch als Frau, interessiert: Warum haben Sie all die Jahre geschwiegen? Wenn unsere Informationen stimmen, dann haben Sie sich damals noch nicht einmal den behandelnden Ärzten und Psychologen gegenüber geöffnet."

„Sie sind richtig informiert. Den Grund kann ich Ihnen nicht sagen, aber wir arbeiten hier daran."

„Was hat denn Ihren Sinneswandel bewirkt?" Nina versuchte der Sache auf den Grund zu gehen.

„Ganz einfach, nachdem die Bande in Burgas festgenommen worden war, hat man mich nach Sofia gebracht, wo die Deutsche Botschaft meine erste Betreuung durch eine deutsche Psychologin organisiert hat. Die ist dort mit einem bulgarischen Mann verheiratet. Im Gespräch mit dieser Frau stellte sich heraus, dass es ihr genauso ergangen war wie mir. Darüber hat sie ganz offen mit mir gesprochen und als sie mir Einzelheiten aus ihrer persönlichen Geschichte erzählte, hat dies bei mir wie ein Dammbruch gewirkt. Auf einmal hatte ich sogar das ganz dringende Bedürfnis, mir alles von der Seele zu reden. Das Ergebnis kennen Sie, denn wir sitzen hier zusammen und ich kann endlich darüber reden."

„Wir wollen heute nicht mit Ihnen Ihre frühkindlichen Erlebnisse und Ihre späteren Lebensgewohnheiten aufarbeiten, Frau Reiter. Dafür sind die Ärzte hier in der Fachklinik zuständig. Uns geht es vielmehr darum, dass Ihre Peiniger hinter Schloss und Riegel kommen und ihrer gerechten Strafe zugeführt werden. In diesem Zusammenhang müssen wir uns leider mit dem Tag Ihrer Entführung beschäftigen. Nach der Vermutung Ihres Mannes haben Sie in dem von Ihnen gemieteten Familienbad in dem Sanitärgebäude des Campingplatzes in Bensersiel, an dessen Nordseite Ihr Wohnwagen steht, spät abends ein Bad genommen. Gab es einen bestimmten Grund für dieses späte Bad? Die meisten Menschen nehmen solche Bäder ja nicht erst kurz vor Mitternacht."

„Da kann ich heute ganz offen drüber sprechen. Und ich bin froh, dass mein Mann jetzt dabei ist, denn Offenheit ist für unsere Beziehung gerade jetzt ein sehr wichtiges Element. Ich hatte mit dem Kellner Gernot Kaldenbach nach seinem Feierabend in der Gaststätte Waterkant ein Date verabredet. Als ich nach dem Bad das Sanitärgebäude verließ, sah ich Licht in seinem Wohnwagen, der in der Nähe der Zugangstreppe stand. Ich dachte, dass Gernot doch schon etwas früher Schluss gehabt hatte. Deswegen bin ich nicht zu unserem Camper zurück, sondern gleich zu seinem Wohnwagen gegangen."

„Und was geschah dann?", wollte Bert wissen.

„Da Gernot, wenn er mit mir verabredet war, die Tür nicht abschloss, wollte ich mich ganz leise reinschleichen und ihn überraschen. Da sah ich dann diese blonde Frau an dem Hängeschrank über der Spüle hantieren. Ich glaube, ich schrie sie an, was sie da zu suchen hätte. Sie drehte den Kopf zu mir, guckte aber nicht mich an, sondern an mir vorbei. Deshalb schaute ich mich um, da ich sehen wollte, wohin ihr Blick ging. Da sah ich direkt in das Gesicht von einem südländischen Typen mit schwarzem Schnauzer. Und dann traf mich etwas hart am Kopf und von da an weiß ich nichts mehr, bis ich im Kofferraum eines Wagens wieder aufwachte. Da zwischen dem Schlag und dem Aufwachen eine ziemlich lange Zeit gelegen haben musste – jedenfalls habe ich mir das später so zusammengereimt –, haben sie mich wahrscheinlich schon, bevor sie mich in den Kofferraum verfrachtet haben, unter Drogen gesetzt." Sie erzählte dann die Geschichte ihrer Odyssee bis nach Burgas in Bulgarien, jedenfalls soweit sie sich aus ihren wachen Phasen daran erinnern konnte.

„Dann haben Sie Ihrem Entführer vor seinem Schlag mit einer schweren Blumenvase, wie wir ermittelt haben, ja geradezu in die Augen geschaut", stellte Bert fest. „Da könnten wir doch sicher nach Ihren Angaben eine Phantomzeichnung von den hiesigen Kollegen erstellen lassen."

„Dazu brauchen Sie keine Kollegen bemühen. Das kann ich selbst. Besorgen Sie mir ein Blatt Papier und einen Bleistift und dann haben Sie in spätestens einer viertel bis halben Stunde Ihre Phantomzeichnung."

Nina hatte im Nu die gewünschten Dinge organisiert. Gebannt schauten die Polizisten und Manu Anna beim Zeichnen zu. Sie brauchte noch nicht einmal fünfzehn Minuten. Der Bleistift flog nur so über das Papier. Das Ergebnis ähnelte eher einer Schwarz-Weiß-Fotografie als einer Phantomzeichnung.

Bewundernd sagte Nina: „So was habe ich schon mal in einem Fernsehbeitrag gesehen und habe mich da schon gefragt, wie ein Mensch so etwas schaffen kann."

„Ich verfüge über ein fotografisches Gedächtnis", erläuterte Anna fast entschuldigend. „Das konnte ich schon als kleines Kind."

„Darf ich mal?", sagte Bert und zog die Zeichnung über den Tisch zu sich heran. Dann machte er mit seinem Smartphone ein Foto davon und schickte dieses über seinen Messenger an seine Dienststelle in Wittmund, mit der Anweisung, sofort die Fahndung einzuleiten.

„Haben Sie den Beamten in Burgas nicht gesagt, dass Sie über solche Fähigkeiten verfügen, oder warum haben die Sie keine solche Zeichnung machen lassen?", fragte er dann. „Wir könnten sicher bereits viel weiter sein, wenn die Fahndung schon unmittelbar nach Ihrer Befreiung rausgegangen wäre."

„Diese Frage müssten Sie Ihren Kollegen stellen", erwiderte Anna. „Aber die von Europol wussten doch auch so schon längst, wer mein Entführer ist."

„Wieso sagen Sie das mit so einer Sicherheit?", hakte Nina ein.

„Die haben mir eine Menge Bilder von Männern gezeigt und ich habe da den Typen einwandfrei sofort identifizieren können. Was Europol dann damit gemacht hat, weiß ich natürlich nicht."

„Entschuldigen Sie uns bitte einen Moment", sagte Bert und gab Nina Zeichen, ihm zu folgen. Draußen im Gang musste er sich erst einmal leise Luft verschaffen: „Ich fasse es nicht! Da lassen die uns weiterhin im Dunkeln tappen. Dass da irgendeine große Sache bei der Drogenfahndung läuft, hatte mein Kollege aus Brüssel ja schon angedeutet. Aber dass die bereits sogar den Namen von dem Typen haben, davon hat er nichts gesagt. Eigentlich müsste ich unseren Fahndungsaufruf, den ich gerade veranlasst habe, sofort stoppen und erst mit Brüssel abklären, was dahintersteckt. Aber wenn die uns nicht informieren, warum sollten wir das dann tun?!"

„Da hast du irgendwo recht", stimmte Nina ihm zu. Dann gingen die beiden Kommissare wieder rein.

„Nennt man das ‚Die Linke weiß nicht, was die Rechte tut?'", konnte sich Manuel Reiter einen bissigen Kommentar nicht verkneifen. „Wohl ein weltweit verbreitetes Phänomen in Sicherheitsbehörden. Der elfte September mit dem World Trade Center hätte wohl verhindert werden können, wenn CIA und FBI besser zusammengearbeitet hätten. Hier in Deutschland hätte, jedenfalls nach Medienberichten, auch das Drama auf dem Berliner Weihnachtsmarkt nicht stattfinden müssen."

„Kann ich nichts zu sagen, Herr Reiter.", antwortete Bert äußerlich ganz ruhig, obwohl es in ihm brodelte. Dann hörten sie sich die Geschichte von Anna, die sie weitgehend schon aus dem vorliegenden Bericht kannten, bis zu Ende an. Danach machten sie sich auf den Heimweg.

Als sie endlich auch den seit Monaten andauernden Hindernisparcours auf der Autobahn um Bremen hinter sich hatten und lange nach Feierabend zu Hause angekommen waren, kündigte Nina an: „Ich werde morgen früh, bevor ich zur Dienststelle komme, gleich zum Campingplatz in Bensersiel fahren und dort mit der Zeichnung von Anna mal nachfragen, ob da jemand diesen Ganoven schon mal gesehen hat. Könnte ja sein, dass der sich auch tagsüber schon mal dort hatte sehen lassen."

„Gute Idee! Und ich werde mal erforschen, ob Manuel Reiter mit seiner bissigen Bemerkung von der linken und der rechten Hand recht hat."

***

Am nächsten Morgen war Nina mit Annas Zeichnung auf dem Weg zum Campingplatz in Bensersiel. Da standen bereits einige Gespanne auf dem Seitenstreifen und warteten auf Abfertigung. Sie fuhr mit ihrem zivilen Dienstfahrzeug direkt bis zur Schranke vor, was ihr sofort missbilligende Blicke von einigen

Wartenden einbrachte, die noch vor dem Gebäude standen, welches gerade erst aufgeschlossen wurde.

Eine der Mitarbeiterinnen der Rezeption hatte Nina schon erkannt und öffnete ihr sofort die Schranke. Bevor die Frau in das Anmeldungsgebäude gehen und einen der wartenden Camper bedienen konnte, zeigte ihr Nina auf ihrem Smartphone Annas Zeichnung.

„Den kenn ich", sagte die junge Frau. „Der hat sogar einen Saisonplatz für seinen Campingwagen bei uns. Ich habe ihn in den letzten Tagen noch gesehen, jetzt hat er allerdings einen kahl rasierten Kopf und auch keinen Schnauzbart mehr. Ich hab ihn vorgestern noch gefragt, wo er denn seine tollen schwarzen Haare gelassen hätte. Da hat er gelacht und gesagt, das sei eine Wette gewesen. Er spricht übrigens nur gebrochen Deutsch. Hat er was angestellt, weil Sie nach ihm fragen?" Dass ihr der Mann als Typ sehr gefiel und sogar schon für Schmetterlinge in ihrem Bauch gesorgt hatte, verschwieg sie allerdings.

„Wir benötigen ihn als Zeugen", antwortete Nina nicht ganz wahrheitsgemäß. „Ich brauche seine Personalien und seinen Standplatz."

Die beiden Frauen gingen in das Anmeldegebäude, wo Nina nicht gerade freundliche Blicke empfingen. Camper waren normalerweise sehr kollegial, hilfsbereit und umgänglich. Aber wenn einer meinte, aus der Reihe tanzen zu müssen, und sich nicht an ungeschriebene Gesetze der Campergilde hielt, konnten sie auch ungemütlich werden und dabei waren sie auch sehr solidarisch.

„Hey, junge Frau. Bei uns gilt, wer zuerst kommt, mahlt zuerst, und nich' wie in'e Bibel, die Letzten wer'n die Ersten sein! Un' nach Schönheit geht et hier auch nich'. Also schön hinten anstellen und gefälligst wart'n, bisse dran bis'." Zustimmendes Gemurmel unterstützte die Bemerkung des Campers aus Bochum, wie das Nummernschild seines Wohnmobils auf dem ersten Platz der Warteschlange zeigte.

Nina ging zu dem Mann hin und hielt ihm ihren Ausweis unter die Nase. „Kripo Wittmund. Ich bin nicht hier, um Urlaub, sondern um meinen Job zu machen. Und der dient auch dazu, dass Sie hier in Ruhe Ihren wohlverdienten Urlaub genießen können", schob sie noch mit lächelnder Miene nach, um die Sache zu entspannen.

Im ersten Moment herrschte betretenes Schweigen. Dann aber hatte der Urlauber aus dem Ruhrgebiet seine Stimme wiedergefunden: „Ah, jetzt versteh ich. Dat hat wat mit der Fahndung zu tun, die ich vorhin in meinem Messenger, geseh'n hab."

„Was für eine Fahndung?", wollte ein anderer Camper wissen.

„Die such'n nach'm Typ, der von hier eine Urlauberin entführt haben soll", antwortete der Bochumer.

„Vielleicht hat der ja auch den Kellner vom Waterkant ermordet", rief einer von weiter hinten.

Das war natürlich eine Situation, wie sie Nina und auch die Betreiber vom Campingplatz überhaupt nicht brauchen konnten. Das hätte ihr gerade noch gefehlt, ein Rudel Camper, die als Freizeitermittler hier auf dem Platz Räuber und Gendarm spielten. Daher versuchte sie die Situation wieder zu entschärfen, auch wenn sie dabei die volle Wahrheit ein wenig verbiegen musste: „Also Sie können als verbindlich nehmen, die Entführung ist inzwischen aufgeklärt. Die Entführte befindet sich zwar noch in einer Klinik, ist aber ansonsten wohlauf. Ich habe gestern noch mit ihr und ihrem Mann gesprochen. Wir brauchen nur noch ein paar Zeugenaussagen, wie das in solchen Fällen immer ist."

„Und was ist mit dem Mord von dem Kellner?", gab der Camper von vorhin keine Ruhe.

Es war eigentlich nicht Ninas Art, aber hier musste sie einfach die reine Wahrheit noch etwas mehr strapazieren, schon um einer Panik unter den Urlaubern vorzubeugen. Dabei dachte sie, und bei diesem Gedanken musste sie sogar etwas schmunzeln: Die Bayern haben es da einfacher, ein übereinander gekreuzter Zeige- und Mittelfinger als Blitzableiter hinter dem Rücken, zum Ableiten der kleinen Unwahrheit.

„Es stimmt", sagte sie daher, „wir haben einen Todesfall im Hafen gehabt, bei dem wir noch in alle Richtungen ermitteln. Es könnte sich theoretisch auch um einen tragischen Unfall gehandelt haben. Was wir aber schon mit ziemlicher Sicherheit sagen können, ist, dass zwischen beiden Fällen kein Zusammenhang besteht." Sie dachte: Stimmt eigentlich alles, wir ermitteln ja wirklich immer noch in alle Richtungen und theoretisch könnte es sich auch um einen Unfall gehandelt haben. Nur das mit dem Zusammenhang, da glaubten sie und Bert mittlerweile eher das Gegenteil.

„Im Messenger stand dat aber ganz anders", meldete sich nochmals der Bochumer zu Wort.

„Sie wissen doch, in den Medien wird das gerne ein bisschen aufgebauscht", versuchte Nina das herunterzuspielen.

„Na klar, Bild sprach zuerst mit dem Toten, das kennen wir doch", rief einer der Camper und alles lachte.

Lachen ist manchmal nicht nur die beste Medizin, sondern trägt auch zur Entspannung bei, dachte Nina. Den Reinrufer hätte sie in diesem Moment knutschen können, obwohl solche Gefühlsausbrüche eigentlich nicht ihrem Naturell entsprachen. Die junge Frau vom Campingplatz-Serviceteam, mit der Nina gesprochen hatte, reichte ihr eine Kopie der Anmeldung des Gesuchten. „Ich glaube, da haben Sie alles, was Sie brauchen."

Nina überflog das Blatt. „Danke, damit komme ich klar. Aber vielleicht können Sie mir draußen kurz den Weg beschreiben."

Die beiden gingen vor die Tür. Dann sagte Nina: „Hier steht Emanuel Meier. Sie sagten aber, der spricht nur gebrochen Deutsch und nach dem Bild ist das eigentlich ein südländischer Typ. Wie geht das zusammen?"

„Ganz einfach. Danach habe ich ihn auch bei der Anmeldung gefragt, weil Meier ja so ein typisch deutscher Name ist. Er hat mir erzählt, dass er in Deutschland geboren wurde. Sein Vater sei Deutscher und seine Mutter aus Spanien. Die beiden hätten sich kurz nach seiner Geburt bereits getrennt und seine Mutter sei mit ihm in ihre Heimat zurückgegangen. Und dann habe man ihm hier im Norden einen Job als Vertreter angeboten und der Campingplatz wäre billiger als ein Hotel oder eine Pension. Deswegen hat er den Saisonplatz gebucht."

Für Nina war das zwar alles etwas an den Haaren herbeigezogen, aber sie würden ja sehen. „Nach der Anmeldung ist er ja alleine. Hat er öfter mal Besuch? Und wissen Sie, ob er zurzeit auf dem Platz ist?"

„Keine Ahnung, hab ihn vorgestern zuletzt gesehen", war die Antwort, die Nina schon fast erwartet hatte.

Sie stieg daraufhin in ihr Auto, um Bert anzurufen. Nachdem sie ihm die Situation geschildert hatte, sagte er: „Dass der sich dort noch auf dem Platz aufhält, hätte ich wirklich nicht erwartet."

„Das hat mich auch völlig überrascht. Ich dachte, ich frage nur mal nach, ob ihn da jemand vom Personal gesehen hat. Damit, dass der sogar einen Saisonplatz gebucht hat und dann auch noch nach der Entführung dorthin wieder zurückkehrt, hätte ich absolut nicht gerechnet. Daraus kann man eigentlich nur schließen, dass der hier etwas ganz anderes im Schilde führt. Die Entführung war wahrscheinlich nur ein Kollateralschaden, der nichts mit seinen eigentlichen kriminellen Machenschaften zu tun hat."

„Das sehe ich genauso. Das deutet darauf hin, dass er Auftraggeber hat. Und ob seine Entführung in deren Sinne war, kann man bezweifeln. Das würde auch seine Aussage gegenüber Anna Reiter erklären, dass sie eigentlich hätte tot sein müssen."

„Möglicherweise war ja auch seine Fahrt nach Bulgarien nicht im Sinne seiner Auftraggeber", mutmaßte Nina.

„Wäre denkbar, bringt uns im Moment aber auch nicht weiter. Jedenfalls ist seine Rückkehr in Bezug auf unsere Fahndung nach ihm ja gut, aber andererseits nicht ganz unproblematisch. Ein Zugriff, unter Umständen sogar mit Waffeneinsatz, auf einem voll besetzten Campingplatz stellt eine hohe Gefährdung für Unbeteiligte dar."

„Daran habe ich auch schon gedacht, Bert. In einer Wohnsiedlung kann man die Menschen auffordern, in ihren Häusern zu bleiben und sich von Fenstern und Türen fernzuhalten. Das nützt hier aber nichts. Campingwagen sind keine Panzerwagen und bieten somit keinen Schutz."

„Hinzu kommt, wenn wir da mit einem Spezialeinsatzkommando aufkreuzen, bleibt das nicht unbemerkt. Sollte er das mitbekommen, wäre bei dem nicht auszuschließen, dass es sogar zu einer Geiselnahme kommt."

„Bliebe uns noch die Möglichkeit, die einzige Zufahrt zum Campingplatz rund um die Uhr zu überwachen und auf dem Weg zwischen Hafenanlage und Anmeldegebäude zuzugreifen. Aber dazu müssten wir sicher wissen, ob er sich auch tatsächlich im Moment hier aufhält. Eventuell ist er ja gerade wieder längere Zeit unterwegs. Ich möchte aber auch niemand vom Servicepersonal des Platzes dorthin schicken, um nachzuschauen. Das wäre mir zu gefährlich."

„Das heißt für uns, wir müssen das selbst herausfinden, und das so unauffällig wie möglich. Nina, wir machen es alleine, nur du und ich. Wir treffen uns bei der ‚innerdeutschen Völker-verständigung'. Du weißt, wen ich meine."

Nina musste lachen. „Na klar, die Rentnerband gegenüber von dem Sanitärgebäude, bei dem auch Anna ihren Wagen stehen hat. Das ist gut, denn der Standplatz von dem Typen ist nicht weit davon entfernt, wie mir die Frau von der Anmeldung gesagt hat. Außerdem wirkt das völlig unverfänglich, so als hätten wir dort einen Besuch auf dem Platz gemacht."

„Ich bin unterwegs und bringe auch deine Schutzweste mit", beendete Bert das Gespräch.

Nina fuhr mit ihrem Wagen zu den Rentnern und parkte diesen neben den Fahrzeugen der Platzinhaber direkt vor dem Zaun des Deiches, auf dem die Schafe neugierig vom Fressen aufschauten, als sie ausstieg.

„Na, das ist ja eine Überraschung." Hannes Köper hatte gerade um die Ecke seines Pavillons geschaut, um zu sehen, wer dort vor dem Deich sein Auto abstellt.

„Moin, ich hoffe, es ist okay, wenn ich hier parke?"

„Für Sie immer. Kommen Sie doch rein, wir sind zwar gerade mit dem Frühstück fertig, aber eine Tasse Kaffee haben wir noch übrig."

„Gerne, deswegen bin ich ja gekommen", erwiderte Nina lachend.

Bis auf Jan saßen alle im Pavillon noch am Tisch, der noch nicht abgeräumt war. Im Nu hatte Nina eine dampfende Tasse

Kaffee vor sich stehen. „Sie können auch gerne noch ein Brötchen essen. Es steht ja alles noch da", bot Lisa an, die immer um das leibliche Wohl ihres Umfeldes bemüht war. Da steckte noch immer die Leidenschaft einer Köchin in ihr.

„Ganz lieb gemeint, Frau Grote, aber mein Frühstück ist auch noch nicht so lange her. Aber wie geht es Ihrem Mann?"

„Ach, Frau Jürgens, ich muss ja sagen, irgendwie bin ich im Nachhinein fast froh, dass alles so gekommen ist. Nur unser Platznachbar, so ein netter und sympathischer junger Mann. Und dann noch die Anna, die tun mir unendlich leid. Auch wenn ich grade ihr eigentlich alles Böse wünschen müsste. Mein Jan hat mir beim Besuch in der Klinik alles gebeichtet. Aber ich habe in einer Illustrierten mal gelesen, das muss bei Anna auch irgendwie richtig krank sein. Und dazu dann noch ihr hübsches Aussehen, da konnte sie ja jeden Mann rumkriegen. Das war für eine Sexsucht, wie es da in der Zeitung stand, ja fast so, als wenn ein Alkoholiker Schankwirt wäre."

„Das denke ich auch", mischte sich Hedwig in das Gespräch. „Es ist ja interessant, was man plötzlich alles zu hören bekommt, wenn solche Dinge passieren. Dann ist das fast so wie ein Dammbruch. Im Laden vorne oder im Waschraum, alle reden davon, und wenn es stimmt, was die Leute sagen, dann hatte die Anna wohl dauernd Männerbesuch, wenn ihr Mann nicht da war, und das waren wohl immer wieder andere und dann eben auch mal der Jan. Linus war ja wohl nicht ihr Typ." Dann setzte sie noch lachend hinzu: „Jetzt bin ich richtig froh, dass er sein Brauereigeschwür hat, wie er es immer nennt. Das macht ihn für Frauen wie Anna, die jeden haben können, doch weniger attraktiv."

„Auweia, Hannes", musste sich der rheinländische Schalk von Linus Bahn brechen. „Ich hab dir ja schon immer gesagt, Sport ist Mord und dann noch Sauna und Solarium. Du musst endlich was Vernünftiges für deinen Bauch tun. Du weißt doch, in Bayern sagen sie: Ein Mann ohne Bauch ist ein Krüppel. Und wenn du mal krank bist, du hast ja nichts zuzusetzen, so dünn, wie du bist. Und jetzt haste noch nicht einmal ein Alibi wie ich." Linus konnte sich vor Lachen kaum einkriegen.

Hannes kam eigentlich mit dem manchmal etwas derben Humor von Linus ganz gut klar. Aber in diesem Augenblick fühlte er sich ertappt. Nicht, dass er auch schon mal ein Date mit Anna gehabt hätte, aber es fiel ihm sein Spruch von neulich wieder ein: „Die hätte ich auch nicht von der Bettkante geschupst." Obwohl der ihm nur so rausgerutscht war. Aber er hatte seinem tatsächlichen Empfinden entsprochen. Doch seit seiner Krebs-OP …

„Sollte ich da etwa was wissen?", hakte nun auch noch Gerlinde hintersinnig schmunzelnd ein. Sie kannte natürlich das intime Problem ihres Mannes.

„Jetzt weiß ich aber immer noch nicht, wie es Jan Grote geht", unterbrach Nina diesen etwas heiklen Gedankenaustausch der Camper.

„Er bekommt jetzt Medikamente und kann deswegen auch wieder ruhig schlafen", erzählte Lisa. „Aber das beseitigt ja nicht die Ursachen. Da muss noch in der Therapie lange dran gearbeitet werden. Hoffentlich kann das bald auch ambulant gemacht werden, sodass er dann wieder nach Hause kommt. Wann das genau sein wird, wussten die Ärzte aber noch nicht."

„Sagen Sie ihm doch einen schönen Gruß und wir wünschen ihm eine baldige Genesung." Nina wollte die Gelegenheit nutzen, um die Anwesenden nach dem gesuchten Verbrecher zu fragen. „Haben Sie den schon mal hier auf dem Platz gesehen?", fragte sie in die Runde und zeigte das Bild auf ihrem Smartphone rum.

„Ist mir schon auf der Toilette begegnet", sagte Linus.

„Mir auch", ergänzte Hannes. „Ich glaube, der hat aber jetzt einen kahl rasierten Schädel, wie das ja heute so Mode zu sein scheint, und auch keinen Bart mehr."

„Und ich hab ihn mal beim Einkaufen gesehen. Ist ja ein Typ, der auffällt", sagte Hedwig. „Hat der etwa was mit den Ereignissen hier zu tun?"

„Das können wir noch nicht sagen. Aber er könnte für uns ein wichtiger Zeuge sein", flunkerte Nina und musste wieder an den Blitzableiter denken.

„Ach so. Na ja, man macht sich ja schon so seine Gedanken, nach dem, was in der letzten Zeit hier alles auf dem Platz passiert ist", zeigte sich Hedwig etwas beruhigt.

Die Camperfreunde wollten dann von Nina wissen, wie denn der aktuelle Ermittlungsstand sei. Die Beamtin konnte die Besorgnisse ihrer Gastgeber durchaus verstehen und versuchte diese möglichst zu zerstreuen. Allerdings durfte sie auf gar keinen Fall die tatsächlichen Ermittlungsergebnisse preisgeben. Aber das war für sie gelebter Alltag. Nicht nur die Presse, auch das persönliche Umfeld war an solchen sensiblen Informationen immer brennend interessiert. Sie war aber dann doch froh, als sie endlich Berts Wagen neben dem Pavillon hörte und sie so dem Privatverhör entkommen konnte, zu dem sich das Gespräch inzwischen mehr und mehr entwickelt hatte. Wobei sie durchaus die Befürchtungen gerade dieser drei Rentnerehepaare wegen der unmittelbaren Nähe zum Geschehen gut nachvollziehen konnte.

Auch Bert wurde freudig begrüßt. Der obligatorischen Tasse Kaffee entkam er nur mit dem Versprechen, nachher noch gerne einen Kaffee trinken zu wollen, bevor er sein Auto abholen würde. Er hatte eine große neutrale Einkaufstasche mitgebracht. „Du wolltest was zum Anziehen haben", mit den Worten übergab er Nina die Tüte.

„Kann ich mich vielleicht in einem Ihrer Wagen eben mal etwas umziehen?", fragte sie in die Runde.

„Die Tür steht auf", antwortete Lisa und zeigte auf ihren Camper.

„Sie haben wohl etwas Schützendes untergezogen?", fragte Hannes mit einem wissenden Grinsen im Gesicht, als sie wieder rauskam. „Ist wohl doch nicht so harmlos, Ihr Besuch heute, oder?"

„Reine Vorsicht. Sie kennen das ja, immer die Vorschriften", versuchte Bert das zu bagatellisieren. Was ihm offensichtlich auch gelang, wie das zustimmende und verständnisvolle Nicken der Camper zeigte.

Die beiden Beamten schlenderten wie Spaziergänger in Richtung des Stellplatzes des Entführers. Am liebsten hätten die

Männer von der Wagenburg sie begleitet. Zumal Linus genau zu wissen glaubte, welcher Wagen dem Mann auf der Zeichnung gehörte. Außerdem war auch er inzwischen nicht so ganz überzeugt davon, dass es da nur um eine Zeugenbefragung gehen würde. Insbesondere, nachdem auch ihm nicht entgangen war, dass Nina eine Schutzweste unter ihre Windjacke anzogen hatte.

Schon beim nächsten Abzweig zum Strand hin stand auf dem dritten Platz, auf der linken Seite, der Campinganhänger mit WHV, den die Polizisten suchten. Daneben parkte ein Pkw ebenfalls mit einem WHV-Kennzeichen, der mutmaßlich dem Platzinhaber gehörte. Nina und Bert verständigten sich mit Blickkontakt. Zunächst taten sie so, als wenn sie an dem Wagen vorbei weiter in Richtung Strand schlendern wollten. Auf Höhe der Eingangstür des Campers waren die beiden mit zwei bis drei Sprüngen links und rechts neben der Tür postiert.

Nina klopfte an die Tür. Es rührte sich aber nichts. Nach wiederholtem Klopfen rief sie: „Hallo Herr Meier, sind Sie zu Hause? Die Platzverwaltung hätte noch eine Frage zu Ihrer Anmeldung."

Wieder keine Reaktion. Bert hatte inzwischen seine Pistole, die er bereits im Auto durchgeladen und gesichert hatte, gezogen und entsichert. Dann gab er Nina das Zeichen zum Öffnen der Tür. Eigentlich gingen die Kommissare davon aus, dass diese abgeschlossen sein würde. Daher waren sie sehr überrascht, dass sich die Tür öffnen ließ.

Bert war sofort mit vorgehaltener Pistole und vorgebeugtem Oberkörper vor die Türöffnung gesprungen, um einen Blick in den Wagen werfen zu können. Nach links hatte er einen freien Blick ins Wageninnere und sah dort eine Person vor einem Hängeschrank auf dem Boden liegen. Das blutige Einschussloch auf der oben liegenden kahl geschorenen Schädelrückseite war nicht zu übersehen. Nach rechts war ihm das Blickfeld durch einen Vorbau, vermutlich das Bad, versperrt.

„Polizei!", sagte er, als er den Wagen betrat, um auch den rechten Teil einsehen zu können. Im Schlafabteil war niemand, ebenso im Bad, wie er durch die offen stehende Tür sehen konnte.

Er steckte seine Pistole wieder ein und zog sich Handschuhe an und Überzieher über seine Schuhe. Nina, die durch einen Blick in den Innenraum auch bereits den Toten gesehen hatte, blieb draußen, um seinen Einsatz gegebenenfalls sichern zu können. Denn es bestand ja die Möglichkeit, dass der Mörder noch in der Nähe war.

Bert fasste dem Mann an den Hals, um seinen Pulsschlag zu prüfen. „Der ist bestimmt schon mehr als einen Tag tot. Eiskalt. Das hier ist Arbeit für Dr. Rabe und Sören mit seinem Team." Dann machte Bert noch schnell ein paar Fotos mit seinem Smartphone, bevor er den Wagen verließ und die Tür schloss.

Nachdem zwei Spaziergänger an ihnen vorbeigegangen waren, sagte er leise zu Nina: „Ein halb volles Glas Bier und eine Flasche stehen auf dem Tisch. Ein leeres Glas liegt neben ihm, das hatte er wohl aus dem offen stehenden Schrank gerade entnommen, als ihn der Schuss traf. Da man bereits mit bloßem Auge Schmauchspuren auf seinem kahlen Schädel sehen kann, gehe ich von einem Nahschuss aus. Außerdem glaube ich, dass er seinen Mörder selbst reingelassen hat und ihm gerade ein Bier anbieten wollte und dazu das Glas aus dem Schrank genommen hat."

Nina wunderte sich nicht darüber, was Bert in dem kurzen Moment bereits alles wahrgenommen und analysiert hatte. Das war seiner jahrzehntelangen Erfahrung im Polizeidienst und seiner schnellen Beobachtungsgabe geschuldet. Trotzdem konnte sie sich eine bewundernde Bemerkung nicht verkneifen. „Bert, ich glaube, du bist schneller, als die Polizei erlaubt."

Beide mussten in diesem Moment lachen. Und es war ein befreiendes Lachen. Der mutmaßliche Entführer von Anna war tot. Für die Beamten also kein Grund zur Trauer und besonderer Pietät. Eher im Gegenteil, wenn das auch der Mörder von Gernot Kaldenbach sein sollte, dann geschah es ihm irgendwo sogar recht, so jedenfalls würde es wohl das sogenannte gesunde Volksempfinden sehen. Für die Kommissare zumindest kein

Anlass für Mitleid mit dem Toten, der hinter ihnen in seinem Blut im Wagen lag.

Als Sören eingetroffen war, informierte er die beiden, dass Dr. Rabe noch eine gute Stunde brauchen würde. Bert wollte aber auf jeden Fall, bevor er zur Dienststelle zurückkehrte, von dem Rechtsmediziner zumindest einen Anhalt für den Todeszeitpunkt haben, weil das für seine nächsten Maßnahmen sehr wichtig war. „Ihr könnt euch ja in der Anmeldung so lange aufwärmen, dann seht ihr auch, wenn er kommt. Hier steht ihr nur im Weg", machte Sören seine Kollegen dezent darauf aufmerksam, dass sie hier im Moment überflüssig waren.

„Da haben wir was Besseres", antwortete Bert grinsend. „Wir sind bei den drei Rentnerpärchen neben dem Platz des ermordeten Kellners." Dann machte er sich mit Nina auf den Weg dorthin.

Auf dem Weg bei der Absperrung hatten sich bereits eine Menge Neugieriger versammelt. Als sie unter dem Absperrband durchschlüpften, rief einer: „Na, Frau Kommissarin, war wohl doch nicht so harmlos, Ihre Zeugenbefragung. Hat da wohl sogar Tote gegeben, oder?" Nina erkannte den Bochumer wieder.

„Es ist zwar traurig, aber selbst im Urlaub kann einen der Schlag treffen. Wir hatten jedenfalls keinen Waffeneinsatz, wenn es das ist, was Sie wissen wollen. Und die Kollegen führen lediglich einige Sicherungsmaßnahmen durch."

„Dat is' ja so aussagekräftig wie 'ne Politikerrede. Sie sollt'n sich für den Bundestag aufstellen lassen."

„Da wird auch besser bezahlt", rief dann ein anderer Mann und alle Umstehenden lachten.

„Lachen ist immer gut", sagte Nina leise zu Bert, als sie an den Leuten vorbei waren.

„Du schienst den ja bereits gekannt zu haben."

„Das hast du treffend bemerkt." Dann erzählte Nina ihm die kurze Geschichte von heute Morgen.

Im Pavillon wurden sie freudig von zwei der Rentner begrüßt.

„Gut, dass ich nicht gewettet habe", sagte Linus dann. „Hätte sogar meinen Hintern verwettet, dass Sie – angesichts des

Aufmarsches hier – sich Ihren Kaffee bestimmt nicht mehr abholen kommen. Aber so kann man sich irren."

„Siehste, nicht mal auf die Polizei ist Verlass", kommentierte Hannes grinsend. „Aber schön, dass Sie sich doch noch etwas Zeit gönnen wollen. Unsere Frauen machen gerade ein bisschen Klarschiff. Und uns fehlt im Moment leider der dritte Mann beim Skat. Aber auch das Würfeln macht zu zweit nicht so richtig viel Spaß."

In diesem Moment trat Lisa in die geöffnete Wohnwagentür. „Die Thermoskanne ist schon gespült. Aber was darf's denn sein? Kaffee Crema, Cappuccino oder Latte macchiato? Wir haben alles an Bord. Und Sie werden sehen, wir Schwaben können auch Kaffee, nicht nur die Sachsen."

„Also, für mich tut's ein Kaffee Crema", antwortete Bert.

„Und für mich darf's ein Cappuccino sein", schob Nina nach.

Als sie beides vor sich stehen hatten und die Frauen auch dazugekommen waren, machte Hannes eine gewichtige Miene. „Ich glaube, ich bin wohl hier in der Runde der Älteste. Also eigentlich gilt hier auf dem Platz das Du. Nun haben wir ja durchaus als ältere Generation noch Respekt vor Ihrem Amt, aber nachdem Sie bei uns nun schon langsam zu gern gesehenen Dauergästen werden, ist es glaube ich an der Zeit, dass wir auch da die Gepflogenheiten des Platzes gelten lassen. Also, ich bin der Hannes."

„Kein Problem", antwortete Bert lachend. „Das gilt bei den Skippern im Hafen auch. Das ist die Nina und ich bin der Bert." Nachdem sich alle vorgestellt hatten, mussten die beiden Kommissare die Geschichte der ‚innerdeutschen Völkerverständigung' in aller Breite über sich ergehen lassen. Da kam bei den Campern die alte Lagerfeuerromantik durch. Wenn die Flamme lodert und das Holz knackt und dann die alten Geschichten zum einhunderttausendsten Mal alte Erinnerungen wieder in die Gegenwart holen … Inzwischen waren die beiden Männer von der Wagenburg auch schon beim Bier angekommen und die Frauen hatten ein Likörchen vor sich stehen. Nur Nina und Bert waren beim Kaffee und Mineralwasser geblieben.

Nina hatte ihren Platz so gewählt, dass sie durch die Folienscheibe der Seitenwand des Pavillons den Hauptweg im Auge hatte, um die Ankunft von Dr. Rabe im Blick zu haben. Als Hannes und Linus gerade mit ihrer Geschichte, die sie gar nicht oft genug zum Besten geben konnten, zu Ende waren, fuhr der Wagen von Dr. Rabe vorbei.

Die beiden Polizisten bedankten sich bei ihren Gastgebern und folgten dem Wagen. Der Bochumer stand immer noch mit ein paar anderen Männern an der Absperrung. Einer der Männer, der sich vorhin schon mal zu Wort gemeldet hatte, empfing die Beamten: „Na, hat der Kaffee bei der Rentnerband geschmeckt? Wir haben hier für Sie aufgepasst. Ihre Leute sind noch fleißig bei der Arbeit und eben ist ein Mann mit 'nem Koffer in dem Wagen verschwunden."

„Vielen Dank für Ihre Mühe", ging Nina auf den Mann ein. „Aber ich bin sicher, unsere Kolleginnen und Kollegen bedürfen keiner Dienstaufsicht. Die sind wie Roboter. Die arbeiten, wenn sie mal eingeschaltet sind, von ganz alleine, bis sie wieder jemand abschaltet."

Alle Umstehenden lachten und der Bochumer kommentierte: „Nich' auf'n Mund gefall'n. Die Kommissarin sollte wirklich in'e Politik gehen."

„Sag ich doch", ergänzte der andere.

Nina nahm den Daumen hoch und rief lachend zurück: „Ich werd's mir überlegen. Vor allem wegen der besseren Besoldung."

Da es im Wagen ziemlich eng zuging, blieben Bert und Nina draußen und schauten von der Tür aus zu, während Dr. Rabe seine Arbeit machte. Nach einer Weile sagte er leise, damit die Draußenstehenden es nicht hören konnten: „Der liegt schon mehr als vierundzwanzig Stunden hier und man fragt sich immer wieder, wie die Schmeißfliegen ihren Weg zu den Toten finden. Aber genauer kann ich das erst nach der Obduktion sagen. Der Einschuss aus nächster Nähe in den Hinterkopf dürfte sofort zum Tod geführt haben, wie die große Austrittswunde an der Stirn vermuten lässt. Ich hoffe, das reicht Ihnen fürs Erste."

Nina und Bert verabschiedeten sich und machten sich sofort auf den Weg ins Kommissariat, wo eine Überraschung auf sie warten sollte.

18. Kapitel

Als die beiden Beamten im Kommissariat die Treppe hochkamen, stand Silke bereits mit gewichtiger Miene am oberen Ende der Treppe.

„Silke, was ist passiert? Noch ein Toter?", wollte Bert wissen, der nichts Gutes ahnte.

„Tot sieht der nicht aus, eher quicklebendig, der Herr vom LKA Hannover. Er kam ganz kurz vor euch. Gerade wollte ich euch auf Handy anrufen, da sah ich eure Autos."

„Oh Gott, nicht schon wieder eine Verstärkung. Die hat uns jetzt gerade noch gefehlt", konnte es sich Nina nicht verkneifen.

„Davon hat er nicht gesprochen. Und der Kollege, der bei dem Wattmordfall hier war und so einen bleibenden Eindruck bei uns allen hinterlassen hat, ist es jedenfalls nicht", feixte die Polizistin. „Er hat nur gesagt, dass er den ersten Kriminalhauptkommissar Bert Linnig dringend persönlich sprechen müsste. Er sitzt in einem unserer Ersatzbüros bei einer Tasse Kaffee. Ich hoffe, das war so okay und in eurem Sinne."

„Absolut, Silke. Es ist schön, dass wir uns auf dich verlassen können", lobte Nina. „Bitte besorge uns für die Besprechung eine Kanne Kaffee wie üblich. Ich fürchte, das kann länger werden."

„Was verschafft uns die Ehre eines solchen Besuches aus dem hohen Haus in Hannover?", eröffnete Bert das Gespräch, nachdem die Beamten am Besprechungstisch in seinem Büro Platz genommen hatten und sich der Kollege als Mitarbeiter der Zentralstelle Organisierte Kriminalität vorgestellt hatte.

Eigentlich ein ganz gemütlich wirkender Typ, mit leichtem Bauchansatz und schon etwas ergrautem Haarkranz, der bereits mehr als die erweiterte Stirn freigibt. Sein rundes Gesicht und das Grübchen im Kinn lassen ihn fast ein wenig schelmisch erscheinen. Aber das kann auch täuschen, dachte Nina bei sich.

„Ihre Fahndung", ging der Mann vom LKA auf Berts Frage ein, „mit der sind Sie uns ganz schön in die Parade gefahren."

„Verstehe ich nicht", zeigte Bert Unverständnis. „Okay, Sie werden mir sicher gleich sagen, wieso ich Ihnen damit in die

Quere gekommen bin. Aber das hätte man doch auch telefonisch oder per Mail klären können."

„Hätte man. Aber ich musste heute sowieso nach Ostfriesland, weil ich später noch einen Termin bei der Polizeiinspektion in Aurich habe. Wie ich vorhin schon sagte, komme ich von der Zentralstelle Organisierte Kriminalität."

„Das habe ich schon verstanden, Herr Kollege. Und das macht mich ja gerade so stutzig. Wir haben hier einen Mordfall im Hafen und zeitgleich die Entführung einer Camperin aufzuklären. Was hat das mit organisierter Kriminalität zu tun?", tat Bert ahnungslos. Von dem Erschossenen sagte er erst einmal nichts.

„Um Ihnen das zu erklären, bin ich hier. Und damit Sie auf Sachstand sind, muss ich etwas weiter ausholen, damit Ihnen nachher auch die Zusammenhänge deutlich werden. Also, die Polizeiinspektion Wilhelmshaven hatte seit einiger Zeit vermehrt Informationen erhalten, die darauf hinzudeuten schienen – ich muss das mal so vorsichtig ausdrücken, weil vieles noch unbewiesene Vermutungen sind –, dass aus dem Hamburger Milieu eine osteuropäische Bande versuchte, in Wilhelmshaven und Umgebung Fuß zu fassen. Nach unseren bisherigen Informationen hatte diese Bande vergeblich versucht, in die Hamburger Szene einzubrechen. Die Hamburger Kollegen konnten dort zwar einen ausgewachsenen Bandenkrieg und Revierkampf rechtzeitig verhindern, es gab sogar einige Verhaftungen, aber an die Köpfe kam man nicht heran. Sie kennen die Abschottungsstrategien der organisierten Kriminalität."

„Das hatten wir erst kürzlich in einem Fall und das hat letztlich zwei Abiturienten aus Köln und zwei junge Menschen hier aus Ostfriesland das Leben gekostet", sagte Nina. Ihr war nicht entgangen, dass Bert aus taktischen Gründen den neuen Toten auf dem Campingplatz erst einmal nicht erwähnt hatte. Jetzt, da feststand, dass dies wohl noch nicht bis zum LKA durchgedrungen war, konnte sie die Katze aus dem Sack lassen. „Aber wo Sie Wilhelmshaven erwähnen, da dämmert mir langsam was. Der Wohnwagen, in dem wir heute den Entführer aus unserer Fahndung von gestern erschossen aufgefunden haben, ist in Wilhelmshaven zugelassen."

„Der Bulgare aus Ihrer Fahndung ist tot?" Nina hatte offensichtlich ins Schwarze getroffen.

„Ob der Bulgare ist, weiß ich nicht. Angemeldet war er unter dem Namen Emanuel Meier. Aber vom Bild her könnte das mit dem Bulgaren schon stimmen, zumal er nur gebrochen Deutsch gesprochen hat, wie ich bei der Campingplatzanmeldung erfahren habe. An der Echtheit des Namens hatte ich auch bereits meine Zweifel. Aber sehen Sie selbst, hier ist eine Kopie seiner Anmeldung."

„Verdammt", entfuhr es dem Beamten vom LKA. „Ich brauche sofort die Einzelheiten zu seinen Todesumständen und dann muss ich telefonieren. Es könnte sein, dass Sie mit Ihrem Fahndungsaufruf sein Todesurteil gesprochen haben."

Bert informierte ihn über den aktuellen Ermittlungsstand. Schließlich schloss er mit den Worten: „Tut mir ja wirklich leid, Herr Kollege, wenn durch unseren Aufruf ein Mensch sein Leben lassen musste, auch wenn es ein Verbrecher war, aber wir hatten ja keine Ahnung und haben einfach nur unseren Job gemacht."

In Bezug auf das „leidtun" musste Nina unwillkürlich wieder an den bayerischen Blitzableiter denken und konnte sich gerade noch ein Grinsen verkneifen.

„Leider muss ich Ihnen insoweit recht geben, dass Sie keine Informationen hatten. Aber Sie wissen ja, wie sensibel es ist, wenn verdeckte Ermittler von uns im Einsatz sind."

Nachdem der LKA-Mann sich alles gründlich angesehen hatte, meinte er: „Also, wenn sich der angenommene Todeszeitpunkt bestätigen sollte, dann war nicht Ihr Fahndungsaufruf das Todesurteil. Denn dann war der ja schon tot, als Sie den Aufruf rausgegeben haben. Aber so wie Sie die Tatumstände vor Ort schildern, sieht das verdammt nach einem Profikiller aus. Es würde mich nicht wundern, wenn Ihre Spurensicherung nicht einen einzigen forensischen Nachweis findet. Kann ich von dem Büro aus telefonieren, in dem ich vorhin auf Sie gewartet habe?"

„Können Sie", antwortete Bert. „Wenn Sie was zu schreiben brauchen, das finden Sie in einer der Schubladen des Schreibtisches."

„Das hat uns gerade noch gefehlt", sagte er dann zu Nina, als der Kollege den Raum verlassen hatte. „Auftragsmord aus der Bandenkriminalität hier bei uns. Da können die uns gleich wieder zur Polizeiinspektion aufstocken, wenn sich hier wie in Großstädten tatsächlich das organisierte Verbrechen niederlässt."

„Das hört sich wirklich nicht gut an, wenn sich eine bulgarische Bande hier bei uns an der Küste breitmacht, weil die in Hamburg nicht den Fuß in die Tür gekriegt haben."

„Ich glaube, was das angeht, dürften die Claims in Hamburg genauso wie in anderen Großstädten bei uns im Land bereits abgesteckt sein", überlegte Bert. „Daher scheint mir das gar nicht so unlogisch zu sein. Wilhelmshaven ist ein wichtiger Tiefwasserhafen, in dem die größten Pötte aus aller Welt direkt anlegen können. Eigentlich ein idealer Tummelplatz für Drogenumschlag."

„Und dann noch – zumindest aus Sicht solcher Ganoven – in der Provinz mit wesentlich geringerer Polizeipräsenz als in einer Großstadt. Vielleicht gerade die Marktlücke, die eine bulgarische Bande für sich entdeckt hat."

„Ich fürchte, dass du mal wieder auf der richtigen Fährte bist", bestätigte Bert Ninas Vermutungen.

Es dauerte eine ganze Weile, bis der Beamte aus Hannover wieder bei Bert am Besprechungstisch saß. Er hatte offensichtlich etliche Seiten eines Blocks mit Notizen vollgeschrieben.

„Also, bringen wir mal ein wenig Struktur in die ganze Angelegenheit. Aber haben Sie bitte aus den vorhin genannten Gründen Verständnis dafür, wenn ich Ihnen auch jetzt nicht alle Details nennen darf. Aber ich werde Sie, zumindest soweit Ihre eigenen Ermittlungen betroffen sind, sehr umfassend informieren können."

„Wir sind schon sehr gespannt, wir haben uns vorhin nämlich auch schon so unsere Gedanken gemacht", sagte Nina.

„Umso besser. Es wird Sie sicher nicht verwundern, wenn ich Ihnen sage, dass es auch in einer Hafenstadt wie Wilhelmshaven bereits eine Drogenszene gab. Und wo Seeleute an Land gehen, gibt es natürlich auch das horizontale Gewerbe. Ich bezeichne das mal als einzelne Gewerke, die aber – Gott sei Dank, muss man hier an dieser Stelle sagen – wohl bislang über keinen gemeinsamen organisatorischen Überbau verfügten. Daher hatten die Bulgaren hier relativ leichtes Spiel. Aber dazu später mehr. Kommen wir zunächst zu Ihrem Mordopfer im Hafen. Sicher wussten Sie nicht, dass der smarte Kellner aus Wilhelmshaven dort in der Drogenszene aktiv war."

„Was der in Wilhelmshaven getrieben hat, davon hatten wir keine Ahnung", bestätigte Bert. „Aber dass der hier bereits von den Kollegen der Drogenfahndung observiert wurde, darüber sind wir inzwischen durch unsere Polizeiinspektion in Aurich informiert worden."

„Na gut, dann kennen Sie ja doch schon einen Teil der Geschichte."

„Wir hatten hier auch schon überlegt, dass es doch durchaus sein könnte, dass seine Hintermänner in Wilhelmshaven davon irgendwie Wind bekamen und sich die Verbindung zu Gernot Kaldenbach elegant vom Hals geschafft haben", ergänzte Bert.

„Herr Linnig, das würde aber bedeuten, dass es bei uns irgendwo eine undichte Stelle geben müsste. So etwas ist zwar generell nicht auszuschließen, aber dafür haben wir im Moment überhaupt keine konkreten Anhaltspunkte. Daher käme für uns eher die Überlegung in Betracht, dass der tote Bulgare sich eines Konkurrenten entledigt hat", erwiderte der Kollege vom LKA.

„Haben Sie denn in Erfahrung bringen können, was zu dessen Ermordung geführt hat?", wollte Nina wissen.

„Da gibt es derzeit nur Vermutungen, denen noch nachgegangen wird. Jedenfalls könnte der Grund seine Entführung der Camperin gewesen sein, mit der er wohl einem Kumpan einen Gefallen tun wollte. Eigentlich hätte er nämlich nach unseren heutigen Informationen nach Bulgarien fliegen und dann mit einem präparierten LKW wieder nach Deutschland zurückfahren sollen. Statt zu fliegen, das Ticket war bereits gebucht gewesen, hat er offensichtlich die Camperin im entwendeten Wagen des Marinesoldaten nach Bulgarien gefahren. Das dürfte kaum im Sinne seiner Auftraggeber gewesen sein. Zumal wenn man berücksichtigt, welche Konsequenzen das letztlich hatte. Denn die von ihm hier entführte Frau hat ihn in Burgas auf Fotos, die ihr von Europol vorgelegt wurden, einwandfrei identifiziert. Das heißt, sein Name war den Ermittlern bereits bekannt und damit wussten wir auch, wer mit dem LKW nach Deutschland gefahren war, den man ausgebrannt auf einem ausgedienten Standortübungsplatz der Bundeswehr bei Rotenburg (Wümme) gefunden hatte. Für seine Bosse also nur noch eine Frage der Zeit, bis wir ihn geschnappt hätten. Deswegen musste wahrscheinlich auch der LKW entsorgt werden."

„Und wie konnten die Gangster an diese ganzen Informationen kommen?", wunderte sich Bert.

„Herr Kollege, im Gegensatz zu der Frage, ob es bei uns hier eine undichte Stelle gegeben haben könnte, gab es entsprechende Hinweise aus Bulgarien. Aber spätestens nach der Akteneinsicht durch findige und teuer bezahlte Anwälte der Verteidigung hätten die Kriminellen auch Bescheid gewusst. So war es wahrscheinlich etwas schneller gegangen."

„Und was passiert jetzt mit dem Toten hier im Campingwagen?", fragte Nina, die schon wieder eine Ahnung hatte.

„Den übernehmen wir. Seinen Wohnanhänger und auch den PKW werden wir nach Hannover überführen lassen."

„Okay", sagte Bert, „aber wie soll es hier weitergehen in Bezug auf unsere Mordermittlung in dem Fall Gernot Kaldenbach? Es könnte ja sein, dass der Bulgare der Mörder ist."

„Wir werden Ihnen natürlich alle forensischen Daten, soweit Sie diese hier nicht bereits durch Ihre Spusi sichern konnten, zur Verfügung stellen."

Nachdem der Beamte aus Hannover sich verabschiedet hatte, sagte Bert: „Wir warten noch auf die Ergebnisse von Sören und dann ist für heute Feierabend. Anna Reiter ist wieder da und in ärztlicher Behandlung. Der tote Kellner wird nicht wieder lebendig, genauso wenig sein mutmaßlicher Mörder. Um den und um dessen Profikiller kümmert sich das LKA. Also läuft uns nichts mehr davon, was noch einen weiteren Abend mit Überstunden erfordern würde."

Es dauerte nicht lange, dann kam Sören. „Einige meiner Leute sind noch am Platz, bis das LKA für den Abtransport gesorgt hat."

Sören und seine Leute gingen davon aus, dass der Ermordete seinen Mörder selbst reingelassen hatte, und bestätigten damit die Vermutung von Nina und Bert. Wie der LKA-Beamte schon vorausgesagt hatte, konnten keine verwertbaren Hinweise auf die Identität des Schützen gefunden werden. Das Geschoss steckte in der Schrankrückwand des Campingwagens. Man ging von einer kleinkalibrigen Waffe, aber mit hoher Durchschlagskraft, aus.

„Viel ist es nicht, was wir für euch haben. Unsere Untersuchungsobjekte gehen ja jetzt nach Hannover und auch der Tote wird nicht in der Gerichtsmedizin bei Dr. Rabe bleiben", schloss Sören seinen Bericht ab.

Bert informierte Sören über seine Feststellung in Bezug auf ein Erfordernis weiterer Überstunden. Sören musste bei der Aufzählung von Bert grinsen. „Dieser Feststellung schließe ich mich gerne an. Und diesmal lade ich euch beide zum Italiener ein."

19. Kapitel

Ein Freitagmorgen, wie ihn sich die vielen Kurzurlauber an der ostfriesischen Wattenmeerküste nicht besser hätten wünschen können. Der Brückentag einiger Bundesländer nach Christi Himmelfahrt lud geradezu zu einem Trip an die See ein. Strahlend blauer Himmel, nur einige kleine Schönwetterwölkchen tummelten sich über dem abfließenden Wasser des jetzt silbrig glänzenden Wattenmeeres. Auf dem Campingplatz in Bensersiel war schon am frühen Morgen geschäftiges Treiben. Vor der Brötchenausgabe im platzeigenen Shop hatte sich eine Schlange gebildet. Aber im Gegensatz zu den Schlangen an den Supermarktkassen in mancher Großstadt sah man hier entspannte, freundliche Gesichter. Man nutzte die Zeit, um die letzten Neuigkeiten des Platzes auszutauschen, von dem tollen blauen Himmel oder der geplanten Fahrt auf eine der Inseln zu sprechen. Es erinnerte eher an das bunte Treiben auf einer Zuschauertribüne bei einem Bundesligaspiel kurz vor dem Anpfiff. Hier war man in freudiger Erwartung auf ein leckeres Brötchen oder Kuchenteilchen gleich beim Frühstück vor dem Camper am Strand, bei herrlichem frühlingshaftem Sonnenschein und einer sanften Brise.

Auch unsere drei Rentnerehepaare saßen unter ihrem Pavillon beim Frühstück. Die Seitenteile waren etwas aufgezogen und sie konnten den Deichschafen beim Grasen zuschauen. Lisa, die schwäbische Frühaufsteherin, war schon beim Bäcker gewesen, bevor sich dort überhaupt eine Schlange bilden konnte. Und sie hatte für die ganze Crew auch die feinen Nordseekrabben und den Matjes nicht vergessen, obwohl sie selbst wohl eher heimische Süßwasserfischspezialitäten bevorzugt hätte. Aber sie hatte heute Morgen eine Flasche Sekt aufgemacht. Gestern war sie bei ihrem Jan gewesen und hatte erfahren, dass er in der nächsten Woche wieder nach Hause auf den Campingplatz kommen würde. Sie strahlte über das ganze Gesicht und ihre Herzlichkeit übertrug sich auch auf die anderen, als diese ihr zuprosteten.

„Jetzt erzähl doch mal, wie geht es denn Jan?", wollte Hannes wissen. „Gestern warst du ja nicht besonders gesprächig, als du zurückkamst. Wir haben uns schon fast ein wenig Sorgen gemacht. Umso mehr freuen wir uns über die gute Nachricht und den Sekt. Aber das hättest du uns doch schon gestern Abend erzählen können. Dann hätten wir uns keine Gedanken machen müssen."

„Jan hat mir gestern zum ersten Mal so einiges aus der Therapie erzählt. Auch von den Bildern, die für ihn zum Trauma geworden sind. Gott sei Dank kann er jetzt darüber reden. Aber damit musste ich selbst erst einmal fertig werden und hab das immer noch nicht ganz verarbeitet. Wenn ich mir vorstelle, dass er, seit er in Somalia geflogen ist, in unzähligen Nächten versucht hat, diese Erlebnisse zu verarbeiten. Daher auch immer seine nächtliche Lauferei ... Jetzt weiß ich auch, warum man das in Bundeswehrkreisen als ‚das unsichtbare Leid' bezeichnet." Lisa musste unterbrechen und sich ein paar Tränchen trocknen. „Aber jetzt wollen wir uns freuen, dass er nächste Woche nach Hause kommt."

„Als wir ihn das letzte Mal zusammen besucht haben, war Jan ja auch nicht besonders gesprächig. Deswegen interessiert mich schon, wie es ihm jetzt geht", konnte auch Linus seine Neugier nicht zurückhalten. „So wie du das erzählst, scheint bei ihm ja irgendwie ein Knoten geplatzt zu sein."

„Ein guter Vergleich. Das hat er selbst auch so bezeichnet. Jetzt weiß er auf einmal auch wieder, was er in der Nacht, als Gernot umgebracht wurde, gesehen hat. Das wäre auf einmal da gewesen, als er gestern Morgen aufgewacht ist."

„Und was hat er gesehen?" Linus platzte vor Neugier.

„Das wollte er mir noch nicht sagen, er wollte erst mit seinem Therapeuten drüber sprechen. Der war gestern wegen des Feiertages nicht da. Ich kenne das ja vom Militär. Da erfährt die Frau als Letzte, dass es demnächst wieder in einen Einsatz geht. Ganz zu schweigen von Einzelheiten zu dem Einsatz, ob und wie gefährlich es da werden kann. Großes Dienstgeheimnis." Eine leichte Bitterkeit war aus Lisas Stimme herauszuhören.

„Hat er denn noch nicht einmal eine Andeutung gemacht?", konnte sich nun auch Hannes nicht zurückhalten.

„Ich sagte doch schon, großes Dienstgeheimnis. Da erfährt selbst die Ehefrau nichts. Und Jan kann da zum mundfaulen Ostfriesen werden. So kennt ihr ihn noch gar nicht. Und je mehr man dann versucht in ihn zu dringen, umso mehr verschließt er sich auch. Was glaubt ihr, was ich mir den Mund fusselig geredet habe, als das mit seinen Alpträumen losging? Erst dieses nächtliche Fernsehen, bis er vor der Kiste eingeschlafen ist. Dann seine Nachtwanderungen."

„Ich hab das ja auch schon mitbekommen, wenn ich nachts mal auf die Toilette musste", mischte sich Hedwig ein. „Als ich das noch nicht wusste und ihn zum ersten Mal mit seinem Fahrradscheinwerfer auf dem Kopf vor eurem Wagen sah, dachte ich, es wäre ein Einbrecher. Aber insgeheim habe ich dich immer bewundert, wie du damit fertigwirst."

„Danke, liebe Hedwig. Wenn wir denn schon mal darüber sprechen, dann kann ich euch gestehen: gar nicht so einfach. Man bekommt das ja mit, wenn er im Schlaf unruhig wird und dann schließlich aufsteht und manchmal für mehr als eine Stunde unterwegs ist. Aber in Bezug auf das, was er hier im Hafen gesehen hat, tappe ich genauso im Dunkeln wie ihr."

„Aber da müsste man doch Bert informieren", wandte Linus ein.

„Dafür wollte er heute selbst sorgen. Das war das Einzige, was er mir dazu verraten hat."

***

Eigentlich hatte Bert schon seit einiger Zeit die Wand im Meetingraum abräumen lassen wollen. Anna Reiter schien auf dem Weg in ein ganz normales, bürgerliches Liebes- und Eheleben zu sein. Ihr Mann war ihr dabei eine wesentliche Stütze. Die beiden waren vor Kurzem im Kommissariat gewesen, um noch einige Protokolle zu unterschreiben und sich zu bedanken. Dabei hatten Nina und Bert erfahren, dass Anna, als sie in die Pubertät kam, vom Stiefvater geschwängert worden war. Ihre Mutter hatte dann bei ihr eine Abtreibung von einem Kurpfuscher vornehmen lassen. Dadurch würde sie, wie sich erst jetzt bei Untersuchungen herausgestellt hatte, keine Kinder bekommen können. Ein Indiz dafür waren wohl auch die damals schon in Berlin festgestellten Vernarbungen.

Für Nina eine emotional sehr belastende Information, wenn sie an ihr eigenes Schicksal und die schlimmen Ereignisse im Zusammenhang mit dem Hinterhalt, in den sie in einem vergangenen Fall geraten war, dachte. Sie empfand es in diesem Moment schon fast als eine Genugtuung, dass sowohl Annas Peiniger als auch ihre Mutter schon längst vor einem ganz anderen Richter gestanden hatten.

Aber irgendetwas hinderte Bert daran, die Entscheidung zum Schließen auch der Mordakte des Kellners zu treffen. Dass Annas Ehemann ein Motiv gehabt haben könnte, war inzwischen für ihn und auch für Nina von rein theoretischem Wert. Zumal sich außer einem Motiv und einer zeitlichen und räumlichen Nähe zum Tatgeschehen keine weiteren Verdachtsmomente ergeben hatten.

Der Kollege vom LKA hatte Wort gehalten und alle relevanten forensischen Nachweise zur Verfügung gestellt. Dabei war aber nichts anderes herausgekommen, als dass der erschossene Bulgare durchaus ein handfestes Motiv gehabt haben könnte, nämlich die Beseitigung eines Konkurrenten im Drogengeschäft.

Andererseits konnte es aber auch sein, dass das Stalking von Isi den Zweck gehabt hatte, den Kellner auf die Seite der osteuropäischen Bande zu ziehen, um ihn dann selbst als Drogendealer zu nutzen. Was dann allerdings wieder eher dagegen spräche, dass der Bulgare als sein Mörder in Betracht kam. Interessanterweise konnte beides gleichermaßen eine Erklärung für seine Anwesenheit im Wohnwagen des Kellners sein, als ihn Anna überraschte. Ebenso schlossen beide Überlegungen nicht aus, dass er gerade mit seiner Komplizin auf der Suche nach Gernots Drogenlager war. Wobei die Frau, nach Annas Beobachtung und wie Sörens Leute dann ermittelt hatten, schon ganz nahe dran gewesen war, als sie sich dort am Hängeschrank zu schaffen machte.

Aber auch für Nina war gerade in diesem Fall die Lösung, dass Annas Entführer auch der Mörder des Kellners sein sollte, zu einfach. Wenn wenigstens ein Krümel, ein Haar oder ein Fingerabdruck belegt hätte, dass es der Bulgare gewesen war. Doch nichts dergleichen. Sie waren x-mal die Akten und Auswertungen durchgegangen. Auch die intensive Zusammenarbeit und der Gedankenaustausch mit Sören und Dr. Rabe, der eigens dazu von Oldenburg nach Wittmund gekommen war, hatten sie hier keinen Schritt weitergebracht.

Als heute Morgen der Anruf von Jan Grotes behandelndem Arzt kam, dass sein Patient dringend um ein Gespräch bitten würde, war auch dies eine positive Nachricht wie bei Anna Reiter. Der Arzt hatte berichtet, dass Jan durch die Therapie gute Fortschritte gemacht habe und dass er nächste Woche schon in eine ambulante Behandlung überführt werden könne. Auf Berts Nachfrage, was es denn so dringend mache, gab der Therapeut nur weiter, was Jan ihm aufgetragen hatte: „Ich soll Ihnen sagen, es duldet keinen Aufschub!"

Die Kommissare waren sofort aufgebrochen. Beide hatten plötzlich so eine Ahnung. Am liebsten hätte Bert das Blaulicht eingesetzt, als es ihm bei dem Freitagsverkehr zu langsam ging. Schließlich saßen sie Jan gegenüber. Auf seinen ausdrücklichen Wunsch blieb sein Therapeut bei dem Gespräch dabei.

Bert wollte eine möglichst entspannte Atmosphäre schaffen, daher sagte er: „Herr Grote, mit Ihrer Burgbesatzung sind wir inzwischen per Du ..."

„Ich weiß, meine Frau war gestern hier", unterbrach ihn Jan. „Ich heiße Jan, wie ihr schon wisst", fügte er dann noch lachend hinzu und reichte den Kommissaren die Hand.

Nachdem auch diese kleine Formalie geklärt war, kam Bert zur Sache: „Jan, es freut uns ungemein, dass du auf dem Weg der Besserung bist, wie uns dein Therapeut schon am Telefon sagte. Aber ich will mich nicht mit langen Vorreden aufhalten. Du hattest bestimmt einen dringenden Grund, uns hierher zu bitten."

„Wohl wahr, Bert! Ich kann mich seit gestern Morgen wieder an die Mordnacht im Hafen erinnern. Was habt ihr denn mit der Aufnahme aus meinem Handy anfangen können?"

„Leider nichts", antwortete Bert. „Erst hatte das Kriminaltechnische Institut einen technischen Defekt vermutet. Aber die Ursache für die schlechte Qualität war viel simpler, die Fotolinse war total mit Fett verschmiert. Da hatte keiner von uns draufgeschaut."

„Wo du das sagst, überrascht mich das nicht. Ich kann mir nämlich jetzt vorstellen, wie das passiert ist." Jan musste lachen. „An dem Abend vor dieser Nacht wollte Linus das professionelle Wenden von einem Schnitzel in der Pfanne meiner Frau nachmachen. Dabei ist das Schnitzel so in das Fett geklatscht, dass dieses überallhin gespritzt ist. Mein Handy hatte auf der Ablage neben dem Herd gelegen. Da aber äußerlich nichts zu sehen war und die Fotolinse durch das kleine Fenster in der Handyhülle etwas tiefer liegt, habe ich auch nicht gesehen, dass da wohl doch ein Spritzer auf meinem Handy gelandet war. Dann habe ich nachts das Handy, so wie es war, von der Ablage direkt in die Tasche meiner Windjacke gesteckt. Das war's."

Auch Bert und Nina mussten lachen. „Oh Mann. Manchmal kann man gar nicht so dumm denken, wie es läuft. Aber jetzt zu deiner Beobachtung", wurde Bert dann wieder ernst.

„Also, ich war tatsächlich in der Nacht unterwegs, wie ihr ja schon vermutet hattet. Ich war vielleicht noch ungefähr fünfzig Meter vom Deichtor entfernt, da hörte ich einen männlichen, markdurchdringenden Schrei, der in ein Stöhnen überging, welches dann abrupt abbrach. Dann hörte ich ein Klatschen vom Hafen her, so als wenn etwas Größeres in das Hafenbecken gefallen wäre. Es war ja alles ruhig, nur der Wind blies einem in die Ohren."

„Das haben wir auf dem Handy gehört", bemerkte Nina. „Nur das Rauschen vom Wind."

„Dann sah ich eine dunkle Gestalt vom Hafen her in Richtung Deichtor laufen. Erst in diesem Moment kam ich auf die Idee, mit meinem Handy eine Aufnahme zu machen. Als ich es dann endlich eingeschaltet hatte, war die Gestalt bereits fast bei einem Kastenwagen angekommen. Der Wagen stand etwas weiter vor dem Deichtor und ich konnte nur die Rückseite sehen. Jedenfalls war der Typ gleich darauf in der Fahrertür des Wagens, die wohl offen gestanden hatte, verschwunden. Unmittelbar danach wurde der Motor gestartet. Dabei sah ich, dass da, wo die Nummernschildbeleuchtung an war, das Nummernschild fehlte. Ich bin dem Wagen dann noch ein Stück hinterhergelaufen. Ich hatte ihn fast eingeholt, bis der durch das Deichtor gekurvt war, aber dann ist der über die Hauptstraße in Richtung Neuharlingersiel verschwunden. Übrigens habe ich dann erkannt, dass das kein Lieferwagen war, wie ich zunächst gedacht hatte, sondern ein älteres Wohnmobil."

„Was war das denn für ein Wagen? Kennst du vielleicht das Fabrikat? Welche Farbe hatte er? Sind dir vielleicht irgendwelche Besonderheiten aufgefallen?", fragte Bert nach.

„Der war hellgrau. Auffällig war der riesige Aufkleber auf der Rückseite des Wagens. So eine eiähnliche gelbe Figur mit einem Auge, wie man die öfter sieht."

Nina musste schmunzeln. „Minions", half sie Jan.

„Genau, so nennt man die glaube ich. Jedenfalls hatte der einen übergroßen Mund, der genau über einem kleinen Fenster an der Wagenrückseite ausgeschnitten war. Das konnte ich genau erkennen, als er unter einer Straßenlaterne durchfuhr. In dem Fenster hing schräg das Nummernschild von dem Wagen. Ich konnte noch einen Buchstaben, F oder E, erkennen und die Nummer 333. Aber was das für ein Fabrikat war, keine Ahnung. Auf jeden Fall nicht das modernste."

„Na, damit hättest du dich ja ausgekannt, wenn ich an deinen neuen schicken Camper denke", kommentierte Bert grinsend. „Aber auch das ist für uns schon ein wichtiger Hinweis."

„Davon kannst du ausgehen, die aktuellen Angebote am Markt habe ich alle erst durch. Und da war so eine Klapperkiste nicht dabei. Und trotzdem meine ich, den schon mal gesehen zu haben. Vielleicht sogar bei uns auf dem Platz, aber mit Sicherheit nicht auf den Saisonstellplätzen. Allerdings, an einen solchen Aufkleber hätte ich mich bestimmt erinnert."

„Vielleicht ist der ja noch nicht so lange dran", überlegte Nina. „Aber eins müssen wir noch klären. Du sprachst von einer dunklen Gestalt, kannst du die vielleicht etwas näher beschreiben, in Bezug auf Größe und Auffälligkeiten? Und wie war das mit dem Schrei? Du sagtest, du hättest einen männlichen Schrei gehört, wie kommst du darauf?"

„Na ja, die Stimme einer Frau ist normalerweise höher. Ich habe ja darüber auch inzwischen nachgedacht. Ihr habt mich doch schon mal nach meinem Pfefferspray gefragt. Ich könnte mir vorstellen, dass jemand genau so schreit, wenn ihm Pfefferspray in Gesicht und Augen gesprüht wird. Das klang so wie ein lang gezogenes ‚oohaaaa…' Und in Bezug auf die Person meine ich, dass es eine ziemlich große und sehr schlanke Person gewesen sein müsste. Es war ja ziemlich wenig Beleuchtung da. Ich vermute, wie gesagt, ein Mann, oder eine sehr große Frau mit sehr dunkler Stimme. Er oder sie trug ein Kapuzenshirt, wie es auch junge Leute aus der Rapperszene gerne tragen, wie man das manchmal im Fernsehen sieht. Ich selbst habe so was auch beim Joggen im Winter unter meiner Windjacke an. Die Kapuze war tief in das Gesicht gezogen, sodass dieses nicht zu erkennen war."

„Okay, Jan. Gibt es sonst noch irgendetwas, was wir wissen sollten?", fragte Bert.

„Im Moment fällt mir nichts ein. Ich bin aber heilfroh, dass meine Erinnerung plötzlich wieder da ist. Wie durch ein Wunder."

„Wunder sind eine Sache des Glaubens und der Kirche. Bei uns in der Kriminalistik findet am Schluss alles zumeist eine ganz einfache Erklärung, ohne jede Mystik. Aber vielleicht hat dein Therapeut ja eine Erklärung."

„Aber nur, wenn der Patient damit einverstanden ist."

„Bin ich ohne jede Einschränkung, Herr Doktor."

„Sie kennen das ja sicher aus Ihrer Rechtsmedizin, dass man manchmal in einer Diagnose bedingende Einschränkungen anmerken muss. Das gilt insbesondere auch im Bereich der menschlichen Psyche. Selbst die beste Analyse lässt uns nicht bis in die letzten Hirnwindungen vordringen. Was auch sicher irgendwo gut ist. Vor einem absolut gläsernen Menschen möge uns die moderne Entwicklung der Diagnostik bewahren."

„Auch für mich eine absolute Horrorvorstellung", pflichtete ihm Nina bei, „obwohl gerade wir Kriminalisten uns das oft wünschen würden, wenn uns findige Winkeladvokaten daran hindern, eine Straftat einem Verbrecher rechtssicher nachweisen zu können."

„Kann ich durchaus nachvollziehen. In Bezug auf Herrn Grote haben wir eine fast klassische posttraumatische Belastungsstörung diagnostiziert. Auf die Einzelheiten will ich hier an dieser Stelle gar nicht eingehen, sondern mich auf die Ereignisse in der besagten Nacht beschränken. Wenn ich mir die Situation vorstelle, wie sie Herr Grote Ihnen und mir geschildert hat, dann könnte dieser Schrei eines Menschen in höchster Not bei ihm einen posttraumatischen Schub ausgelöst haben. In so einem Fall weigert sich das Gehirn, vereinfacht gesprochen, eine belastende Situation in das Bewusstsein dringen zu lassen. Der Betreffende funktioniert zwar wie eine Maschine, kann sich aber später an nichts erinnern. Durch unsere therapeutischen Maßnahmen haben wir diese Blockade offensichtlich aufgelöst, sodass nunmehr für den Patienten alles wieder präsent ist."

Nina und Bert bedankten sich und baten Jan, bei Gelegenheit im Kommissariat vorbeizuschauen und das Protokoll ihres jetzigen Gespräches zu unterschreiben. Dann hatten die beiden es sehr eilig.

20. Kapitel

Micha war gegen Mittag mit seinem Mountainbike von Bensersiel nach Schillig, dem Nordostende der friesisch-ostfriesischen Wattenmeerküste, aufgebrochen. Ein solches Kaiserwetter musste man einfach für eine Radtour an der Küste entlang nutzen. Dabei war er immer bemüht, auf der Deichkrone zu bleiben, um den tollen Blick auf das in der Sonne glänzende Wattenmeer und die Inseln genießen zu können. Überall war das nicht möglich und er musste auch manchen Weidezaun übersteigen, was manchmal mit einem blökenden „Möö" der Deichschafe bedacht wurde, die sich von ihm gestört fühlten.

Dann aber erhielt er eine Lektion und er wusste, warum hier der Durchgang mit Warnschild gesperrt war. Er hatte gerade sein Rad über einen Zaun gehoben und war schon mit einem Bein auch über das Drahtgeflecht gestiegen, da kam ein großer Hund mit gebleckten Zähnen und lautem Gebell über die Deichkante gestoben. Micha hatte gerade Zeit, auch sein Rad noch in Sicherheit zu bringen, dann war er auch schon da. Auwei, dachte er, wenn der meinen Hintern oder mein Bein zu fassen gekriegt hätte.

Am Strand in Schillig schaute er eine ganze Welle dem Schiffsverkehr auf den Schiffsrouten nach Wilhelmshaven und etwas weiter in der Ferne nach Bremerhaven zu. Und da waren sie wieder, seine Gedanken. Am liebsten wäre er jetzt auf einem der großen Pötte gewesen, die auf dem Weg in die weite Welt waren. Er war hin- und hergerissen. Am liebsten ganz weit weg und dann doch wieder nicht. Liebe sollte doch eigentlich schön sein. Aber warum musste sie dann so wehtun? Ein paarmal, mit seinem Auto auf der Straße, hatte er sich schon vorgenommen, der nächste Brückenpfeiler oder Baum ist meiner. Aber dazu war er zu feige. Eine Erkenntnis, die nicht gerade zu einer besseren Stimmung beitrug.

Dabei hatte er gehofft, dass das schöne Wetter, die tollen Ausblicke auf die Inseln und die Weite des Meeres ihn auf andere Gedanken bringen würden. Aber mit den ausfahrenden Schiffen war nicht nur seine Sehnsucht nach Flucht geweckt worden, sondern auch seine Gedanken wieder da. Gedanken, die er am liebsten ganz tief vergraben hätte. Und wenn er in Bensersiel war, hatte er immer ganz viel Zeit. Eigentlich viel zu viel und zu wenig Ablenkung. Deswegen war er immer, wenn das Wetter es zuließ, mit dem Rad unterwegs.

Auf so einer Radtour war dann der Weg sein Ziel. Er war schon bis in die Krummhörn nach Greetsiel gefahren und hatte auch schon bei der Seehundestation in Norden Halt gemacht. Auch in Emden, Leer und Aurich war er schon gewesen. Inzwischen war es Nachmittag und er näherte sich Harlesiel. Dort wollte er beim Wattkieker eine Rast einlegen und sich ein Eis gönnen.

In seinem Wohnmobil wartete ja keiner auf ihn, höchstens sein Fernseher, den er erst vor Kurzem angeschafft hatte, mit der Schüssel und einem Sky-Anschluss. Damit konnte er sich wenigstens etwas die Zeit vertreiben, bis seine Süße endlich von der Arbeit zu ihm kommen würde. Bis dahin verzehrte er sich immer vor Sehnsucht.

Aber zu Hause war es noch viel schlimmer. Es waren die Gedanken: Was macht sie gerade, mit wem trifft sie sich? Die Eifersucht fraß ihn geradezu auf. Manches Mal hatte er sich dann einfach auf seiner Arbeitsstelle krankgemeldet und war ohne Voranmeldung hierhergefahren. Bei solchen Kontrollfahrten stellte er sein Wohnmobil immer auf einem abgelegenen Parkplatz in der Nähe von Bensersiel ab. Von da nahm er dann sein Rad, um zu sehen, wo seine Süße nach der Arbeit hinging. Aber sie war immer treu und brav mit ihrem Fahrrad nach Westbense in ihre Ferienwohnung gefahren. Manchmal zusammen mit ihrer Freundin, mit der sie sich die Wohnung teilte.

Bis auf die eine Nacht. Da war sie mit einem ihrer Kollegen zum Campingplatz gegangen. Er war beiden von Weitem gefolgt. Dann hatte er neben dem Wohnwagen gestanden und gelauscht. Und schließlich kamen die Geräusche und Laute, die er nur zu gut kannte, wenn seine Süße ihren Gefühlen freien Lauf ließ. Es hätte ihm fast das Herz rausgerissen. Am liebsten wäre er in den Wagen gestürmt und hätte beide erwürgt. Kein

Auge hatte er später in seinem Wohnmobil zugetan. Es fraß ihn buchstäblich auf. Und dann hatte er auf einmal gewusst, was zu tun war.

„Mein Gott, ich tue Ihnen doch nichts. Ich wollte doch nur wissen, ob ich den leeren Becher abräumen kann", riss ihn die junge Frau vom Service des Wattkiekers aus seinen Gedanken.

„Tschuldigung. Na klar."

Sie warf ihm einen freundlichen Blick zu, nahm den Becher, wischte den Tisch ab und verschwand wortlos.

Micha schwang sich auf seinen Drahtesel und machte sich auf in Richtung Neuharlingersiel. Er hatte Hunger bekommen nach dem süßen Eis. Daher holte er sich dort im Hafen noch ein Matjesbrötchen und ließ sich noch ein weiteres einpacken. Und dazu nachher ein schönes Bier, dachte er. Bis Bensersiel waren es keine zehn Kilometer mehr.

***

Die meisten Camper nutzten heute das tolle Wetter für einen Tag am Strand. Gegen fünfzehn Uhr hatte das Wasser den Höchststand erreicht, aber zum Baden war es noch nicht die Jahreszeit. Nur ein paar Surfer hatte es in ihren Neoprenanzügen rausgezogen. Andere hatten wohl gerade ihre Tee- oder Kaffeestunde in oder vor ihrem Camper oder in einem der Cafés hinter sich, als Nina und Bert vor die Schranke bei der Anmeldung des Campingplatzes in Bensersiel fuhren.

Hinter der Rezeption saß die junge Frau, die Nina schon kannte. Sonst hielt sich dort im Moment niemand auf.

„Was kann ich denn heute für Sie tun", wurden die beiden Kommissare freundlich begrüßt. „Wenn Sie kommen, wird es ja meistens aufregend hier bei uns auf dem Platz. Und wenn ich Ihren Gesichtsausdruck richtig deute, suchen Sie mal wieder jemand."

„Sie sind wohl eine Hellseherin", sagte Bert lachend. „Genau das."

„Haben Sie wieder ein Bild für mich?"

„Nein", antwortete Nina, „diesmal leider nicht. Wir suchen ein Wohnmobil."

„Oh, davon haben wir ganz viele. Welches soll es denn sein?", fragte die Platzangestellte feixend.

„Ein älteres Modell, hellgrau. Besonderheit: auf der Rückseite ein Minion", antwortete Bert.

„Bis vor Kurzem hätte ich damit dienen können. Jetzt kann ich Ihnen nur den gleichen Wagen, allerdings ohne Minion, anbieten. Der hat am Mittwochabend eingecheckt."

„Ich glaube, dann haben wir schon genau das, was wir suchen", stellte Nina erfreut fest. „Wie heißt denn der Fahrer und wo finden wir den?"

„Also Micha heißt er mit Vornamen. Er ist der Freund von Nelie, die in der Saison im Waterkant bedient." Sie suchte im PC und wurde auch gleich fündig: „Micha Feger, aus Iserlohn. Ich glaube, da kommt Nelie auch her."

„Haben Sie auch das Kennzeichen von seinem Wagen?", hakte Bert nach.

„MK MF 333. Aber jetzt kommt es mir erst. Gernot Kaldenbach war doch der ermordete Kellner aus dem Waterkant. Hat das etwa was miteinander zu tun?"

„Im Moment suchen wir nur diesen Wagen und seinen Fahrer. Wir müssen da was klären", antwortete Nina, ohne auf die Frage der jungen Frau einzugehen. „Wissen Sie, ob Micha Feger auf dem Platz ist?"

„Der ist heute Mittag mit seinem Rad auf Tour gegangen. Das macht der öfter, wenn der hier ist. Was soll er denn sonst auch den ganzen Tag machen? Die Nelie hat ja von mittags bis abends spät Dienst. Für mich wäre das kein Job. Mein Freund würde mir was erzählen, wenn der jeden Abend alleine zu Hause sitzen müsste." Dann stand sie auf und zeigte den Beamten auf dem Lageplan den Platz des gesuchten Wohnmobils.

„Wie lange ist der denn in der Regel auf Tour?", wollte Bert wissen.

„Also, hier ist es ja nicht immer so ruhig bei der Anmeldung wie heute, wie Sie selbst ja schon bemerkt haben. Deshalb kriege ich nicht alles mit, wer da kommt und wer da geht. Aber einmal habe ich es zufällig mitbekommen. Da muss er wohl mindestens fünf Stunden unterwegs gewesen sein."

„Dann müsste er ja eigentlich bald zurückkommen", stellte Nina nach einem Blick auf ihre Uhr fest. „Würden Sie uns bitte auf den Platz lassen? Wir werden bei seinem Wagen auf ihn warten."

„Sehe ich das richtig, dass ich ihm nicht sagen soll, dass Sie ihn bereits erwarten?"

„Das sehen Sie goldrichtig. Soll doch eine Überraschung werden", erwiderte Bert mit einem Augenzwinkern.

„Gut, dass wir bis dahin nicht laufen müssen, das ist ja ganz am Ende vom Platz", sagte Nina, als sie ins Auto stiegen.

„Oh, wir werden schon erwartet", stellte Bert schmunzelnd fest.

Mitten auf dem Fahrweg stand Hannes mit einem Handtuch um den Hals. Er war gerade vom Wasch- und Toilettenhaus auf dem Weg zu seinem Wohnwagen und hatte offensichtlich den Zivilwagen der beiden Polizisten erkannt.

„Mit dem Nachmittagskaffee sind wir eigentlich schon fertig, aber für Sie hat die liebe Lisa sicher noch einen in ihrer Supermaschine", begrüßte er sie lachend.

„Warum eigentlich nicht", sagte Bert zu Nina. „Wir haben vom Pavillon aus doch den ganzen Zufahrtsweg im Blick. Das passt doch super."

Nina fuhr ihren Wagen diesmal nur etwas auf die Seite, dann stiegen sie aus.

„Moin Hannes. Na, so eine Einladung lassen wir uns doch nicht entgehen", begrüßte sie ihn dann. „Könnte aber sein, dass wir auf einmal ganz schnell aufbrechen müssen."

„Kein Problem, Kaffee kommt gleich, Kaffee Crema und Cappuccino", rief Lisa. „Ihr seht, uns entgeht hier nix. Irgendwie hatte ich heute noch mit euch gerechnet. Jan hat mit mir telefoniert und mir alles erzählt. Aber kommt erst einmal rein."

Inzwischen waren auch Gerlinde, Hedwig und Linus zum Pavillon gekommen. Den Tisch hatten die Frauen gerade abgeräumt. Man konnte von der Temperatur her noch gut draußen sitzen. Im Nu stand der Kaffee für Nina und Bert auf dem Tisch, dazu noch eine Tortenplatte mit dem restlichen Kuchen.

Die beiden Beamten hatten gerade ihr Stück Torte aufgegessen, da sagte Nina: „Vielen Dank, ihr Lieben, aber ich glaube, die Pflicht ruft."

Die Kommissare verabschiedeten sich gerade von der Burgbesatzung, als der Mountainbike-Fahrer an ihnen vorbeifuhr. Er schien kaum Notiz von ihnen zu nehmen. Sie warteten im Auto, bis er in den Seitenweg zum Strand zu seinem Stellplatz abgebogen war. Dann startete Nina. „Zugriff?", fragte sie.

„Zugriff! Der Wagen passt, das Nummernschild passt, ein Motiv hat er auch, sogar der Klassiker, Eifersucht. Also Zugriff!"

Als sie am Standplatz des hellgrauen alten Wohnmobils stoppten, hatte der Radfahrer gerade sein Mountainbike an der Seite des Wagens abgeschlossen. Bevor er wusste, wie ihm geschah, waren die beiden Polizisten bei ihm. Nina sicherte und Bert zeigte ihm seinen Ausweis und stellte sich vor. „Micha Feger?", fragte er dann.

„Ja." Der Angesprochene schaute etwas irritiert.

„Sie sind vorläufig festgenommen. Sie sind verdächtig, den Kellner Gernot Kaldenbach ermordet zu haben", spulte Bert seinen Spruch ab.

„Ich weiß gar nicht, wer das sein soll." Man merkte ihm seine Unsicherheit deutlich an.

„Das erklären wir Ihnen auf dem Kommissariat", war die lapidare Antwort von Bert, dann klickten die Handschellen. Im Nu war der ganze Spuk vorbei und der Verdächtige saß im Zivilfahrzeug der Beamten. Bert alarmierte Sören und informierte ihn grob über die Festnahme und die wichtigsten Erkenntnisse. Dann hieß es warten, bis die Spurensicherung eingetroffen war, denn sie konnten das Wohnmobil nicht ohne Aufsicht einfach stehen lassen.

Nach etwa einer halben Stunde traf die Kolonne der Spezialisten ein. Bert übergab Sören Smartphone und Wagenschlüssel des Verdächtigen.

„Das Smartphone nimmst du am besten gleich mit und lässt von meinen Leuten ein Bewegungsprofil erstellen. Dann habt ihr gleich was in der Hand, wenn ihr ihn nach seinem Alibi fragt", sagte Sören. „Den Rest erledigen wir hier."

Dann machten sich Nina und Bert mit ihrem Gefangenen auf den Weg nach Wittmund. Im Kommissariat übergab Bert den Mann an Kollegen zur erkennungsdienstlichen Erfassung. Danach wurde er in eine Zelle gebracht. Allzu lange mussten sie nicht warten, dann kam Sören bereits mit ersten Ergebnissen.

„Meine Leute brauchen noch eine Weile. Wir werden den Wagen dann herbringen lassen. Der von euch Festgenommene scheint nicht damit gerechnet zu haben, dass wir ihm auf der Spur sind. Das Pfefferspray der infrage kommenden Marke lag in seinem Handschuhfach. Ein Kapuzenshirt haben wir in einem Haufen dreckiger Wäsche gefunden. Wenn wir Glück haben, dann stammen die Flecken an dem einen Ärmel von Blut, welches beim Waschen nicht ganz rausgegangen ist. Uns kann solche Schlampigkeit ja nur recht sein. Aber der Hammer kommt noch."

„Sag bloß, ihr habt das Mordwerkzeug?" Nina konnte es nicht fassen. „Würde mich bei dem nämlich nicht wundern. Der Allerhellste scheint er jedenfalls nicht zu sein."

„Du sagst es. Innen lagen direkt neben der Tür zwei Ziegelsteine. Die brauchte er wohl, weil die Handbremse nicht funktioniert. Einer meiner Techniker meinte, dass sich das so anfühlt, als ob das Seil gerissen sei. Jedenfalls hat der diese Steine vermutlich dazu benutzt, um den Wagen bei abschüssigem Untergrund zu sichern. Und ihr werdet es nicht glauben, an dem einen Stein waren Haar- und Blutreste. Ich bin kein Hellseher, aber ich bin sicher, die stammen von dem Ermordeten. Ach ja, und von dem Minion-Aufkleber sind die Umrisse noch erkennbar. Auf die Idee, dass so ein Aufkleber etwas auffällig ist, muss er wohl schon gekommen sein, sonst hätte er den ja wohl nicht entfernt. Aber er hat weder die Schmutzränder noch die Klebereste entfernt. An dem Fensterrahmen war sogar noch ein Rest von dem Aufkleber selbst dran."

Sören wollte gerade gehen, da kam einer seiner Mitarbeiter mit einer Liste. „Hier das Bewegungsprofil. Zur Tatzeit war er im Umfeld des Tatortes, sogar schon einen Tag davor. Nach der Tatzeit ist er sofort auf kürzestem Weg nach Iserlohn gefahren."

„Dann fehlen uns nur noch die Untersuchungsergebnisse der Haar- und Blutreste, die wir sichergestellt haben, dann ist die Indizienkette lückenlos", stellte Sören fest.

„Sogar in Bezug auf ein Motiv", ergänzte Nina. „Nach Aussage des Wirtes war im Kollegenkreis nicht verborgen geblieben, dass seine Freundin Nelie Sundermann mit dem Ermordeten eine sexuelle Beziehung gehabt hat. Wenn er schon einen Tag vor dem Mord hier war, dann hat er das wohl selbst herausgefunden und den Mord sogar geplant."

„Das könnte sein", sagte der Kollege, der die Auswertung des Handys vorgenommen hatte. „Nach dem Bewegungsprofil war er am Tag davor bis vor Mitternacht einige Kilometer vom Tatort entfernt. Dann hat er sich einige Stunden dort unmittelbar aufgehalten und ist dann an den vorherigen Ort zurückgekehrt."

„Er hat ja ein Fahrrad. Vielleicht hat er sein Wohnmobil irgendwo versteckt auf einem Parkplatz stehen lassen und dann heimlich seine Freundin und ihren Kollegen beobachtet."

„Das könnte eine schlüssige Erklärung sein", bestätigte Sören, bevor er ging.

Bert hatte den vorläufig Festgenommenen in den Verhörraum bringen lassen. Dann ging er mit Nina dort hin. Aus Fernsehfilmen hatte Micha die Erkenntnis gewonnen: Einen Anwalt zu verlangen und von dem Recht auf Aussageverweigerung Gebrauch zu machen, kommt schon fast einem Schuldgeständnis gleich. Daher lehnte er einen Anwalt ab. Obwohl er heute Nachmittag noch fast reumütige Gedanken gehabt hatte, ging er davon aus, dass man ihm nichts wirklich würde nachweisen können.

Schließlich hatte er noch in der Mordnacht ab etwa vier Uhr mit einigen Kumpels in der Disse in Iserlohn etliche Bier getrunken. Gegen fünf war er mit einem anderen Gast in Streit geraten und hatte dem ein blaues Auge verpasst, worauf der Wirt die Polizei kommen ließ. Ein wasserdichteres Alibi gab es doch gar nicht, sogar von der Polizei selbst. Jedenfalls dachte er das.

Und dann kam die Frage, auf die er schon gewartet hatte und auf die er sich bestens vorbereitet glaubte, nämlich wo er sich zur Tatzeit aufgehalten habe.

„Zu Hause in Iserlohn, wo sonst? Ich war mit Kumpels in der Disco. Da können Sie sogar Ihre Kollegen in Iserlohn fragen, die haben dort in der Nacht meine Personalien aufgenommen, weil da irgend so ein Vollpfosten einen Streit mit mir angefangen hatte."

Vor der Vernehmung hatten die Kommissare in der Datenbank geforscht. Micha Feger war bereits mehrfach erfasst worden. Jedes Mal im Zusammenhang mit Körperverletzung, weil angeblich der von ihm dabei Angegriffene seiner Freundin zu nahe gekommen war. Für die Kommissare war das ein Indiz dafür, dass Eifersucht bei ihm Aggressionen auslöste.

Sie unterbrachen das Verhör und Nina ging telefonieren. Nach kurzer Zeit kam sie zurück. „Um fünf Uhr sechsundzwanzig sind Ihre Personalien aufgenommen worden."

„Na also, dann müssen Sie mich sofort wieder freilassen", verlangte Micha.

Bert zog aus der Mappe die Auswertung des Kollegen der Forensik hervor. „Nach dem Bewegungsprofil Ihres Handys waren Sie am Abend vor dem Mord bereits im Raum Bensersiel. Vor und nach Mitternacht haben Sie sich dann für zwei bis drei Stunden in unmittelbarer Nähe des Tatortes aufgehalten. Am nächsten Tag waren Sie genau zur Tatzeit am Tatort und sofort danach auf dem Weg nach Iserlohn, wo Sie gegen vier Uhr angekommen sind."

„Hä? Wie wollen Sie denn das so genau wissen?"

„Wie gesagt, das steht im Bewegungsprofil Ihres Handys."

Man sah, wie es in seinem Gehirn arbeitete. Er hatte sich doch alles so genau zurechtgelegt. Das mit seinen Kumpels und dann die Schlägerei. Langsam dämmerte ihm, warum in den Krimis zum Beispiel die Profikiller immer Wegwerfhandys benutzten. An so was hatte er natürlich nicht gedacht. Wie hätte er auch? Bis zu dem Abend, als er Nelie im Wagen dieses Kellners lustvoll hatte stöhnen hören, wäre ihm so was ja auch gar nicht in den Sinn gekommen. Höchstens mal eine saftige Abreibung. Aber das hätte bei Gernot für ihn ein Schuss nach hinten werden können. Von Nelie wusste er, dass der in Wilhelmshaven in der Disco auch als Rausschmeißer gearbeitet hatte. Da hätte er wohl schlechte Karten gehabt. Deswegen war ja auch das Pfefferspray zum Einsatz gekommen. Na ja, und für die Abreibung der Ziegelstein. Und der Tritt ins Kreuz, der für den Nebenbuhler im Hafenbecken geendet hatte, war der Erinnerung an Nelies Lustgestöhne vom Vorabend geschuldet. Tat ihm aber auch jetzt noch nicht wirklich leid.

„Herr Feger, ich denke, es ist für Sie an der Zeit, ein umfassendes Geständnis abzulegen, das könnte sich für Sie strafmindernd auswirken", riss ihn Nina aus seinen Gedanken.

„Ich glaube, ich brauche doch einen Anwalt." Vielleicht konnte der ihn ja noch raushauen, wie er das schon oft in den Filmen gesehen hatte. Dabei übersah er in seiner Einfalt allerdings die Tatsache, dass dies hier kein Film war.

Bert ließ ihn in seine Zelle zurückbringen und telefonierte mit einem der Pflichtverteidiger, da Micha keinen eigenen Anwalt benannt hatte. Dieser hatte für nächsten Morgen zugesagt.

Nina und Bert waren früh zum Dienst erschienen und der Anwalt saß zur Einsichtnahme in die Akte im Verhörraum. Diese war noch in der Nacht durch einen Haftbefehl und eine Blutgruppenbestimmung von den sichergestellten Sachen ergänzt worden, die eine Übereinstimmung mit der Blutgruppe des Ermordeten ergeben hatte. Die DNA-Vergleiche liefen noch.

Als der Anwalt fertig war, bat er, den Häftling zu holen, damit er zunächst mit ihm allein sprechen konnte. Es war ein heftiges Gespräch, wie die Kommissare durch die Scheibe beobachten konnten. Offensichtlich war Micha Feger uneinsichtig, denn er schüttelte immer wieder den Kopf und man sah ihm an, dass ihn das alles geistig zu überfordern schien. Dann endlich bat der Anwalt Bert und Nina dazu.

„Es war zwar eine schwere Geburt, aber er wird ein umfassendes Geständnis ablegen. Die Indizien sprechen ihre eigene Sprache, sodass wir davon ausgehen können, dass auch die noch ausstehenden DNA-Vergleiche nur noch die Bestätigung dessen bringen, was schon als Erkenntnis vorliegt."

Nach seinem Geständnis wurde Micha Feger zur Untersuchungshaft in eine JVA überstellt. Für Bert Linnig und sein Team war damit der Fall endgültig abgeschlossen. Der Rest war Sache der Justiz.

„Dann war es doch nicht der Bulgare", meinte Nina. „Damit steht aber auch fest, dass Isi mit Unterstützung oder eher sogar im Auftrag des Schnauzers den Kellner mit ihrem Stalking weichkochen wollte. Wenn die beiden sein Drogenlager gefunden hätten, wäre das noch ein zusätzliches Druckmittel gewesen."

„Wohl wahr, obwohl es lange Zeit alles ganz anders aussah", bestätigte Bert. „Jedenfalls war der Bulgare ein Hochkrimineller. Und irgendwie bin ich sogar froh, dass die Suche nach dessen Mörder nicht in unseren Zuständigkeitsbereich fällt."

„Sehe ich auch so, Bert. Wozu haben wir LKA, BKA und Europol. Für uns wird es langsam Zeit, dass wir uns auch mal wieder um das Private kümmern. Ich habe mich ja fast schon an das Untermieterdasein in deiner Wohnung gewöhnt, aber ein Dauerzustand ist das nicht. Außerdem ist die Mietzahlung für zwei Wohnungen, von denen nur eine genutzt wird, nicht gerade die klügste Form der Geldverschwendung."

„Denkst du etwa an das Häuschen in Carolinensiel?" Berts Herz machte einen Freudensprung.

Seit den schlimmen Ereignissen, die Nina fast das Leben gekostet hätten, war dies ein heikles Thema. Gerade dieses Häuschen, in das sie sich beide vom ersten Augenblick an verliebt hatten, war für sie mit sehr vielen Emotionen verbunden. Dort hatten sie schon ihr noch ungeborenes Kind in dem lauschigen Garten und im Sandkasten spielen sehen.

Doch das Leben ist kein Wunschkonzert. Aber selbst hartgesottene Kriminalbeamte haben ein Gefühlsleben.

„Genau das Häuschen meine ich, Bert. Die Vermieterin Gerda Hinrichs nutzt es ja immer noch als Ferienhaus, in der Hoffnung, dass wir uns doch noch dafür entscheiden. Du weißt ja, sie sähe gern, wenn sie die Polizei in ihrer Nachbarschaft hätte. Ich habe sie kürzlich zufällig getroffen. Davon habe ich dir noch gar nicht erzählt. Wir könnten schon nach der diesjährigen Hauptferiensaison dort einziehen."

Bert war sprachlos. Er hatte die Hoffnung eigentlich schon fast aufgegeben. Sie waren in seinem Dienstzimmer allein und so nahm er seine Nina in den Arm, drückte sie mit seinen kräftigen Armen, dass ihr fast die Luft wegblieb, und gab ihr einen zärtlichen Kuss.

Liebe Leserin, lieber Leser,

es freut mich sehr, dass mein Ostfrieslandkrimi „Campermord in Bensersiel" Ihr geschätztes Interesse gefunden hat. Noch mehr würde es mich natürlich freuen, wenn Sie durch die Lektüre meines Buches durchgehend eine spannende Unterhaltung gefunden haben.

Dann wäre ich Ihnen für eine Rezension oder eine Rückmeldung per E-Mail (rolf-uliczka@ewetel.net) sehr dankbar. Auch konstruktive Kritik ist sehr hilfreich, damit habe ich die Möglichkeit, weiter an mir als Autor zu arbeiten.

Da Amazon Sie automatisch zur Abgabe einer Rezension auffordern wird, ist das auch dort für Sie ganz einfach. Sie brauchen nur den Links zu folgen. An dieser Stelle schon meinen herzlichsten Dank. Denn was für den Künstler auf der Bühne der Applaus ist, das ist für den Autor eine positive Rezension.

Sollten Sie sich für weitere Fälle des Ermittlerteams Bert Linnig und Nina Jürgens interessieren, dann finden Sie diese unter www.rolf-uliczka.de oder auf meiner Facebook-Fanpage: www.facebook.com/Rolf-Uliczka-753214611363796 oder unter meinem Autorennamen beim Klarant Verlag: www.klarant-verlag.de und auf www.ostfrieslandkrimi.de.

Herzliche Grüße
Ihr Rolf Uliczka

Einen ganz besonderen Dank möchte ich an meine liebe Frau richten, die mich wieder mit viel Geduld und konstruktiver Kritik beim Schreiben begleitet hat.

Ostfrieslandkrimi-Empfehlungen
des Klarant Verlages

In der Reihe „**Bert Linnig und Nina Jürgens ermitteln**" von Rolf Uliczka sind bereits folgende spannende Ostfrieslandkrimis als Taschenbuch und eBook erschienen:

„Hafenmord in Carolinensiel", Band 1
Taschenbuch ISBN: 978-3-95573-798-6
eBook ISBN: 978-3-95573-799-3

Ein Mord versetzt das ostfriesische Fischerdorf Carolinensiel in helle Aufregung. Im idyllischen Museumshafen schwimmt eine männliche Leiche erschlagen im Wasser. Bei dem Toten handelt es sich ausgerechnet um Torsten Oltmann, den beliebten Jugendtrainer des lokalen Fußballvereins. Die Kommissare Bert Linnig und Nina Jürgens von der Polizei Wittmund nehmen die Ermittlungen auf, und schnell mehren sich die Hinweise auf eine Affäre zwischen dem Fußballtrainer und Katja Schmitz, der attraktiven Mutter eines seiner Schützlinge. In den Fokus gerät Katjas Mann Gerd Schmitz, der sich immer mehr in Widersprüche verstrickt. Ein klassischer Mord aus Eifersucht? Doch je tiefer die Ermittler graben, desto mehr Verdächtige kommen ins Spiel. Sogar der Jogger, der den Toten angeblich zufällig entdeckt hat, scheint eine offene Rechnung mit ihm gehabt zu haben. War die Meldung des Leichenfunds nur ein perfider Weg, um von sich selbst abzulenken?

„Serienmord in Neuharlingersiel", Band 2
Taschenbuch ISBN: 978-3-95573-800-6
eBook ISBN: 978-3-95573-801-3

Unmittelbar nach Beginn der Krabbensaison wird ein Granatfischer aus Neuharlingersiel bestialisch ermordet in seinem abgetriebenen Kutter entdeckt. Sehr schnell stellen Kommissar Linnig aus Wittmund und sein Team fest, dass es

Übereinstimmungen mit einem seit zwei Jahren ungelösten Fall gibt. Ein Serienmörder in der beschaulichen Urlaubsregion? Seinerzeit waren die Untersuchungen ins Leere gelaufen, doch jetzt hoffen sie, neue Ansätze zu finden. Ihre Befragungen lassen sie immer tiefer in ein kompliziertes Beziehungsgeflecht eintauchen. Was war das Motiv: Eifersucht, Rache oder Habgier? Und wie hängen die beiden Fälle zusammen? Hartnäckig verfolgen sie die Spuren, können langsam die losen Enden miteinander verknüpfen und stehen schließlich vor einer überraschenden Lösung …

„Bauernmord in Bensersiel", Band 3
Taschenbuch ISBN: 978-3-95573-802-0
eBook ISBN: 978-3-95573-803-7

Ein schreckliches Unglück auf einem Bauernhof im ostfriesischen Bensersiel kostet fünf Menschen das Leben. Zunächst sieht es nach einer Verkettung tragischer Umstände aus, doch schon bald stoßen Kommissar Linnig und sein Team auf Merkwürdigkeiten, die sie an einem Unfall zweifeln lassen. War es die furchtbare Rache eines entlassenen Arbeiters? Aber der Mann ist verschwunden und so laufen die Ermittlungen ins Leere. Als es dann in der Nachbarschaft zu weiteren vermeintlich natürlichen Todesfällen kommt, nehmen die polizeilichen Untersuchungen wieder an Fahrt auf: Ist es ein Zufall, dass alle Verstorbenen den Planungen für eine große Ferienanlage an der Nordsee im Wege standen? Oder geht eine renommierte Investorengemeinschaft über Leichen, um ihre Ziele zu erreichen?

„Wattmord in Carolinensiel", Band 4
Taschenbuch ISBN: 978-3-95573-804-4
eBook ISBN: 978-3-95573-805-1

Grauenhafte Ereignisse erschüttern die Idylle Ostfrieslands. Im Watt wird eine getötete junge Frau gefunden, wenig später verschwindet die Studentin Tanja Grönwold spurlos. Tanja verbrachte ihren Urlaub in Carolinensiel – und sie hatte die

Leiche im Watt entdeckt. Kann das ein Zufall sein? Die Kommissare Bert Linnig und Nina Jürgens von der Polizei Wittmund nehmen die Ermittlungen auf, und schon bald werden die schlimmsten Befürchtungen wahr: Bilder und Videos des Mordopfers werden auf einschlägigen verbotenen Seiten im Internet entdeckt. Für die Ermittler ist der Fall längst eine emotionale Angelegenheit, denn viel deutet darauf hin, dass irgendwo ganz in der Nähe in Ostfriesland noch mehr junge Frauen in Gefahr sind. Jede Minute zählt, und plötzlich kommt die Kommissarin den Tätern gefährlich nah …

„Sektenmord in Neuharlingersiel", Band 5
Taschenbuch ISBN: 978-3-95573-866-2
eBook ISBN: 978-3-95573-867-9

Die achtzehnjährigen Zwillinge Simon und Daniel Spiekermann sind spurlos verschwunden. Als unfreiwillige Mordzeugen waren sie ins Visier des organisierten Verbrechens geraten. Viel deutet darauf hin, dass sie sich im ostfriesischen Neuharlingersiel aufhalten, und die Kommissare Bert Linnig und Nina Jürgens von der Kripo Wittmund nehmen die Ermittlungen auf. Was die Polizei nicht ahnt: Auf einem abgeschiedenen Hof haben die Brüder Unterschlupf bei einer Sekte gefunden, in deren Obhut sich die dubiosesten Gestalten befinden … Wochen später: Im Knyphauser Wald bei Wittmund werden ein junger Mann aus Neuharlingersiel und seine Freundin tot aufgefunden. Besteht ein Zusammenhang mit dem Fall der vermissten Zwillinge? Sind Daniel und Simon noch am Leben? Ein weiterer grausiger Fund bringt die Ermittler einen entscheidenden Schritt weiter, und ab jetzt geht es Schlag auf Schlag ...

Klarant Verlag

Lernen Sie die Ostfrieslandkrimi-Titel des Klarant Verlages kennen und besuchen Sie uns im Internet unter:

www.ostfrieslandkrimi.de

und

www.klarant.de

Sie können dort Näheres über unsere Autoren erfahren, viele weitere interessante Bücher und eBooks finden und Leseproben herunterladen. Mit dem kostenlosen Newsletter auf

www.ostfrieslandkrimi-lesen.de

erhalten Sie aktuelle Informationen rund um das Verlagsprogramm, wie beispielsweise spannende Neuerscheinungen und Gewinnspiele.